赣南师范学院学术著作出版基金资助项目

原始思维与中国文论的诗性智慧

YUANSHISIWEI YU ZHONGGUO WENLUN DE

SHIXING ZHIHUI

的 诗性智慧

吴中胜◎著

中国社会科学出版社

图书在版编目(CIP)数据

原始思维与中国文论的诗性智慧/吴中胜著．—北京:中国社会科学出版社,2008.7

ISBN 978-7-5004-7012-0

Ⅰ.原…　Ⅱ.吴…　Ⅲ.古典文学—文学理论—研究—中国

Ⅳ.I206.2

中国版本图书馆 CIP 数据核字(2008)第 088569 号

责任编辑　李炳青
责任校对　郭　娟
封面设计　回归线视觉传达
技术编辑　张汉林

出版发行　中国社会科学出版社
社　　址　北京鼓楼西大街甲 158 号　　邮　编　100720
电　　话　010—84029450(邮购)
网　　址　http://www.csspw.cn
经　　销　新华书店
印　　刷　北京新魏印刷厂　　　　　　装　订　广增装订厂
版　　次　2008 年 7 月第 1 版　　　　印　次　2008 年 7 月第 1 次印刷
开　　本　880×1230　1/32
印　　张　9　　　　　　　　　　　　插　页　2
字　　数　225 千字
定　　价　23.00 元

序

为自己学生的学术专著写序，乃人生一大乐事！

中胜的这部书，是他的博士学位论文；而他的博士论文选题，是我主持的国家社会科学基金项目《中国古代文论诗性特征研究》中的一个子课题。受刘勰"原始以表末"的影响，我研究中国文论向来有自觉的溯源意识。就"诗性特征"这一视域而言，中国文论的"源"在哪里？不是五四之前的儒道释文化，也不是轴心期的周秦诸子，而是漫长的原始时代人类各民族所共有的诗性智慧。中胜书中所讨论的"诗性智慧"是一个文化人类学概念，语出维柯《新科学》，特指原始人类在思维方式、生命意识和艺术精神等方面的特性。中胜选取在"思维方式"的层面探讨诗性智慧与中国古代文论的关系，显示出清人叶燮所标举的"才胆识力"。

在全球化时代研究原始思维与中国文论的关系，需要双倍的胆识和才力。为什么这样说呢？虽然学术界没有人会简单地将"原始思维"等同于"原始人的（或原始的）思维"，但你真要将中国文论与原始思维扯到一起，说不准会伤害国人的"民族自尊心"：中国文论本来就不被重视；受什么影响也不要受原始思维的影响啊。但学术首先是要求真求是，正如中胜书中所指出的，中国古代文论几种主要的思维方式，如整体性、直觉性、具象性、推原性、偶对性，等等，大多受到原始思维的影响。从根本上说，原始思维的以己度人、万物有生和万物同情观决定了古代文论理论形态的生命化和人格化，原始思维的想象性类概念决定了古代文论理论范畴的经验归纳性质，中国古代语言文字的形象性、会意性决定了古代文论言说方式的诗意性和审美性。这一结论无疑是正确的，而得出这一结论又是需要学术勇气的。此为第一倍的才胆识力。

中胜做的这个题目有跨学科的意味，有相当的难度，它需要研究者同时具备两大领域的知识积累和理论见解：一是中国文论；二是人类学。就前者而言，问题还不是太大，因为中胜进武汉大学之前已有将近十年的中国文论的研究经历，并有专著问世；就后者而言，中胜基本上是一个初学者。记得 2003 年冬天，中胜拿到我开列的书单，第二天就开始读维柯《新科学》。后来又读泰勒《原始文化》，读列维—布留尔和列维—斯特劳斯……中胜做学问很投入，既投入时间也投入情感。有一段时间，他和我见面就谈人类学谈原始思维。而且，中胜有很好的学术感觉，一拨就亮，一点就通；悟性高，反应快，为文速。有时候我都不敢和他谈学术了，因为我们俩人头一天晚上的交谈内容，第二天就成了他的学术论文。在我诸多的硕博士研究生中，中胜是属于那种能够从学位论文的书写中，真正获取心灵愉悦而不是精神痛苦的人。此为第二倍的才胆识力。

中胜告诉我，他在武汉大学的三年，经常做的一件事就是躺在珞珈山的草地上读书。我由此而想到，同样是草地，珞珈广场人工种植的草坪，精致而大器；而珞珈山上无人照料的草丛，粗放而随意。它们分别是司空图《二十四诗品》所咏叹的"典雅"与"疏野"。列维—斯特劳斯《野性的思维》讨论思维方式，有"野生"、"园植"之喻：原始人类以幻想性、具象性、混沌性为特征的神话思维，与文明人类以现实性、抽象性、分析性为特征的理性思维，各司其职，并行不悖，相互渗透，相得益彰，并无高下优劣文野精粗之分。弗雷泽《金枝》将"巫术—宗教—科学"比喻为人类思想文化之网上的三种不同颜色的丝线，它们分别是"黑色—红色—白色"，正是这些不同的颜色交织成思想文化的绚丽与赫然。我甚至认为，对于文学艺术而言，科学是苍白的，而巫术的玄昧和宗教的赤赭方能使文学艺术"素以为绚兮"。在中国古代文论这片巨苑之中，既有园植的亦有野生的，既有"兴、观、群、怨"的理性精神，亦有"怪、力、乱、神"的野性思维。朱光潜在谈到维柯《新科学》的"历史方法"时指出："事物的本质应从事物产生的原因和发展的过程来研究。"事物的起源决定了事物的本质，中国文论是人类进入"文明"时代之后的精神形态，但她的诗性智慧却是由原始思维所铸成。中胜这部书，本源性地追寻原始思维对中国文论的影响，从根本上揭示出中国文论诗性特征的历史成因及文化宿命，从而给中国文论的诗性智慧以准确的历史定位和理论阐释。

中胜讨论原始思维与中国文论的关系，其书写策略是分别在不同层面谈原始思维如何影响中国文论。中胜所说的这种影响能够直接发生吗？二者之间是否应该有一个中介？如果有，这个中介是什么？这些问题，都是值得进一步探讨并深入阐释的。还有，中胜的论文初稿完成后，我建议他读一读吉尔兹的《地方性知识》。他读完后，马上在论文后面加了一个《地方性知识：他者眼中的中国文论》的结语。初衷无可非议，问题也有价值，但因过于"立竿见影"而有"浅尝辄止"之憾。相信中胜还会继续思考这些问题，也相信中胜会向学界继续奉献他思考之后的学术书写。

做教师的在给学生的书写序时，有一种幸福的感觉；而这种幸福感，我在前不久的国庆节已先行体验过一次。那是一个"毕业20周年"的聚会，聚会者都是我20年前教过的本科生。听他们回忆我当年授课的情景，一种做教师的幸福感油然而生。会上我有感而发，将教师的快乐概括为三点：老而不衰，独而不孤，烦而不恼。生活和工作在青春的校园，一届又一届的青春做伴，老师怎么会衰老？像我这个年龄的教师，大多只有一个孩子，而这一个孩子又是"父母在，必远游"的（我的同行中已有了"空巢老人"），但身边总有学生，在校的，毕业的，来来往往，不会中断，老师怎么会孤独？做教师的当然会有种种烦恼，但只要一走上讲台，就会沉浸于用话语所构筑的学术时空之中，沉浸于与学生的交流和互动之中，所有的烦恼顷刻间无影无踪……

中胜已经是研究生导师。过不了几年，中胜也会给他自己学生的专著作序的。

李建中

2007 年 11 月 10 日子夜

于东湖名居心远斋

目　录

序 ……………………………………………………………………（1）

引论　研究的缘起和有关术语的说明 ……………………………（1）
　一　研究的缘起 …………………………………………………（1）
　二　有关概念和术语的说明 ……………………………………（4）
第一章　中国文论诗性之源 ………………………………………（11）
　第一节　采集·狩猎·农耕与中国文论的诗性思维 ……（11）
　　一　一些概念和术语的词源学考察 …………………………（13）
　　二　与天地同春 ………………………………………………（18）
　　三　与万物共感 ………………………………………………（21）
　第二节　汉字的诗性特征与中国文论的思维方式 ………（25）
　　一　象形文字与文论的具象、直觉思维 ……………………（28）
　　二　合体文字与文论的整体思维 ……………………………（31）
　　三　表义文字与象征、联想思维 ……………………………（36）
　第三节　人类的童年诗性与中国文论的童心向往 ………（40）
　　一　圣人皆孩子 ………………………………………………（40）
　　二　天才皆赤子 ………………………………………………（44）
　　三　大家皆具眼人 ……………………………………………（49）
　第四节　中国文论诗性特征的生成语境 …………………（52）

一　三五亲朋，酒边烛外 ……………………………（53）

二　赋闲独居，尘氛退避 ……………………………（56）

三　独立著述，潜心索道 ……………………………（62）

第二章　诗性混沌与中国文论思维的整体性 …………（66）

第一节　中国文论精神的恒常性 ……………………（67）

一　文之为德与天地并生 ……………………………（68）

二　恒久之至道 ………………………………………（71）

三　设文之体有常 ……………………………………（74）

四　同归而殊途，一致而百虑 ………………………（77）

第二节　中国文论的有机结构观 ……………………（83）

一　天地氤氲，万物化醇 ……………………………（84）

二　首尾周密，表里一体 ……………………………（88）

三　心与理合，辞共心密 ……………………………（92）

第三节　中国文论的整体浓缩性 ……………………（97）

一　简言以达旨 ………………………………………（97）

二　难说处一语而尽 …………………………………（101）

三　一瓢知三千弱水 …………………………………（105）

第三章　感觉的原则与中国文论的直觉性 ……………（110）

第一节　中国文论的原逻辑性 ………………………（111）

一　感而遂通天下之故 ………………………………（111）

二　随感式文体 ………………………………………（119）

三　古今胜语皆由直寻 ………………………………（125）

第二节　中国文论的非时间性 ………………………（131）

一　未识夫开塞之所由 ………………………………（131）

二　好诗须在一刹那上揽取 …………………………（137）

三　有先一刻后一刻不能之妙 ………………………（142）

第三节　中国文论的直感性 …………………………（147）

一　文徽徽以溢目　……………………………………　(148)

二　下字要有金石声　…………………………………　(151)

三　辨于味而后可以言诗　……………………………　(155)

四　色香臭味亦发于自然　……………………………　(159)

第四章　实物文字与中国文论的具象性　………………　(162)

第一节　中国文论具象性的哲学基础　……………………　(162)

一　原始部族普遍存在的象征思维　…………………　(163)

二　圣人设卦观象　……………………………………　(168)

三　以类万物之情　……………………………………　(172)

第二节　中国文论具象性的文学背景　……………………　(178)

一　荷马式的比喻　……………………………………　(179)

二　贵在离形得似　……………………………………　(182)

三　万象之中义类同者尽入比兴　……………………　(188)

第三节　中国文论具象性的理论特色　……………………　(194)

一　近取诸身，远取诸物，而诗道成焉　……………　(195)

二　兴象不可思议执著　………………………………　(201)

三　夫诗贵意象透莹　…………………………………　(205)

第五章　中国文论思维的其他特点　……………………　(212)

第一节　寻根问祖与中国文论的推原性　…………………　(212)

一　渊哉铄乎，群言之祖　……………………………　(212)

二　振叶寻根，观澜索源　……………………………　(215)

三　超超神明，返返冥无　……………………………　(219)

第二节　支体必双与中国文论的偶对　……………………　(224)

一　神理为用，事不孤立　……………………………　(224)

二　体植必两，辞动有配　……………………………　(228)

三　玉润双流，如彼珩珮　……………………………　(235)

第三节　万物有灵与中国文论的生命模式　………………　(241)

一　以己度物、万物有灵 ·········· （242）

二　诗如人身，巫医不分 ·········· （245）

三　生气远出，不着死灰 ·········· （251）

结语　地方性知识：他者视野中的中国文论 ·········· （254）

一　全球化时代诗性的意义 ·········· （255）

二　他者眼光中的诗性 ·········· （257）

三　文化持有者的内部眼界与本土自信 ·········· （262）

参考文献 ·········· （265）

后记 ·········· （274）

引 论

研究的缘起和有关术语的说明

一　研究的缘起

本课题关涉两大学术领域，一是人类文化学中的原始思维研究，一是中国文论思维方式的研究。

（一）人类文化学：从译介到应用

就人类文化学中的原始思维研究而言，随着文化人类学的广泛传播，文化人类学进入中国文化进而进入中国文学研究的趋势明显。林惠祥的《文化人类学》是较早介绍这一学科的著作，在 20 世纪 30 年代即面世。从文化人类学史、原始物质文化、原始社会组织、原始宗教、原始艺术、原始语言等层面作了介绍，有教材的性质，在本领域有开创之功，其中也有零星的关于原始思维的特点研究介绍。80 年以后，文化人类学的经典著作，如维柯《新科学》、泰勒《原始文化》、列维—布留尔《原始思维》等相继译介到中国。国内这方面的著作也大量涌现，如黄淑娉等《文化人类学理论方法研究》、庄锡昌《文化人类学的理论构架》等。运用文化人类学的理论进行文化研究的著作也逐渐增多。朱狄《原始文化研究》即是其中之一，本书在介绍国外对"原始思维"的观点时，注意到其中"西方中心论"的弊

1

端，这是很值得肯定的。刘士林《中国诗性文化》从诗性伦理学的历史形态、轴心期的崩坏与重建、诗性主体的死生解脱、生命的诗化之路等层面分析了中国从轴心期到青铜时代的文化。其理路仍是基于生产资料、生产力基础上的文化制度分析。叶舒宪等人运用人类文化学的方法对《庄子》、《诗经》、《楚辞》、《山海经》、《说文解字》等中国文化经典进行系列解读，是这一时期运用文化人类学方法研究中国文化的突出代表。

由文化研究到文学研究，是研究理路的自然延伸，这方面的研究方兴未艾。这一点，叶舒宪的《文学与人类学》作了前沿性的分析。以古典文学为例，叶舒宪说以前古典文学研究是"与封闭的知识传统相适应的单一的训诂考据，发展到比较文学的方法"。与知识全球化时代相适应，我们应采用"多参照和通观性的跨文化阐释"，即所谓"第三重证据"法。① 运用这一方法研究中国古典文学效果究竟如何，我们可以拭目以待。由于中国文论与古代文学是一体两面的关系，这样，运用文化人类学的方法对中国文论进行思考，自然提上了日程。

（二）中国文论：呼唤对民族根性的探寻

从中国文论学科内部来说，对中国文论的思维方式和民族根性的探讨由来已久。20 世纪 90 年代以来，学科内部进行了一场"中国文论的现代转换"的大讨论。问题的提出者是为民族文论争取"话语权"。出发点当然是好的，但其中问题也是显而易见的：什么是转换？为什么要转换？转换什么？谁来转换？向何处转换？怎么转换？……问题本身的含混不清，导致争论的无休

---

① 叶舒宪：《文学与人类学——知识全球化时代的文学研究》，社会科学文献出版社 2003 年版，第 249 页。

止。我们认为，也许问题的价值不在解决，而在于思考。"现代转换"这一问题的提出，其意义在于引导人们对民族文论根性和历史命运的思考。

伴随着经济全球化和文化一体化，如何坚持住本土文论的精髓和诗性所在成为学界关注的热点，而这一研究能否持续能否成功，则取决于对中国传统文论之"根"的探寻达到何种深度。目前学界对以上问题的追问，尚止于先秦儒、道文化以及汉以后之佛学。就这一追问的"终极答案"而言，儒道释文化依然是"流"而非"源"。只有回到滥觞之处，回到史前人类的原始文化及思维，才有可能真正看清中国文论的民族根性、流变脉络及文化品质，也才有可能在中西文论平等对话的前提下坚持住本土文论的精髓和诗性所在，为汉语文论的存续和拓展提供历史的逻辑的前提。而这正是本书研究的现实意义及理论价值之所在。从更广泛的意义上来说，现代社会人类的生存陷入物质主义的困境，昔日的诗性和天人合一式的生存已难觅踪影。我们留恋诗性，时代召唤诗性，这是我们文论的人文情怀和现实立足点。

关于中国文论的思维方式和民族根性的探讨之所以争讼不休，其中一个重要原因就是理论视野的褊狭。要么是西方中心主义，要么是我族中心主义。全球化时代呼唤多元文化视野和他者眼光。这样，中国文论的学科内部为了拓展研究思路、开阔研究视野，也呼唤文化人类学的介入，其中也包括从原始思维的视角来审视中国文论的民族根性。

这方面已有学者开始作了一些探讨，李建中先生即其中较突出的一位。李先生近年发表了几篇这方面的文章，影响深远。李先生认为，中国早期文化的诗性智慧，本源性地铸成中国文化和文论的诗性。轴心期后，当西方诗学愈来愈逻辑化、哲学化之时，中国文论却依然保持着诗性的理论形态及言说方式。从根本上规定中国文论诗性特征之历史走向的，是儒道释文化的诗性精神。要厘清传统文论几千年的"道之动"，则必须返回到滥觞之处，考察史前人类的原始感觉与神话思维如何进入中国文论的文化品质、思维方式和理论形态之中；而要复活传统文论在当下生活中的"道之用"，则必须借用他者目光并建立多元立场，打破原始—现代、神话—真实、异域—本土、诗性—逻辑性之间的文化壁垒，消释全球化时代本土文论研究中的学术焦虑，从而为中国文论寻根定性、溯源疏流。① 最近，李先生把近年的思考整理成书，算是对近年研究的一次小结。② 这些研究对开拓我们的研究视野，对中国文论民族根性的探寻有重要的意义。当然，我们应该清醒地认识到，这方面的研究毕竟才刚刚起步，中国文论的诗性智慧一如中国传统文化博大精深。我们还需要在更深广、更精细的层面上作出探讨，这就是本书的缘起和我们应努力的方向。

二 有关概念和术语的说明

这里，我们把两个在本书中运用较多的概念术语作一些说明，对它们涉及的理论背景及内涵和我们的解读及运用作必要的厘定，以便后文的论述和理解。这两个概念是"原始思维"和"诗性"。

（一）原始思维

"原始思维"一词源于法国人类学家列维—布留尔所著的

---

① 李建中先生的相关文章有《原始思维与中国文论的诗性特征》（《文艺研究》2002 年第 4 期）；《儒道释文化的诗性精神与中国文论的诗性特征》（《文艺理论研究》2003 年第 1 期）；《反（返）者道之动——中国文论研究的文化人类学视野》（《文学评论》2004 年第 4 期）。

② 李建中：《中国文论的诗性空间》，湖北人民出版社 2005 年版。

《原始思维》一书，其基本含义为："以受互渗律支配的集体表象为基础的、神秘的、原逻辑的思维。"① 我们在本书中所用的"原始思维"的含义与此已有许多不同之处。在我们的理解中，原始思维有以下几个方面的特点：

1. 原始思维不仅仅是"原始人的思维"。列维—布留尔把"澳大利亚土著居民、菲吉人（Fuegians）、安达曼群岛的土著居民等等这样一些民族叫做原始民族。当白种人开始和这些民族接触的时候，他们还不知道金属，他们的文明相当于石器时代的社会制度。因此欧洲人所见到的这些人，与其说是我们的同时代人，还不如说是我们的新石器时代甚至旧石器时代的祖先的同时代人"。② 布留尔在具体论述中，又推广及亚洲、非洲、南北美洲的有色人种民族。我们认为，原始思维这种智力过程是世界各族人民的共同特点，不仅原始人类有，进入"文明"阶段的现代人也有。有色人种有，白人也有。其含义相当于维柯所说的"诗性智慧"（后文我们会解释"诗性"一词）。有人称之为"神话思维"也不准确，因为这一思维并不仅仅属于神话时代。

2. 原始思维不是"原始的思维"。布留尔把不属于"地中海文明"的民族称之为"原始人"、"不发达民族"、"低等民族"。③ 这是潜在的欧洲中心主义的偏见。其实，思维无高下、精粗、雅俗、先进与落后的区别。原始思维和逻辑思维都是人类理解和把握世界的心智活动。在理解和把握具体的不同对象时，两者可能有优劣之分，但并不能以一方取代另一方。列维—布留尔认为原始思维可称之为"原逻辑的思维"，可以向更高级的阶

---

① ［法］列维—布留尔著，丁由译：《原始思维》，商务印书馆1981年版，第496页。

② 同上书，第1页。

③ 同上书，第495页。

段即"逻辑思维"过渡，① 正是基于两者有先进、落后之分基础之上的。在这方面，我们的理解更接近于法国结构主义人类学家列维—斯特劳斯的观点。他在《野性的思维》一书中指出："正如植物有'野生'和'园植'两大类一样，思维方式也分为'野性的'（或'野生的'）和文明的两大类，没有'原始'与'现代'、'初级'和'高级'的等级区别。"② 列维—斯特劳斯甚至认为，"神话思想中的逻辑同现代科学中的逻辑一样严密，它们之间的区别不在于思维过程的性质，而在于思维对象的本质。""神话和科学中存在着同样的逻辑过程，人类从古至今都一样睿智地进行思考。"③

3. 原始思维和逻辑思维可以互相补充、并行不悖。列维—斯特劳斯指出，原始思维和逻辑思维是人类历史上始终存在的两种互相平行发展、各司不同文化职能、互相补充互相渗透的思维方式。他并且断言人类艺术活动与科学活动即分别与这两种思维方式相符。④ "我们最好不要把巫术和科学对立起来，而应把它们比作获取知识的两种平行的方式，它们在理论的和实用的结果上完全不同……然而科学和巫术需要同一种智力操作，与其说二者在性质上不同，不如说它们只是适用于不同种类的现象。"⑤文学是人类艺术活动的一种，从原始思维的角度去认识、理解和

---

① ［法］列维—布留尔著，丁由译：《原始思维》，商务印书馆1981年版，第428页。

② ［法］列维—斯特劳斯著，李幼蒸译：《野性的思维》，商务印书馆1987年版，第5页。

③ ［法］克劳德·列维—斯特劳斯著，陆晓禾、黄锡光译：《结构人类学》，文化艺术出版社1989年版，第69页。

④ ［法］列维—斯特劳斯著，李幼蒸译：《野性的思维》，商务印书馆1987年版，第5页。

⑤ 同上书，第18—19页。

体悟是符合其思维特点的。以逻辑推理为主的理性在人类文明史上有过重要作用，但理性并不能解决一切问题。恩斯特·卡西尔指出："当人被一种特殊神明的启示开导之后就会发现：理性本身是世界上最成问题、最含混不清的东西之一。理性不可能向我们指示通向澄明、真理和智慧的道路。""有些事物由于它们的微妙性和无限多样性，使得对之进行逻辑分析的一切尝试都会落空。"①文学是人学，它最能体现出人的主体性的丰富、微妙、多样和多面。这种特性并不是单纯的理性所能理解和把握的，接近人类心灵本真的原始思维则是解释这一特性的最佳路径之一。

（二）诗性

诗性或曰"诗性智慧"（poetic wisdom），是意大利著名学者维柯著《新科学》中的核心概念，是《新科学》的"万能钥匙"，是维柯花了足足20年光阴钻研的智慧结晶②，也是本书贯穿始终的一个基本理念。对"诗性"这一概念的正确理解，无论是对我们正确理解维柯的《新科学》，还是对以下我们讨论问题都是关键的一步。根据我们对《新科学》的理解，维柯所说的"诗性"有以下一些基本特征：

1. 诗性是人类与生俱来的天性。维柯在描述诗性智慧时，常说"人按本性"如何如何。如说，人类按本性会"把自己当作衡量宇宙的标准"、"人类按本性就是些崇高的诗人"、"人类心灵按本性就喜爱一致性"，等等。又，维柯持"起源决定本性"的观点："各种制度的自然本性不过是它们在某些时期以某些方式产生出来了。时期和方式是什么样，产生的制度也就是什

① ［德］恩斯特·卡西尔著，甘阳译：《人论》，上海译文出版社1985年版，第18、20页。

② ［意］维柯著，朱光潜译：《新科学》，商务印书馆1989年版，第44、159页。

么样，而不能是另样的。"① 以上两方面结合起来看，则维柯认为，诗性生而有之，与生俱来。诗性的这一特点可以说明，为什么进入"文明社会"后人类还有诗性，也可以说明与远古社会似乎没有联系的中国文论家们何来诗性。

2. 儿童最富诗性。既然诗性与人之生命相伴而生，那么处于生命之原初状态的儿童自然最富诗性，因为儿童离生命之本真最近。维柯说："在世界的童年时期，人们按本性就是些崇高的诗人。""凡是最初的人民仿佛就是人类的儿童。""世界在最初的童年时代所形成的诗性意象何以特别生动。""世界在它的幼年时代是由一些诗性或能诗的民族所组成的。"② 从人类来说，原始生民自然是人类的儿童，所以自然可以从原始部族去研究诗性；从个体生命来说，儿童时期是其人生的原初状态，所以，从"儿童心理学"的视角也可以研究诗性。③

3. 诗性富于创造性。"诗人"在希腊文里就是"创造者"，这些人"没有推理的能力，却浑身是强旺的感觉力和生动的想象力"。④ "诗人们"的这些特点恰好也是后来的文学家（特别是像中国以抒情为主的文学）的主要特点，这样维柯所说的"诗性"自然与我们要说的中国古代文学及其理论有了关系。

4. 诗性智慧是人类各种制度、各门技艺、各门科学的起源。维柯说："我们就必须把诗性智慧的起源追溯到一种粗糙的玄

---

① ［意］维柯著，朱光潜译：《新科学》，商务印书馆1989年版，第114、115、119、105页。

② 同上书，第115、120、121页。

③ 普通的意见常以为原始人等于小孩。如雪莱说："野蛮人之于年代上，就像小孩之于年龄上一样。"也有人不同意这样类比，如林惠祥认为："这样的类比法是不确的。""在情绪上，性格上，道德上，野蛮人都是一个'人'，而不是小孩或其他。"（林惠祥《文化人类学》，商务印书馆1991年版，第209页。）

④ ［意］维柯著，朱光潜译：《新科学》，商务印书馆1989年版，第182页。

学。从这种粗糙的玄学，就像从一个躯干派生出肢体一样，从一肢派生出逻辑学、伦理学、经济学和政治学，全是诗性的；从另一肢派生出物理学，这是宇宙学和天文学的母亲，天文学又向它的两个女儿，即时历学和地理学，提供确凿可凭的证据——这一切也全是诗性的。"① 因此，我们研究古代文学理论也可以从中寻找诗性之源。

5. 诗性是世界各民族所共有的本性。《新科学》第三版的标题即是《扬姆巴蒂斯塔·维柯的关于各民族的共同性的新科学的一些原则》。"诗性"即各民族共同性的一些原则之一。在这一点上维柯的观点跟摩尔根在《古代社会》中提出的"人类同源论"有相同之处。既然"诗性"是人类的共同属性，后来为什么会出现差异呢？具体来说，为什么中国人的诗性传统得以延续，而西方人的诗性却中途断裂呢？这个问题比较复杂，但很重要。在后面的具体讨论中，我们试图从生产方式、语言文字、主体、语境等方面作一些探讨。

"诗性"和"原始思维"两者有相同的地方，也有不同之处。就相同之处来说。首先，两者都是西方中心论的产物，都被认为是人类思维的初级阶段，是落后民族的思维智慧。这是维柯和列维—布留尔的民族偏见。我们在以后的论述中对此进行了辨正。我们认为，现代人类思维也有诗性特征和原始感觉。诗性的原始的思维可以和理性的逻辑思维并行不悖。其次，诗性和原始思维都富于情感、联想和创造力，最适合用来理解文学艺术思维。再次，两者都被认为是一种民族根性。如前所说，维柯认为，诗性是各民族的共性。而列维—布留尔则说，"集体表象"

---

① ［意］维柯著，朱光潜译：《新科学》，商务印书馆1989年版，第175页。

是"世代相传","它们在集体中的每个成员身上留下深刻的烙印"。[①] 就两者主要的不同之处而言，诗性的外延更宽泛一些，如前所说，人类各种制度、各门技艺、各门科学的起源都是诗性的。而原始思维则特指一种思维方式。从两者内涵来说，诗性是指思维智慧的特征，而原始思维则指思维的一种类型。最后，维柯说的诗性是与生俱来，所以儿童富有诗性，有天才论思想。而列维—布留尔则主张"神秘的互渗"[②]，有神秘论色彩。

---

① ［法］列维—布留尔著，丁由译：《原始思维》，商务印书馆 1981 年版，第 5 页。

② 同上书，第 62 页。

第一章

中国文论诗性之源

《楚辞·天问》开篇就有："遂古之初，谁传道之？"对天地之源万物之本进行了玄理与诗意的考问。对于中国文论的诗性智慧，我们也要问："诗性，你从哪里来？"诗性当然不是从天上掉下来的，而是有着千百年先民生产、生活方式的烙印；通过各种文化载体特别是汉字的传承而得以绳绳相因，代代相续；秉承自然之道和血诚之气的文论家们具眼具心具胆，诗性精神和童心意识得以恒久一贯地持续；悠闲的语境，轻松的心情，更促成文论诗性特征的生成。

第一节 采集·狩猎·农耕与中国
文论的诗性思维

普列汉诺夫说："任何一个民族的艺术都是由它的心理所决定的，它的心理是由它的境况所造成的，而它的境况归根到底是受它的生产力状况和它的生产关系制约的。"① 一定的生产方式、生活方式决定一定的文化方式，一定的文化方式决定一定的思维

① ［俄］普列汉诺夫著，曹葆华译：《普列汉诺夫美学论文集》，人民出版社1983年版，第350页。

方式。这在学者们头脑中似乎是公理性的常识了。但生产方式、生活方式的作用毕竟是基础性的，对具体学科而言，这一公理性的常识显得过于笼统，还得具体考察。先民们的生产方式、生活方式对我们要讨论的中国文论有没有影响呢？在哪些方面决定和影响了中国文论的思维方式呢？这些问题是关乎中国文论思维方式的发生和延续的根本问题，需要认真考察。

我国是农耕文化发展最早的国家之一。《尚书·尧典》就有"播时百谷"的记载。与世界其他文明古国相比，中华文明是以农业文化为其主要特色的，这一点，Jacques Gernet 在其所著的《中华文明史》中是这样说：

Chinese civilization seems to be tied to a brand of highly developed agriculture which confined itself almost exclusively to the plains and valleys. （大意是：中华文明与其高度发达的农业密切相关，而其农业又是由单一的平原和山谷地貌所限定的。）

In the ages of the other peoples of the Far East and in those of the rest of the world, China was distinguished until a quiet recent period by other characteristics than the agricultural foundation of her economy. （大意是：相对于远东和世界各地而言，中国的独特之处在于直到现在仍以农业为经济基础。）①

农业文明以种植为主，辅之以采摘、狩猎，形成富于民族特色的生产方式和生活方式。下面我们先从中国文论的一些概念术

---

① Jacques Gernet, *A History of Chinese Civilization* (Second Edition), Translated by J. R. Foster and Charles Hariman, Cambridge Univetsity Press, 1990, pp. 27—28.

语的考索出发，来考察先民们的生产方式和生活方式对中国文论有没有影响，进而谈谈在思维方式上有哪些影响。

一 一些概念和术语的词源学考察

德国著名学者恩斯特·卡西尔说："如果我们想要发现把语词及其对象联结起来的纽带，我们就必须追溯到语词的起源，我们必须从衍生词追溯到根词，必须去发现词根，发现每个词的真正的和最初的形式。根据这个原理，词源学不仅成了语言学的中心，而且也成了语言哲学的基石。"① 维柯在其《新科学》中确定一条基本原则："一个古代民族的语言如果在它的发展期自始至终都保持住统治地位，它就会是一个重大的见证，使我们可以认识到世界早期的习俗。"② 汉语具有维柯所说的"自始至终都保持住统治地位"的特征，因此，通过对汉语语词的词源学研究，我们可以认识到汉民族早期的生产和生活风俗。换言之，汉民族早期的生产和生活风俗会在汉语文献中留下烙印。从几百万年以前起，华夏先民们就在中国这块相对封闭的土地上繁衍生息，靠从事采集、狩猎和农耕生活。这种生产、生活方式必然对其文化包括文论产生影响。这种影响包括一些概念和术语的使用。反过来，我们也能在一些文论概念和术语的词源学追溯中，探寻到先民们生产、生活方式的足迹。这里，我们选择"文"、"华"、"实"、"雅"、"刺"、"美"、"秀"等几个代表性的概念和术语，大致从采集、狩猎和农耕的顺序来谈这个问题。

"文"这个词是后世文论运用较多的一个概念，它可以指文

---

① ［德］恩斯特·卡西尔著，甘阳译：《人论》，上海译文出版社 1985 年版，第 155 页。

② ［意］维柯著，朱光潜译：《新科学》，商务印书馆 1989 年版，第 106 页。

字、文化、文学、文采等多种含义。《易·系辞下》曰："物相杂，故曰文。"又《说文解字》云："文，错画也，象交文。"臧克和说，文之字源取象有二，一是肇自人体，属于"近取诸身"的类型。人体的对称、交错、复杂、统一诸特征，最有可能首先成为古代人们关于"文"的认识的参照物。取象之二即所谓陶纹，无非是从动物、植物以及编织物中蜕化出来的纹样。① 我们以为，取象之一即肇自人体，未必即是人体本身，而是身纹或面具。列维—布留尔说，原始民族在狩猎和捕鱼之前、之中、之后都要进行神秘的巫术活动。参与这种巫术活动的人即要求戴上面具或文身。② 文之取象之一即来源于古代经常举行且撼人心魄的巫术活动的面具或文身。进一步说，"文"无论源于身纹或陶纹，其纹饰的内容无非是一些动植物的纹样，而这些动植物的纹样又源于先民们的采摘、渔猎等生产活动。所以，文之源头有原始生产活动的印迹。跟"文"一词同在文饰这个语义场又在古文论中大量出现的词有"章"（《说文解字·彡部》曰："彰，文彰也。从彡从章，章亦声。"）、"彩"（《说文解字·彡部》曰："文章也。从彡采声。"）等词，也都可作如是解。

"华"与"实"，文论中常用来指称文学作品的外在形式和内在情思。甲骨文的"华"字，像一株树上繁花盛开的样子，"华"是一个象形字。《诗经·苕之华》曰："苕之华，其叶青青。"其中的"华"字，作"树上之花"解。"实"当然是植物的果实。《说文解字》曰："富也，从宀从贯，贯货贝也。"段玉裁注："以货物充于屋下，是为实。"其义难解，但维柯的一句

---

① 臧克和：《说文解字的文化说解》，湖北人民出版社1995年版，第249—257页。

② ［法］列维—布留尔著，丁由译：《原始思维》，商务印书馆1981年版，第220—235页。

话似能作为我们解释的理路，他说："最初的黄金是粮食。"① 在靠采集为生的先民心中，植物的果实即粮食，家多有果实即为富。《诗·周颂·载芟》云："播厥百谷，实函斯活。"可见中国文论中，"华"与"实"一对概念的大量运用，实即先民们长期从事采集生产体验的反映。与之近似的，如本末、支干、枝叶、根干、荣枯、英、芬、芳、萎、朴、枯、柔、苦、卉、葩等概念在中国文论中大量运用，也不难发现其中有采集生产体验的烙印。《文心雕龙·书记篇》中有"簿"和"牒"两类文体。刘勰释"簿"曰："簿者，圃也。草木区别，文书类聚。"释"牒"曰："牒，叶也。短简编牒，如叶在枝。"可见，"簿"和"牒"两类文体概念也是源于采集和种植草木的体验。司空图《二十四诗品》以"畸人乘真，手把芙蓉"比"高古"；以"幽人空山，过雨采苹"比"自然"，也是采摘生活的积淀。

可以这样说，其本义为植物的词大多与采集生产体验有关，而其本义为动物的则大多与渔猎活动关系密切。中国文论中常用"能"这个词表示能力、才干、有才干的、胜任等含义。《说文解字》曰："能，熊属，足似鹿……"《汉书·高帝纪上》注云："能本兽名，形似熊，足似鹿，为物坚中而强力，故人有贤才者皆谓之能。"可见"能"起初是一种动物名，可能是因为其灵巧且强有力，先民们狩猎时较难对付，才慢慢衍生其他义项。所以，中国文论中"能"这个词是先民们狩猎体验的结果。又如"雅"这个词在中国文论中运用再普遍不过了。《诗经》学中有"风、雅、颂"，历代诗文评中有"雅俗之辨"。《说文解字》中说："雅，楚乌也……居秦谓之雅，从隹牙声。"可见，"雅"原是楚地的鸟类，生活在今天的湖北、湖南一带。可能是因为秦楚

---

① [意] 维柯著，朱光潜译：《新科学》商务印书馆 1989 年版，第 6、68 页。

之地是古代中国政治文化的中心，"雅"后来才有雅正之义。可见，"雅"也是先民们在狩猎生产过程中视觉、听觉体验的积淀。再如"刺"这个词，中国文论中有讽刺、讥刺之义。在《文心雕龙·书记篇》中列"刺"为一种文体："刺者，达也。诗人讽刺，周礼三刺，事叙相达，若针之通结矣。"《说文解字》中"君杀大夫曰刺……"云云应是后来义。刺之本义为用尖锐的物品插入他物，应是来源于先民狩猎的动作。由"刺"之本义，我们不难想见先民们在狩猎时为了生存奋力搏杀的情景。《文心雕龙·奏启篇》曰："诗刺谗人，投畀豺虎。"根据互文见义之规则，文论之"诗刺"应有狩猎之"投畀"的信息。"美"这一重要文论概念，无论取义"羊大为美"还是"羊人为美"，都源于先民们的狩猎体验。"羊大为美"源于狩猎之视觉体验，"羊人为美"则源于狩猎巫术活动。与"美"类似，"善"也可作此解读。随着猎物的增多，出现了家养动物。《文心雕龙·神思篇》有云："驯致以绎辞"，"驭文之首术"。其中"驯"、"驭"当是这种生活体验的移用。渔猎也是先民的一项重要生产活动，这一活动的一些体验在文学和文论中也有所积淀。陆机《文赋》中"沈辞怫悦，若游鱼衔钩"的生动比譬，柳宗元笔下"独钓寒江雪"的孤傲人生，司空图《二十四诗品》构画的"隔溪渔舟"的清奇意境，其中都传达出渔民生活体验的深厚积淀。

一般说来，原始先民首先以采集、狩猎为主，后逐渐转向以农业为主。中国从何时出现农业已难详考，现存的古文献将我国农业的起源，多托之于神农氏。[①] 如《易·系辞下》载："神农氏作，斫木为耜，揉木为耒，耒耨之利，以教天下。"长期的农耕生产，深刻地影响着中国古代的文化包括思维方式。在中国文

---

① 孙淼：《夏商史稿》，文物出版社1987年版，第14页。

论的话语中，我们随处可见农耕文化的影子。维柯说，农耕民族最初都以粮食的收获期来计算年份，从上一季收获到下一季收获为一年，如用三枝麦穗或三次挥动镰刀来表示三年。① 在中国也是这种纪年的方法。甲骨文中"年"像人负禾之形，《说文解字》释为："年，谷熟也。"这是说："年"的本义为庄稼成熟，意谓丰收。《诗经·小雅·甫田》："食我农人，自古有年"即用此义。"秋"字也是这样，《说文解字》释为："秋，谷熟也。"古诗文中"一日不见，如隔三秋"、"草木一秋"等即是以谷熟纪年的方法。与此近似，古代也常以草木发青为一年的开始。如称来年为"来叶"（如《文赋》："俯贻则于来叶，仰观象乎古人。"《文心雕龙·诏策篇》云："岂直取美当时，亦敬慎来叶矣。"）、"奕叶"（《文心雕龙·才略篇》云："二班两刘，奕叶继采。"）。白居易的诗句"离离原上草，一岁一枯荣"，王安石的诗句"春风又绿江南岸"等即其显例。除纪年方式反映出中国古代的农耕文化外，文论中常用的概念也有农耕文化的印迹。如"秀"这个词在古文论中常用。据笔者粗略统计，钟嵘《诗品》就有 4 处用了这个词："文秀而质赢"（评王粲）、"秀逸"（评颜延之）、"奇章秀句"（评谢朓）、"秀于任昉"（评范云、丘迟）。《说文解字》引徐锴言释"秀"曰："禾实也，有实之象，下垂也。"可见"秀"这个词有农耕文化的烙印。与"秀"反义的"莠"也可同样解读。又如"艺"这个词，古有"六艺"，中国文论家也雅好谈文论艺，追溯"艺"这个字之本源，也是颇有农耕文化的意味的。甲骨文中的"艺"字，像一个人跪在地上双手栽种苗木的样子。"艺"的本义是种植。《孟子·

---

① ［意］维柯著，朱光潜译：《新科学》，商务印书馆 1989 年版，第 6、68、76、215、409 页。

滕文公上》有"树艺五谷",即用本义。农业社会的男女分工是所谓男耕女织,所以纺织生活体验也常用之于谈论文学,如绮、绚、绘、缛、素等词的大量运用却是。《文心雕龙·正纬篇》云:"盖纬之成经,其犹织综,丝麻不杂,布帛乃成。"吴乔《围炉诗话》卷四中说:"读诗心须细,密察作者用意如何,布局如何,措词如何,如织者机梭,一丝不紊,而后有得。"宇文所安说,中国文论的一个重要概念"本色",起源于把文学作品比作纺织品。① 以上所论,纺织生活的印迹是显而易见的。②

《文心雕龙·事类篇》说文人们用事"任力耕耨,纵意渔猎"。"耕耨"、"渔猎"本是先民们的生活、生产方式,刘勰移之以评文,可见先民们受生活、生产方式潜移默化的影响。从采集、狩猎到农耕,先民们从来就这样生产、生活,也一直这样生产、生活。这种生产、生活方式也一直影响着中国人的文化(包括文论)思维方式。因此,中国文论思维方式的土著性和连续性也就不言而喻了。

二 与天地同春

《淮南子·修务训》载:"古者民茹草饮水,采树木之实,食蠃蚌之肉,时多疾病毒伤之兽,于是神农乃始教民播种五谷,相土地宜,燥湿肥墝高下,尝百草之滋味,水泉之甘苦,令民知所辟就。"这里简述的是先民们从古以来的生产、生活方式。

---

① [美]宇文所安著,王柏华、陶庆梅译:《中国文论:英译与评论》,上海社会科学院出版社 2003 年版,第 453 页。

② 胡晓明指出:"'以织喻文'乃秦汉六朝之谭艺流行语,为中国诗观俗世化、人间化精神之一种体现。"(胡晓明:《中国诗学之精神》,江西人民出版社 1990 年版,第 45 页。)此所谓"俗世化、人间化"不正是指中国传统的男耕女织的生产、生活方式吗?

"采树木之实"即采集生活，"食赢蜚之肉"即狩猎生活，而"播种五谷"即农耕生活。这几种生产、生活方式都是靠天吃饭。只有天地和顺，才能草木繁盛，有果可采。百禽兴旺，才有兽可猎。风调雨顺，才能五谷丰登。人的生命与天地万物息息相关、相连也相通，这就自然产生"天地与我并生，而万物与我为一"的齐物观（《庄子·齐物论》）。老子以为万物有归之为一的"道"，由此"道"而生万物。《周易·系辞上》说"一阴一阳之谓道"，天地万物都有阴阳。《庄子》认为"将旁礴万物以为一"（《逍遥游》）、"恢恑憰怪，道通为一"，此道"无物不然，无物不可"（《齐物论》）。包括后来的元气论、五行学说，都认为天地万象有一个共同的东西，虽异质而同构。历代作家心怀天下，襟抱宇宙，民胞物与，与天地精神相往来，作品中草木有情，飞鸟有意，都与民族精神中物我不分、万物一体的思维有关联。这一层道理的获得，跟先民们长期与天地共处，与万物为友的生产、生活方式密切相关。既然天地万物形异而理同，那么自然可以由天道推演人道，由此也可推演文理。《文心雕龙·原道篇》中说，文之道"与天地并生"，"天文斯观，民胥以效"，即是这一思想理路。中国文论常由天地万物感悟文心文理，以天地万物比附文心文理，都是以万物为一、文与万物异质而同道这一理路为基础的。

自然界中，草木一岁一枯荣，年年岁岁花相似，春夏秋冬，周而复始。日有出落，月有圆缺，更替有序。由此，先民们自然产生一种生命周期律和循环论。《老子》十六章中所谓"万物并作，吾以观其复。夫物芸芸，各复归其根"，即是从植物"一岁一枯荣"的循环变易中发现了"复"。《老子》二十五章又将"道"的运行规律描述为"周行不殆"。所谓"反（返）者道之动"，按照王力先生的说法，乃《老子》全书之

19

纲领。① 这些都是一种循环论思想。《周易》中也有循环意识。如《泰卦》有"无平不陂，无往不复"，其《象》曰："无往不复，天地际也。"《蛊卦》之《彖》曰："终则有始，天行也。"《丰卦》之《彖》曰："日中则昃，月盈则食；天地盈虚，与时消息，而况于人乎？况于鬼神乎？"诸如此类都是。《老子》和《周易》中的循环论都是从天地万物如草木枯荣、日月运转中感悟而来，是先民们特定的生产和生活体验的反映。也正是源于对天地万物生命循环的感悟，中国文论认为文学也有生命周期，文学的发展也是一个循环往复周而复始的过程。李渔《名词选胜序》云：

> 文章者，心之花也。花之种类不一，而其盛也亦各以时。时即运也，桃李之运在春，芙蕖之运在夏，梅菊之运在秋冬。文之为运也亦然，经莫盛于上古，是上古为六经之运；史莫盛于汉，是汉为史之运；诗莫盛于唐，是唐为诗之运；曲莫盛于元，是元为曲之运。运行至斯，而斯文遂盛。

这是后来焦循《易余籥录》卷十五论"一代有一代之所胜"的前声。这种观点实即文学生命周期论和文学发展循环论。对某一种文体而言，有所谓一切文体"始盛终衰"（王国维《人间词话》语）的规律，此为生命周期律。"一代有一代之所胜"即某种文体的生命旺盛期在某一代，即李渔所谓"其盛也亦各以时"。对整个文学而言，一种文体之生命盛衰过程接着另一种文体之盛衰过程，每一次接替又仿佛回到了历史的原点，此则为循环规律。值得强调的是，上引李渔的一段话，也是从桃李、芙

---

① 王力：《老子研究》，天津古籍书店影印本 1989 年版，第 1 页。

蕻、梅菊等花在春夏秋冬的"花运"领悟出来，有先民们生产方式、生活方式的烙印在。

三　与万物共感

"与天地同春"、"与天地精神相往来"说的是长期的采集、狩猎和农耕生活形成先民们的整体思维。但人毕竟不是动物，不是花草，人有自我意识，是宇宙生命的自觉者。古人对此早有认识，《礼记·礼运篇》云："人者……五行之秀气也"，"人者，天地之心也。"这一观点为刘勰所继承，他在《文心雕龙·原道篇》中，在讲了天地之后，接着写道："两仪既生矣，唯人参之。性灵所钟，是谓三才。为五行之秀，实天地之心。"在刘勰看来，人是天地灵性的凝聚，是万物的精英，是宇宙生命的自觉者。人处天地间，与四灵齐德，与草木同春，与天地精神相往来的同时，更能感悟天地，感悟万物，感悟自己的存在。先民们在长期的采集、狩猎、农耕生产、生活当中，对天地万物之理有感悟式把握。根据前面所说的文学与天地万物异质同构的道理，推之以论文，文学家们常由自然万物之理体悟出文心文理，是为文论中的直觉思维。同时，文论家又常以自然万物之理来比附相对抽象的文心文理，是为具象思维。我们可以这样说，在自然万物和文心文理之间，直觉思维和具象思维常常相伴相随，一体两面。

大自然花开草长，鸟语虫声，天地间水流云在，月到风来，一切自然而然，不着人工而自然灵妙、生机盎然。生产于其中，生活于其中的先民们容易产生顺应自然、道法自然的思想。推之以论文，则创作情思皆源于天工，自然生发，非人工所能强为。如清代徐增《而庵诗话》云："诗贵自然，云因行而生变，水因动而生文，有不期然而然之妙。"一部文学发展史，亦如植物生根发芽、开花结果，全由天工，并非人力。清代钱泳《履园谭诗》中有一段话，由草木的生命历程悟出诗学发展史的大道理：

> 诗之为道，如草木之花，逢时而开，全是天工，并非人力。溯所由来，萌芽于《三百篇》，生枝布叶于汉、魏，结蕊含香于六朝，而盛开有唐一代，至宋、元则花谢香消，残红委地矣。间亦有一枝两枝晚发之花，率精神薄弱，叶影离披，无复盛时光景。若明之前、后七子，则又为刮绒通草诸花，欲夺天工，颇由人力。迨本朝，其花尤盛，实能发泄陶、谢、鲍、庾、王、孟、韦、柳、李、杜、韩、白诸家之英华，而自出机杼者；然而亦断无竟作陶、谢、鲍、庾、王、孟、韦、柳、李、杜、韩、白诸家之集读者。花之开谢，实由于时；虽烂漫盈园，无关世事。则人亦何苦作诗，亦何必刻集哉？覆酱覆醅，良有以也。

"萌芽"→"生枝布叶"→"结蕊含香"→"盛开"→"花谢香消、残红委地"云云，纯然是草木生命历程的描述。由草木之生命历程悟出诗歌发展史"全是天工，并非人力"的道理。以草木喻诗文，形象、具体、生动，也符合农耕文化为背景的中国人的接受心理。

把一部中国诗史比作树木之生命史，把抽象的幽妙的文心文理比作树木之根叶枝干的关系并不始于清之钱泳，其生动形象，情理透彻似也不以钱泳为最。叶燮《原诗·内篇》中已有这一思路的现成底本：

> 譬诸地之生木然，《三百篇》则其根，苏、李诗则其萌芽由蘖，建安诗则生长至于拱把，元朝诗则有枝叶，唐诗则

枝叶垂荫，宋诗则能开花，而木之能事方毕。自宋以后之诗，不过花开而谢，花谢而复开，其节次虽层层积累，变换而出，而必不能从根柢而生者也。故无根则由蘖何由生？无由蘖则拱把何由长？不由拱把则何自而有枝叶垂荫而花开花谢乎？

当然，以草木喻诗文，并不是清人的发明创造，而是中国文学批评史早已有之的言说传统。白居易《与元九书》中"根情、苗言、华声、实义"已是学人共知的显例。司空图《二十四诗品》则纯然是花草树木、飞鸟游鱼的大化世界："饮之太和，独鹤与飞"之冲淡，"柳阴路曲，流莺比邻"之纤秾，"青春鹦鹉，杨柳楼台"之精神……草木有情，飞鸟有意，大化世界与文心文理相融相谐，大化之呈现亦即文心文理的呈现。以动植物喻诗文，其历史还可以往前追溯，其事例也随处可见，一抓一大把。甚至可以追溯到远古先民"燧木为火"、"构木为巢"的原始生活，有极浓厚的原始诗性情味。[①] 我们当然不能满足于事例的堆砌，我们应该追问：这背后的文化背景、文化心理是什么？我们认为，这跟先民们长期的采集、狩猎、农耕生产方式和生活方式有关，是一种农业文化心理的反映。朱光潜先生在《中西诗在情趣上的比较》中有段妙论："西方诗人所爱好的自然是大海，是狂风暴雨，是峭崖，是日景；中国诗人所爱好的自然是明溪疏柳，是微风细雨，是湖光山色，是月景。"[②] 中西差异，根本的

---

① 张杰先生指出："作为一种记载着原始人类最初的心灵之语的文化原型，森林所负载的人类生命母体和原始家园的象征意蕴，已在华夏民族集体无意识心理结构的千古回应中，积淀成华夏民族世代相守的一种心灵之约。"（张杰：《心灵之约》，武汉大学出版社2001年版，第98页。）

② 朱光潜：《诗论》，三联书店1984年版，第74页。

是生产方式、生活方式的差异。在中华大地上，先民们生于斯长于斯，长期相对稳定地过着采集、狩猎、农耕生活。目之所及，耳之所闻，是草木虫鱼、飞鸟走兽，以之入诗入文是再自然不过的事。孔子说，读诗可以"多识于鸟兽草木之名"（《论语·阳货》），就已经充分地认识到草木虫鱼、飞鸟走兽大量入诗的问题。

根植于先民们特定的生产、生活方式，有深厚的文学传统土壤，中国文论大量取象于草木虫鱼、飞鸟走兽就已是顺理成章的事了。下面我们以《文心雕龙》为例来说明，先民们的生产、生活经验在文论感悟大化、取象大化中留下了怎样的烙印。

首先是描写动植物生命活动、生命状态的语句直接移入文论中。如《宗经篇》中说圣人的经典："根柢槃深，枝叶峻茂。"《议对篇》中说："长虞识治，而属辞枝繁。"又说："是以汉饮博士，而雄集乎堂；晋策秀才，而摩兴于前。"《风骨篇》中说："若风骨乏采，则鸷集翰林；采乏风骨，则雉窜文囿。"

其次，从动植物生命活动、生命状态中体悟出文心文理；或是把抽象的文心文理具象化为动植物的生命活动、生命状态。如《风骨篇》云："夫翚翟备色而翾翥百步，肌丰而力沈也；鹰隼乏采而翰飞戾天，骨劲而气猛也。"说的是文章要有气骨才力的道理。《情采篇》通过"夫水性虚而沦漪结，木体实而花萼振"来说明"文待质"的道理，而"虎豹无文，则鞟同犬羊；犀兕有皮，而色资丹漆"则说明"质待文"的道理。又通过"桃李不言而成蹊"来说明"有实存"的效果，而"男子树兰而不芳"则说明"无其情"的后果。由此刘勰进一步引申说："夫以草木之微，依情待实；况乎文章，述志为本，言与志反，文岂足征？"说明真情实意对文章是多么重要。《通变篇》中通过草木"根干丽土而同性，臭味晞阳而异品"来说明"设文之体有常，变文之数无方"的道理。《事类篇》"姜桂因地，辛在本性"说明的是"文章由学，能在天资"。《隐秀篇》以"卉木之耀英华"比文章"自然会妙"，等等。

无论是语句的直接移用还是体悟自然、取象自然，都使相对抽象的文心文理生动形象，这一点自不待言。我们需要进一步指出的是，这是先民们长期采集、狩猎、农耕生产、生活经验的体现。刘勰本人也许并没有从事过采集、狩猎和农耕生活，但他生活在民族文化中，民族文化经验对他有潜移默化的影响。刘勰如此，其他文论家亦如此。

第二节　汉字的诗性特征与中国
文论的思维方式

生产方式、生存方式固然决定一个民族的文化方式包括思维方式，但这种决定作用是基础性、间接性的。对一个民族的思维方式影响更为直接的是其文化及其传承。从上古迄今，几千年来，作为汉民族绳绳相因、绵绵相续的文化载体有多种，如器具（青铜器、陶器）、壁画、文字等。而文字毫无疑问是其中最重要的一种。因此，通过解析各种文化载体，就能得到民族文化，包括思维的生成、延续的信息。限于作者知识，我们这里只谈汉字对中国古代文化（特别是中国文论）思维方式的影响。①

---

① 文化决定论者克娄伯（A. L. Kroeber）认为，文化现象是超有机的，超个人的及超心理的，文化是自治的，历史事件有决定以后事势的能力，且是不可免的，个人在历史上的地位无关紧要，甚或可以完全否认。（参见林惠祥：《文化人类学》，商务印书馆 2005 年版，第 43 页。）文化决定论者还有一句金言："You are what you learn."这是 20 世纪 40—50 年代文化人类学者们颇为流行的观点。（参见 Cultural Anthropology by Emily A. Schultz and Robert H.，Lavenda Mayfield Publishing Company，1998，p. 22。）我们虽不是文化决定论者，但肯定文化（包括语言文字）对人的反作用。

德国人类学家卡西尔（1874—1945）提出一个著名理论："我们应当把人定义为符号的动物（animal symbolicum）来取代把人定义为理性的动物。"所谓人是"符号的动物"，是因为人能利用符号创造文化，"所有这些文化形式都是符号形式"。人之所以有别于其他动物，就因为"人不再生活在一个单纯的物理宇宙之中，而是生活在一个符号宇宙之中"。① 文字是人类创造的一种文化符号，而且是一种主要的文化符号。作为民族文化主要载体的汉字是华夏民族创造的主要文化符号，其中承载着华夏民族深厚的文化信息。"造成中华文化核心的是汉字，而且成为中国精神文明的旗帜。"② 关于语言和思维的关系，20 世纪的美国学者萨丕尔（Edward Sapir，1884—1939）和沃尔夫（Benjenin Lee Whorf，1897—1941）认为语言对思维有决定作用。萨丕尔指出：语言大大地制约着我们对于社会问题的一切思考。我们之所以看，所以听，或甚至经验，正如我们之所以做这个或那个一样，都是因为我们社会的语言习惯预先安排好了一定解释的选择。③ 作为萨丕尔的学生，沃尔夫进一步指出：

> 我们现在所有的关于思维的最好说明，是由语言的研究所提供的。语言的研究表明：一个人的思想形式，是受他所意识不到的语言形式的那些不可抗拒的规律的支配的……思维本身总是在一种语言中，在英语中、在梵语中或者在汉语

---

① ［德］恩斯特·卡西尔著，甘阳译：《人论》，上海译文出版社 1985 年版，第 44—46 页。

② 饶宗颐：《符号·初文与字母——汉字树》，商务印书馆 1998 年版，第 174 页。

③ E. Sapir, The Status of Linguistics as A Scievce, Langunge, Vol. 5, No. 4, 1929. 转引自王作新《汉字结构系统与传统思维方式》，武汉出版社 1999 年版，第 8 页。

中。每一种语言都是一个庞大的形式体系；而每一个这样的型式体系又不同于其他的形式体系；在这样一个形式体系中的那些形式和范畴都是一种文化规定——人们不仅应用这些形式和范畴来交际，而且还应用它们来分析自然，来注意或忽视关于关系和现象的某些类型，来引导他的推理和建造他的意识的大厦。①

萨丕尔、沃尔夫强调语言对思维的决定作用，可称之为"语言决定论"（Linguistic Determinism）。语言决定论的偏颇是明显的，因为任何文化样式包括思维方式都是诸多因素的综合作用的结果。但语言决定论在一定意义可以解释，在轴心期之后，为什么西方走向理性，而以中国为代表的东方则延续诗性思维。因为在此之后，西方的文字由象形走向了拼音，用维柯的话来说，是"神的字母"、"英雄的字母"变成了"土俗的字母"。② 而中国则一直采用富于神性的诗性文字——象形为主要特征的文字。汉字作为汉民族思维的工具，受传统思维方式的深刻影响，同时，中华民族在长期使用汉字的过程中，汉字对其思维也有反作用，它在一定程度上对传统思维产生影响。美国生物学家克里斯托弗·威尔斯（Christopher Wills）说："加速我们的脑子生长的力量似乎是一种新的刺激物：语言、符号、集体的记忆等等所有文化的元素。"③ 汉字跟拼音文字不同的是有它自己特殊的形体结构，组成特殊的文化场。这种特殊的形体结构特征，有人称之

---

① B. L. Whorf, Language, Thought and Reality, Selected Writings, 1956, p. 252. 转引自王作新《汉字结构系统与传统思维方式》，武汉出版社 1999 年版，第 8 页。

② ［意］维柯著，朱光潜译：《新科学》，商务印书馆 1989 年版，第 498—499 页。

③ 转引自何九盈《汉字文化学》，辽宁人民出版社 2000 年版，第 46 页。

为"诗化之文字",具有"诗化之美质"。① 如果考虑到汉字是几千年华夏文明的主要载体,那么我们可以说,汉字的诗性特征在某种程度上促成了中国文化诗性特征的形成。如果考虑到汉字是历代文论家相伴终生的主要文化符号,则我们可以说,作为中国文化的重要组成部分,中国文论的民族特色即诗性特征的形成也就在情理之中了。下面,我们就汉字诗性特征对中国文论思维方式的影响分几个方面来谈。

一 象形文字与文论的具象、直觉思维

从文字起源来说,汉字起源于图画,最早是图腾崇拜。巫吏是文字的主要创造者,当时的酋邦或酋邦联盟的头领也就是巫师头人。维柯称他们为"神学诗人",因为他们"懂得上帝在预兆中所表达的天神语言"。② 在中国历史文献中,巫、祝、宗等都是这种沟通神灵的权威人士。

据《左传·庄公三十二年》记载:"神居莘六月,虢公使祝应、宗区、史嚚享焉,神赐之土田。"祝、宗、史都是精通巫术者。直到汉代贾谊还说:"吾闻古之圣人,不居朝廷,必在卜医之中。"司马迁也说:"文史星历近乎卜祝之间。"(《史记·日者列传》)巫师在驱鬼敬神的各种仪式中,绘制各种象征神灵鬼怪的图像,这些图像代代相传,渐渐就变成文字,这是文字起源的普遍规律。"文字的发明在很大的程度上是为了巫术的需要。无巫则无字,无字则无史。"③ 甲骨文已是相当成熟的文字,但其

---

① 美国学者芬诺罗萨(Ernest Fransico Fenollosa, 1853—1908)《论用中国文字之作工具》,转引自何九盈《汉字文化学》,辽宁人民出版社 2000 年版,第 125 页。

② [意] 维柯著,朱光潜译:《新科学》,商务印书馆 1989 年版,第 186 页。

③ 马德邻等:《宗教:一种文化现象》,转引自何九盈《汉字文化学》,辽宁人民出版社 2000 年版,第 292 页。

内容多为卜辞，从一定程度上说明文字的产生与巫术的紧密联系。传说中的伏羲、黄帝、仓颉等都是所谓古之圣人，后人往往把他们塑造成生理器官异常的"人"，强调其特异功能，如仓颉四目重光。这些都保留着巫术图腾崇拜的文化因子。

在原始时代，中国辽阔的大地上居住着众多的氏族部落，每一氏族部落都崇拜一个或两个以上的图腾，为了相互区别，他们分别在自己的所在地和所有物上描绘或雕刻自己的图腾形象。这样，他们便创造了表示自己图腾和氏族最早的象形文字。例如以羊为图腾的氏族，最早创造了羊的象形文字；以熊为图腾的氏族，最早创造了熊的象形文字；以虎为图腾的氏族，最早创造了虎的象形文字；以龙、蛇、马、狗、兔、鸡、猴、狼、豹、狮、牛等动物为图腾的氏族也一样，分别创造了最早图腾物的象形文字。这种作为图腾图像的象形文字是文字萌芽时期最基本、最古老的文字。后来，在这些象形文字的基础上滋生了大量抽象字或同根字。关于汉字源于图腾崇拜，前人多有论述。如何星亮指出："中国最早的象形文字是图腾图像，两者密切相关。"① 《说文解字》上称："南方蛮闽从虫，北方狄从犬，东方貉从豸，西方羌从羊。"说明中国古代四境的这些部族的称号来自图腾崇拜，虫、犬、豸、羊曾是他们远祖的图腾。

作为来源图腾的汉字，是典型的诗性文字，用维柯的话说，"这些符号就是实物文字，自然界就是天帝的语言"，是"神的字母"。② 汉字字形构造和构字时的思维有明显的原始思维的特点。最突出的就是象形："羊角象其曲，鹿角象其歧，象象其长

---

① 何星亮：《中国图腾文化》，中国社会科学出版社 1992 年版，第 154 页。

② ［意］维柯著，朱光潜译：《新科学》，商务印书馆 1989 年版，第 185、498 页。

鼻，豸象其竭尾，犬象其厥尾，宏象其博首宛身，鱼象其枝尾细鳞，燕象其籥口布翅，龟象其昂首被甲，且也或立或卧，或左或右，或正视或横视，因物赋形，恍若较画无茅。"① 这种因物赋形的象形表意法，用简单的线条描摹客观事物的形状，有生动直观的特点，使人一看就能把字形与具体事物联系起来，知道它所代表的事物。维柯说，原始祖先们生而就有一种功能，"这些原始人没有推理的能力，却浑身是强旺的感觉力和生动的想象力"。这种象形文字都是某种"想象的共相"（imaginative universals）②。维柯所说的感觉力和想象力即直觉思维和具象思维能力。汉字构造的具象思维和直觉思维在一定程度上影响了中国文化包括文论的主要思维方式。中国文论常常用具象来表达审美感受，正如《文心雕龙·诠赋篇》中说："拟诸形容，则言务纤密；象其物宜，则理贵侧附。"如"芙蓉出水"、"错彩镂金"、"木实花萼"、"虎豹文"、"犀兕皮"、"春花秋实"、"高山流水"、"流风回雪"、"落花流水"、"幽鸟飞鹏"等生活中的具体物象常被文论家用来比附文学。

直觉思维也是中国传统文化的鲜明特点，韩林德把儒家的思维方法称为"比类直觉"、道家称为"意会直觉"、禅宗称为"顿悟直觉"，③ 把握了中国传统文化的思维特点，是很有见地的。无论是比类直觉、意会直觉还是顿悟直觉，都深刻影响着中国文论的发展方向。中国文论，表达的主要是批评家和读者直接感觉。其审美范畴来源于中国人的官能性的感受，如维柯所说

---

① 容庚：《甲骨文字之发展及其考释》，转引自何九盈、胡双定、张猛主编《中国汉字文化大观》，北京大学出版社 1995 年版，第 47 页。

② ［意］维柯著，朱光潜译：《新科学》，商务印书馆 1989 年版，第 182 页。

③ 韩林德：《境生象外》，三联书店 1995 年版，第 99—103 页。

"只凭一种完全肉体方面的想象力","是一种感觉到想象出的玄学"。① 如源于味觉的"品"、"味"、"淡";源于视觉的"清"、"深"、"丽";源于听觉的"静"、"幽";源于触觉的"温"、"柔";源于嗅觉的"香"、"臭"等都是直接表达人的感官感受。在这些基本的直觉范畴的基础上,中国文论衍生出一系列直觉性的概念和词语。基于这些直觉性的范畴概念基础上的中国古代文学批评对文学的产生、作品的体裁、风格、创作手法、文学的作用、文学的阅读与欣赏,总之对文学的整个流程都是富于直觉体验的。

中国文论的具象和直觉的思维方式也许有笼统模糊的欠缺,却是符合中国文学以抒情为基质的文学特点的最佳品评方式。抒情文学是情感体验的产物,而情是只可意会不可言传的。如要言传,也只能点到为止,用比兴的手法,用生动形象的语言去勉强言之。具象性和直觉性的思维方式不同于抽象的用理论概念进行逻辑推演的逻辑思维,有欠严密之嫌,却具有生动活泼的诗性特点。《文赋》、《诗品》、《文心雕龙》、《二十四诗品》等这些中国文论的经典作品,不仅可以当作理论作品来阅读,也可以当作文学作品来体味,这是中国文论的妙处。具象性和直觉性的思维方式也许还有不够周全不够系统的毛病,却给读者和评论家提供了想象的空间和以俟填补的空白,从而先天性地具有了开放性和多元性优势。

二　合体文字与文论的整体思维

汉民族先民造汉字的"法天象地"的思维方式实质上是一

---

① ［意］维柯著,朱光潜译:《新科学》,商务印书馆1989年版,第181—182页。

种"天人合一"的整体思维方式。在这里"感性世界与彼世合而为一"①。这一思维方式直接启示了后世的哲学和文学的思维方式。《周易》之"易"、元气论、五行说、道家之"道"、禅宗心学都是沟通天地万物的整体思维，儒家之仁学也是视个人于社会这个整体之中，宋明理学"理一分殊"、"天地万物通为一体"、"心外无理"、"心包万物"等显然也是一整体思维。中国哲学和文化是所谓"博明万事"、"辨雕万物、智周宇宙"者也（《文心雕龙·诸子篇》）。受这种整体哲学思维影响的中国文学及其批评，也是一种整体思维。汉大赋"苞括宇宙，总揽人物"（《西京杂记》卷二），司马迁《史记》要"究天人之际，通古今之变"，杜甫"上感九庙焚，下悯万民疮"（《壮游》）包举乾坤的情怀，曹雪芹《红楼梦》百科全书式的写作等都是整体的文学创作思维。文论家们也以整体思维来评论文学，喜欢"一言以蔽之"（《论语·为政》）。文学构思时"观古今于须臾，抚四海于一瞬"。创作时"笼天地于形内，挫万物于笔端"（陆机《文赋》）。品评作品时则要求"圆照"、"博观"等。一部《文心雕龙》"体大虑周"、"笼罩群言"（章学诚《文史通义·诗话》），无疑是整体思维的产物。

汉字中的象形文字的绝大部分是独体文字，但不是所有事项都可以用取象方式来表达，为此，古人创造了合体造字法即会意和形声造字法。合体字中绝大多数是形声字。据统计，《说文解字》里所收小篆中的形声字，其数量已占82%。南宋郑樵曾对23000多个汉字的结构做过分析，发现形声字的比重已超过

---

① ［法］列维—布留尔著，丁由译：《原始思维》，商务印书馆1981年版，第376页。

90%。①合体字大多由两个部件组成，两个部件相互依存，缺一不可，使得汉人习惯于讲偶讲对，认为凡物必有对。唐孔颖达在《周易正义》中指出："今验六十四卦，二二相耦，非覆即变。"中国古代文学追求成双成对，人们认为这种事物是美好的。

刘勰《文心雕龙·丽辞篇》认为，偶词俪句是自然天成，是"造化赋形"、"神理为用"，故"不劳经营"，无须刻意追求。刘勰在文中还探讨了四种"丽辞之体"：言对、事对、反对、正对。刘勰之后，关于对偶的理论探索不断深入，如唐代上官仪论诗有"八对"、遍照金刚《文镜秘府论》有"二十九种对"等。在中国文学史上，骈体文和近体诗是两朵奇葩，散文和小说讲究起承应合、首尾呼应，这些都是中国人崇尚对偶意识的反映。

合体字中音符和义符两个部件两两相依，缺一不可，体现了汉民族善于把握统一物的两个方面，即具有辩证统一思维。如《易经》中阴阳和合的思想、老子的福祸相依思想，都是这一思维模式的表现。在辩证思维的影响下，汉民族产生了平衡、中和的审美理念，即中庸思想。这一思想在中国文学思想史上有好的影响，也有不良后果。中国文学主张美善统一，文质彬彬，情理并重，有其积极一面。古代作家大多直面现实人生，写出许多有现实深度和生活广度的伟大作品，这样的作家不乏其例。主张文质并重，内容与艺术形式的完美统一，中国古代产生了大批思想和艺术并重的优秀作家。这是中国文学的优良传统和优势所在。同时也应看到，中国文学又宣扬温柔敦厚、情为理约，限制了作家情感的宣泄，也限制了批评家对作家作品的正确评价。如汉儒

---

① 何九盈、胡双宝、张猛主编：《中国汉字文化大观》，北京大学出版社1995年版，第185页。

虽然肯定屈原的"推此志也，虽与日月争光可也"，但对其"志"不符合圣人之道则曰"露才扬己"。汤显祖的《牡丹亭》也一度遭到正统人士的非议。

整体性的思维方式除了上述辩证统一的思想之外，还具有系统有机化的特征。汉字合体字的各个部件除了相互依存，还具有各自的功能。如形声字的形符和音符分别具有表义和表音的功能。这种系统有机化的思维方式强调的是结构和功能，而不是系统和要素（一个系统是由若干要素组成的，系统的结构决定了系统的整体功能）。一个汉字就是一个有机整体，各个部件都是其有机组成部分。"写汉字像叠罗汉，有立的，有卧的，有扳肩的，有伸脚的，不但要整齐，还要叠成花样，而且最好是不同的花样。这些花样都有一定的'谱'，只能照规矩作，不能自出心裁。一个汉字的构造就是一种建筑，其中有美学也有力学。"① 由于汉字的独特形体结构，中国产生了被称为"文化核心的核心"书法艺术，通过书法可以研究集体心理，了解民族性和文化精神。一幅书法是一个完整的生命有机体，书法如人，其中有血有肉有筋有骨。② 与人的生命原初状态血脉相通，使汉字在形体构造上极富诗性特征。这是诗性隐喻的以己度物的表达方式，"使无生命的事物显得具有感觉和情欲"。③

汉字这种整体系统的结构思维方式影响了中国文化的精神特征。在中国哲人看来，万物的本体元气是始基生命力，是万物生机活力之所在。"正是受元气论的深刻影响，中国艺术家借助一定的物质手段或通过一定的艺术形式，来表现宇宙'气化流行，生

---

① 杜子劲：《汉字在书写上的缺点》，《中国语文》，转引自何九盈、胡双宝、张猛主编《中国汉字文化大观》，北京大学出版社 1995 年版，第 48 页。

② 熊秉明：《书法和中国文化》，《新华文摘》2003 年第 6 期，第 139 页。

③ ［意］维柯著，朱光潜译：《新科学》，商务印书馆 1989 年版，第 200 页。

生不息'的体悟和感受时，总是着力于表现人物的气质、个性和精神的世界，亦即着力于表现天地万物在'气化流行、生生不息'的大化流程中呈现出来的'神'、'韵'和'势'，千百年来，讲究'传神'、标举'气韵'、推崇'气势'，事实上成了华夏美学纵情讴歌生命的主旋律。"① 把文学作品视作生命整体，与生机勃勃的大千世界联系在一起，正如庄子所说："天地与我并生，而万物与我为一。"（《齐物论》）这在中国古文论中有许多事例。如古人常把文学作品比喻成动植物，说文学作品如"清水芙蓉"、"鸾凤之音"，古人甚至把文学作品比喻为人体，形成中国文论中独特的评论现象"生命之喻"。② 由文字、书法之整体性推及诗文之整体性，王夫之《夕堂永日绪论》中有段妙论：

> 王子敬作一笔草书，遂欲跨右军而上。字各有形垿，不相因仍，尚以一笔为妙境，何况诗文本相承递邪？一时一事一意，约之止一两句；长言永叹，以写缠绵悱恻之情，诗本教也。《十九首》及《上山采蘼芜》等篇，止以一笔入圣证。自潘岳以凌杂之心作芜乱之调，而后元声几熄。唐以后间有能此者，多得之绝句耳。一意中但取一句，"松下问童子"是已。如"怪来妆阁闭"，又止半句，愈入化境。近世郭奎"多病文园渴未消"一绝，仿佛得之。刘伯温、杨用修、汤义仍、徐文长有纯净者，亦无歇笔。至若晚唐饾凑，宋人支离，俱令生气顿绝。"承恩不在貌，教妾若为容。风暖鸟声碎，日高花影重。"医家名为关格，死不治。

---

① 韩林德：《境生象外》，三联书店 1995 年版，第 166 页。
② 吴承学：《生命之喻——论中国古代关于文学艺术人化的批评》，《文学评论》1994 年第 1 期。

书法以"一笔"为妙境，诗文亦以"一笔"（即整体连贯）入化境，如王夫之认为，古诗十九首、唐以后绝句多得此妙。而晚唐、宋人诗生气顿绝，是因为其"馈凑"、"支离"，即破碎不成一体，缺乏完整性。如医家所谓"关格"，即阴阳不调，不可救药。

三　表义文字与象征、联想思维

汉字是一种表义文字，无论是生动直观的象形表义，还是察而见意的指事表义，还是耐人寻味的会意表义，还是标类注意的形声表义，都表现出造字方式的表义性。美国学者芬诺罗萨（Ernest Fransico Fenollosa，1853—1908）指出中国文字"独摄取自然界之诗的实质，另造一隐喻之世界"，汉字具有"隐喻"功能，"远非一切音标文字所能及焉"。[①] 隐喻功能恰是诗性特征的重要表现。[②] 汉字的隐喻功能有多方面表现，陈钟凡《从文字学上所见初民之习性》从汉字构成看出古人有九大习性："一曰注意之习性"、"二曰类推之习性"、"三曰想像之习性"、"四曰象征之习性"、"五曰爱美之习性"、"六曰分析之习性"、"七曰实用之习性"、"八曰竞争之习性"、"九曰政治之习性。"从一个侧面说明汉字隐喻功能的丰富性。[③] 本文限所涉内容，仅谈象征和联想两方面对中国文论思维方式的影响。

先说象征思维。如前所说，汉字来源于原始图画。而作为

---

① ［美］芬诺罗萨：《论用中国文字之作工具》，转引自何九盈《汉字文化学》，辽宁人民出版社 2000 年版，第 125 页。

② "诗性智慧"的特征大体上表现于三个方面：一是诗性隐喻的以己度物，二是诗性逻辑的想象性类概念，三是诗性文字的以象见义、象形会义。（李建中《原始思维与中国文论的诗性特征》，《文艺研究》2002 年第 4 期。）

③ 《国学丛刊》1923 年第 1 卷第 2 期，转引自何九盈《汉字文化学》，辽宁人民出版社 2000 年版，第 105 页。

"艺术前的艺术"，黑格尔称为"象征型艺术"。① 所以我们也可以说汉字来源于象征型艺术，是象征思维的产物。如汉字造字法中，指事字的构字思维即是一种象征思维。指事造字法是利用特殊符号记某一客观事物、表示某一概念的造字方法。这种符号或是加在独体象形字的某一部位，或是加在代表某种事物符号的特殊位置。这种符号是一种象征，上下有别，本末分殊，"上"与"下"、"本"与"末"就是典型的指事字。汉字构字的象征思维影响中国文化、文论的思维方式。《易经》一书由——（阳爻）、——（阴爻）两类奇偶符号，六个一组自下而上叠成六十四卦，六十四卦每卦均有卦爻辞。《易传》认定，卦画符号与八经卦具有多层次的象征意义。"——"象征阳、刚、奇等等。"——"象征阴、柔、偶等。八卦的基本象征物为：乾为天，坤为地，震为雷，巽为风，坎为水，离为火，艮为山，兑为泽。《易传》的作者依据"方以类聚，物以群分"（《系辞上传》）、"同声相应，同气相求"（《乾文言传》）的原则推演认定，八卦之象是完全可以象征天下万物的。

　　受《周易》及其他典籍的影响，象征手法在中国古典艺术中随处可见。如在中国绘画中，常见松竹梅"岁寒三友图"，松竹梅兰"四君子图"以及"松鹤图"，借以象征人品、节操、美德和中国老百姓所企盼的长寿与多福。在中国文学中，象征更是常见的艺术手法，如屈原《离骚》中"香草美人"的手法，"虬龙以喻君子，云蜺以譬谗邪"，刘勰以为是"比兴之义，同于风雅者也"（《文心雕龙·辨骚篇》）。后世大量的咏物诗词中，梅、

---

　　① 黑格尔把"艺术前的艺术"称为"象征型艺术"，认为象征包含两个因素："第一是意义，其次是这意义的表现。意义就是一种观念或对象，不管它的内容是什么，表现是一种感性存在或一种形象。"（黑格尔著，朱光潜译：《美学》第二卷，商务印书馆1979年版，第10页。）

兰、菊、竹四种物象是最常见的题材。梅花傲霜斗雪，主要是一种烈士的人格，是士人不屈不挠、勇于抗争的象征；幽兰空谷自足，主要是一种高士的情怀，经严冬不改本色的禀性，俨然是士人气节的写照；菊花既在严霜下绽开，又在东篱边自适，出处进退，恒有儒道两种人格的互补，是中国文人人格两重性的象征；竹之高直疏萧的个性，使中国文人在其中玩赏自己的君子美质。① 其象征手法是显而易见的。中国文论中也有不少关于象征手法的论述，在古典文论中，比兴、隐、意象等概念是近乎西方所谓象征的。闻一多先生在《说鱼》一文中说："《易》中的象与《诗》中的兴……本是一回事，所以后世批评家也称《诗》中的兴为'兴象'。西洋人所谓意象、象征，都是同类的东西，而用中国术语说来，实在都是隐。"② 关于意象的理论，我们古代美学中早有丰富而精辟的论述，前辈早有详论，③ 此处不赘。

次说联想思维。以象形为基础的汉字，是某种想象的共相（imaginative universals）。④ 无论是造字还是认字，都如画画或观画，要有一个想象过程。这是一个抓住事项本质、舍形取神的过程，当然也是一个联想思维的过程。如甲骨文中"鹿"的字形，是用不多几条线勾画出来的鹿的整体侧视形，其中鹿的树杈似的犄角形很醒目，使人一望而知是"鹿"字。"马"和"象"的字形，也是动物的整体侧视形，突出的是马的鬃毛形、象的长鼻形。而"牛"和"羊"字，则是牛头和羊头的正视形，但"牛"字的角是弯而向上的，而"羊"字的角形是弯而向上而后

---

① 胡晓明：《中国诗学之精神》，江西人民出版社 1990 年版，第 270—273 页。
② 闻一多：《闻一多全集》第一卷，三联书店 1982 年版，第 118—119 页。
③ 敏泽：《中国古典意象论》，选自罗宗强《古代文学理论研究》，湖北教育出版社 2002 年版，第 593—610 页。
④ ［意］维柯著，朱光潜译：《新科学》，商务印书馆 1989 年版，第 498 页。

向下的，从角形上将两者区分开来。这是一个离形得似、舍形取神的过程，也是突出物体的典型特征，以部分指代全体的过程。这一思维特征，对中国艺术产生深远影响，如中国画中"白描"手法的运用，即是这种思维方式和审美趣味的产物。文学批评中的"形神论"、"虚实论"都是联想思维作用的结果。

汉字中的合体字是由两个或两个以上的字符组成的，这些字符本身各有含义，合在一起又产生了新质，产生了 1+1＞2 的艺术效果。这个组合的过程也是一个联想的过程，犹如电影中的蒙太奇艺术。著名学者叶维廉就说汉字对蒙太奇艺术有启示作用。① 这一联想方式，对中国文学也颇有启示，元代马致远《天净沙·秋思》首三句不以关联词作中介，而连用九个名词勾绘出九组剪影，交相叠映，创造出苍凉萧瑟的意境。周德清《中原音韵》赞其为"秋思之祖"，王国维《人间词话》称它"寥寥数语，深得唐人绝句妙境"，当为确评。由九组剪影到一个完整的意境，其间的思维方式即是联想思维。文学联想思维在陆机《文赋》中就有所涉及，所谓"瞻万物而思纷"、"精骛八极，心游万仞"，"观古今于须臾，抚四海于一瞬"。准确地描述出思维跨越时空的特点。刘勰《文心雕龙》专辟《神思》一篇，生动地揭示出文学思维"思接千载"、"视通万里"、"神与物游"、"神用象通"等特点，是对文学思维较全面的论述。

一个汉字就是一首诗，维柯说中国人直到今天还用"诗性方式去思考和表达自己"。② 汉字构造体现了天地万物之神髓，蕴涵着中国人的生活经验和生命体验，其极富诗性的思维特征潜移默化地影响着中国文化包括文论的思维方式。因而，探寻汉字的诗

---

① 叶维廉：《中国诗学》，三联书店1992年版，第24页。
② [意] 维柯著，朱光潜译：《新科学》，商务印书馆1989年版，第209页。

性特征，有可能真正看清中国文论的民族根性、流变脉络及文化品质，也才有可能在中西文论平等对话的前提下坚守本土文化的精髓和诗性，为汉语文论的存续和拓展提供历史的逻辑的前提。

第三节 人类的童年诗性与中国文论的童心向往

诗性（或曰诗性智慧）是维柯《新科学》提出的核心概念。维柯认为："在世界的童年时期，人们按本性就是些崇高的诗人。"此时的人们正像儿童一般推理力薄弱、想象力丰富、好奇心强、记忆力强、富于激情、感觉力强旺。[①] 在维柯看来，儿童最富诗性。在中国，儒道文化认为，孩童最合自然之道，最有赤子情怀。基于浓厚的诗性文化传统的中国文论，要求作家以一颗涉世之初的好奇之心去感受世界，以火一般的热诚之心去拥抱世界，以来去无牵挂的赤子之心去体悟世界。这样，人类儿童时代的诗性特征和中国文论的童心说就自然联系在一起了。中国文论对童心的呼唤实即对人之诗性回归的向往。

一 圣人皆孩子

我们首先来看传统文化对孩童的看法。儒道文化的经典作家对人类的孩童时代都有自己的看法，不同的是，他们认识的角度不同，从中体味的结果也自然有异。道家得其"真"，儒家得其"诚"，道家悟其"自然之道"，儒家得其"血诚之气"。[②]

---

① ［意］维柯著，朱光潜译：《新科学》，商务印书馆 1989 年版，第 115、119、120、121、122、182、443、460 页。

② 我们认为儒、道两家都深得童心，也可以从袁宏道的一段论"趣"的话中得到启示："夫趣得之自然者深，得之学问者浅。当其为童子也，不知有趣，然无往而非趣也。面无端容，目无定睛，口喃喃而欲语，足跳跃而不定，人生之至乐，真无逾于此时者。孟子所谓不失赤子，老子所谓能婴儿，盖指此也。"（《叙陈正甫会心集》）

老子《道德经》云:"圣人皆孩子。"（今本《德经》第四十九章）陈鼓应注云:"有道的人使他们都回复到婴孩般真纯的状态。"① 圣人自然是得道之人,像婴孩一般,则婴儿小孩也近道。老子说:"专气致柔,能婴儿乎?"（今本《道经》第十章）"我独泊兮,其未兆,如婴儿之未孩。"（今本《道经》第二章）"含德之厚,比于赤子。"（今本《德经》第五十五章）谓婴儿集聚精气以致柔和,恬静无为,无迹无举,正是道家所谓圣人的最高人生境界。老子又说:"知其雄,守其雌,为天下谿。为天下谿,常德不离,复归于婴儿。"（今本《道经》第二十章）王弼注云:"雄,先之属。雌,后之属也。知为天下之先者处后也。是以圣人后其身而身先也。谿不求物,而物自归之,婴儿不用智,而合自然之智。"② 婴儿"合自然之智",亦即合自然之道。

对婴孩的体认在庄子那里得以进一步发展。《庄子》中用"童子"、"婴儿"、"孺子"等词语多处。如《人间世》称童子"与天为徒",《达生》称"鲁有单豹者……行年七十而犹有婴儿之色"等。《徐无鬼》中有段对话更值得我们注意:

> 黄帝将见大隗乎具茨之山,方明为御,昌寓骖乘,张若诏朋前马,昆阍滑稽后车;至于襄城之野,七圣皆迷,无所问途。适遇牧马童子,问途焉,曰:"若知具茨之山乎?"曰:"然。""若知大隗之所存乎?"曰:"然"。黄帝曰:"异哉小童! 非徒知具茨之山,又知大隗之所存,请问为天下。"小童曰:"夫为天下者,亦若此而已矣,又奚事焉! 予少而自游于六合之内,予适有瞀病,有长者教予曰:'若

---

① 高明撰:《帛书老子校注》,中华书局1996年版,第64页。
② 同上书,第370页。

乘日之车而游于襄城之野。'今予病少痊,予又且复游于六合之外。夫为天下亦若此而已。予又奚事焉!"黄帝出曰:"夫为天下者,则诚非吾子之事。虽然,请问为天下。"小童辞。黄帝又问。小童曰:"夫为天下者,亦奚以异乎牧马者哉!亦去其害马者而已矣!"黄帝再拜稽首,称天师而退。

黄帝称牧童为:"天师",即合乎自然之道的人。牧童以为"夫为天下者"与牧马无异,郭庆藩注云:"夫为天下,莫过于自放任,自放任矣,物亦奚撄焉!故我无为而民自化。"①放任,即无拘无束,纯任自然,处于一种本真状态。牧马在自放任,治理天下也莫过自放任,为文之道也不过如此。庄子主张做人做事应法天贵真,不拘于俗,反对矫情伪性者。他在《渔父》中说:"真者,精诚之至也。不精不诚,不能动人。故强哭者虽悲不哀,强怒者虽严不威,强亲者虽笑不和。真悲无声而哀,真怒未发而威,真亲未笑而和。真在内者,神动于外,是所以贵真也……礼者,世俗之所为也;真者,所以受于天也,自然不可易也。"

道家从婴孩身上看到的是自然之道和精诚之至。法天贵真的思想对后世文论影响巨大。婴孩自然得道,人长大后为什么少数人能成为圣人(即得道),而一般人却不能成为圣人呢?庄子认为关键在于能否"法天贵真":"圣人法天贵真,不拘于俗。愚者反此。不能法天而恤于人,不知贵真,禄禄而受变于俗。"此处之"俗",相对于"童心"来说,是"礼",相对于诗性来说是各种教化,是所谓"理"。法国的拉·梅特里说得好,"我们

---

① 郭庆藩:《庄子集释》,中华书局 1961 年版,第 832 页。

在精神方面获得越多，在本能方面失去的就越多"。^①儿童在接受各种理性知识和成人礼仪教化过程中，作为本能的诗性精神也在逐渐消失。

对于孩童，儒家与道家的观点不同。《论语》中孔子也承认有所谓"生而知之"的上等人（即圣人），但一般人还是要"学而知之"。人之年少时，"血气未定"，及其年壮时才"血气方刚"（《季氏》）。对于儿童，孔子是寄予希望的，对有上进之心的人是持赞许态度的："与其进也，不与其退也。"（《述而》）可见，在孔子看来，孩童处于无知无识的状态，需要教化，有待培养，要使孩童从"血气未定"教养成"血气方刚"。如何养成呢？儒家经典《大学》云："《康诰》曰：'如保赤子'，心诚求之，虽不中，不远矣。"这也许是后世所谓"赤子之心"的来源。何谓诚呢？儒家另一篇经典《中庸》说："诚者，天之道也。诚之者，人之道也。诚者不勉而中，不思而得，从容中道，圣人也。诚之者，择善而固执之也。"联系前面孔子所谓"方刚"之血气的说法，则儒家要求人从小要注意培养"血诚之气"。这种"血诚之气"是人之本性，是"天之道"，"不勉而中，不思而得"。我们认为，这"血诚之气"即孟子所说的"浩然正气"和"赤子之心"。孟子在《公孙丑》中说："我善养吾浩然之气。"何谓"浩然之气"呢？他说："其为气也，至大至刚。以直养而无害，则塞于天地之间。其为气也，配义与道。无是，馁也。"孟子认为"浩然正气"充塞于天地之间，当然也先天地存于人心之中。不过容易受到私

---

① ［法］拉·梅特里著，顾寿观译：《人是机器》，商务印书馆 1959 年新版，第 26 页。道格拉斯·凯尔纳在解读福柯的《规戒与惩罚》时也说："规戒的最终目标和结果是'规范化'，通过对精神和肉体的改造来消除所有的社会的心理的非规则性，生产出有用且驯服的主体。"（［美］道格拉斯·凯尔纳、斯蒂文·贝斯特著，张志斌译：《后现代理论》，中央编译出版社 2004 年版，第 61 页。）

意和世俗的伤害，所以要注意养护，也就是"直养"，即不"为私意所蔽"（《四书章句集注》），也即浩然之气的养成过程，也是一个不断去蔽的过程。孟子在《离娄章句下》中说："大人者，不失其赤子之心者也。"朱熹注之曰："大人之心，通达万变，赤子之心，则纯一无伪而已。然大人之所以为大人，正以其不为物诱，而有以全其纯一无伪之本然。是以扩而充之，则无所不知，无所不能，而极其大也。"（《四书章句集注》）

　　无论是道家之"自然之道"之"真"，还是儒家"血诚之气"之"诚"，在各自看来，都是人之本然天性。而要保持"真"或"诚"这一本然天性，根本的则在于养护，也即不断去蔽，不断返回人心之童年。圣人之所以为圣人，即正在于其童心永存。

二　天才皆赤子

　　袁枚说："诗人者，不失其赤子之心者也。""妙在皆孩子语也。"（《随园诗话》卷三）王国维在《叔本华与尼采》一文中也反复强调："天才者，不失其赤子之心者也。""故自某方面观之，凡赤子皆天才也。又凡天才，自某点观言皆赤子也。"天才皆赤子，此言良是。历史上凡在文学上取得杰出之成就，开创伟大之事业者无不是恒久一贯地持有赤子之心者也。以下择几位天才文人作例以说明之。①

---

　　①　王国维说："三代以下之诗人，无过于屈子、渊明、子美、子瞻者。此四子者若无文学之天才，其人格亦自足千古。"又说："天才者，或数十年而一出，或数百年而一出，而又须济之以学问，助之以德性，始能产真正之大文学。此屈子、渊明、子美、子瞻等所以旷世而不一遇也。"（《文学小言》）我们以下的论述，实即王氏的进一步阐述。德国的康德认为："天才就是那天赋的才能。""天才是天生的心灵秉质。"（伍蠡甫主编：《西方文论选》上卷，上海译文出版社1979年版，第410页。）英国的柯勒律治说："保持儿时的感情，把它带进壮年力中去；把儿童的惊喜感、新奇感和四十年来也许天天都惯见的事物：日、月、星辰，一年到头，男男女女……结合起来，这个就是天才的本质和特权，也就是天才和才能有所区别的一点。"（《西方文论选》下卷，第32页。）与我们的观点有相通之处。

伟大的诗人屈原"忧愁幽思而作《离骚》"(《史记·屈原贾生列传》)。"亦余心之所善兮，虽九死其犹未悔。"深沉执著的爱国感情，放言无惮的批判精神和独立不迁的峻洁人格，无不"膺忠贞之质，体清洁之性"(王逸《楚辞章句序》)，无不体现其与日月争光的赤子情怀。其人其文"衣被词人，非一代也"(《文心雕龙·辨骚篇》)，哪里有文人士子的人生不遇，哪里就有屈原的幽灵在游荡。其峻洁之志，其清廉之行，作为一处精神家园，安顿着历代文人士子的痛苦心灵。脉脉相续，源远流长，形成中国文学史上一股精神之流，人格之流。

陶渊明自谓羲皇上人，"少无适俗韵，性本爱丘山"(《归园田居》)，躬耕南亩，心有常闲，适性保真，乐天委分。为人，秉性贵重；为文，出语自然。"一语天然万古新，豪华落尽见真淳。"(元好问《论诗绝句》)"信手写出，便是宇宙间第一等好诗"(唐顺之《答茅鹿门知县》)。"古今贤之，贵其真也。"(《苕溪渔隐丛话》前集卷三引苏轼语)"一往真气，自胸中流出。"(施补华《岘佣说诗》)真性情，真诗文，这就是天才陶渊明的赤子情怀。

李白是古今公认的天才。"天生我才必有用"的天才自信，"安能摧眉折腰事权贵"的傲岸性格，"与尔同销万古愁"的英风豪气，"笔落惊风雨"的恣肆才力，非人间凡夫所能有，真真一位"谪仙人"。《河岳英灵集》称其"志不拘检"，为文章"率皆纵逸"。叶矫然《龙性堂诗话》亦云："生无锁子骨，而欲飞升御风，非狂则骇矣。"正道出李白为人为诗之诗性气质。

苏轼"一肚皮不合时宜"，一生黄州、惠州、儋州。逆境中乐观旷达，屡遭挫折也决不"缄口随众"，出言总是"发于心而冲于口"(苏轼《思堂记》自谓)，胸无城府，童心不泯。其人生本身就是一首诗。

《红楼梦》的作者曹雪芹，其生平今人不甚了解。但从《红楼梦》中我们可知，曹雪芹也是"痴心人"（都云作者痴），也是不迎合世俗的一介书生，人格高洁（质本洁来还洁去），性格放任洒脱（赤条条来去无牵挂）。

以上各位天才时代各异，性格有别，但其共同之处也是显而易见的：

其一，天生一副好才情。维柯说，诗性的儿童"浑身是强旺的感觉力和生动的想象力"。[①] 移之以论文学，则作者有强旺的文学创新精神和生动的语言表达力。沈德潜《说诗晬语》说："有第一等襟抱，第一等学说，斯有第一等真诗。如太空之中，不着一点；如星宿之谓，万源涌出；如土膏既厚，春雷一动，万物发生。古来可语此者，屈大夫以下数人而已。"就个人襟抱和文学才情而言，前面所说的各位是自不待言的。

其二，天生一股执著的真性情。这一点是尤为重要的。维柯说，诗性的儿童"凭自然本性才成为诗人（而不是凭技艺）"，用一种迷惑而激动的精神去感觉。又说诗性的儿童"没有推理的能力"、"心智薄弱"。[②] 也就是说，富于诗性的人任凭自己的情感之流自然流淌，对自己的人生目标和价值追求一往情深，不为世俗他人所动。谢榛《四溟诗话》卷四说："赋诗要有英雄气象，人不敢道，我则道之；人不肯为，我则为之。厉鬼不能夺其正，利剑不能折其刚。"其言其行在世俗人看来是"怪"、"痴"、"疯"，当然不可能为世俗之人所理解，更谈不上为世俗所接受和容纳。有道是，天才都是疯子，就文学天才而言，诚哉斯言。

---

① ［意］维柯著，朱光潜译：《新科学》，商务印书馆 1989 年版，第 182 页。
② 同上书，第 121、123、182、443 页。

亚里士多德就说过："诗是天资聪颖者或疯迷者的艺术。"①

其三，咏诗作文，往往无拘无束，直抒胸臆。正如司空图所言，是"惟性所宰，真取弗羁，控物自富，与率为期"（《二十四诗品·疏野》）。有一种天放式的野性之美，一种真朴式的本色之美，不为世俗之眼光所羁束。徐增《而庵诗话》说："诗到极则，不过是抒写自己胸襟。"叶燮《原诗》说："诗是心声，不可违心而出，亦不能违心而出。"诚如王国维《人间词话》评纳兰性德所言，文学天才"以自然之眼观物，以自然之舌言情"，也即王氏一贯所主张的"能写真景物、真感情者"也。

王寿昌《小清华园诗话》卷上云："何谓真？曰：自来言情之真者，无如靖节；写景之真者，无如康乐、玄晖；纪事之真者，无如潘安仁、左太冲、颜延年……"古往今来，人才济济。有诗文才情者也远不止以上诸子，但为什么许多人成就不了天才般文学之伟业呢？因为他们不能或不敢抒真情，写真景，记真事，一句话，他们的诗性受到了遮蔽。维柯在《新科学》中是用所谓现代"文明人"的眼光来看诗性儿童的，所以他说诗性是"野蛮人的粗野本性"，这是维柯立场的偏见。不过他的观点又有值得重视之处，即现代文明人的"理性的人道"（rational humanity）是"经过精炼的自然本性"，人之诗性是经过"驯服"，也即进入文明社会以后受世俗之礼仪和文明之理性的遮蔽才能消退。② 这一点跟李贽的观点有相通之处。李贽《童心说》表达得很清楚：

---

① ［古希腊］亚里士多德著，陈中梅译注：《诗学》商务印书馆 1996 年版，第 125 页。

② ［意］维柯著，朱光潜译：《新科学》，商务印书馆 1989 年版，第 22、159 页。

童子者，人之初也；童心者，心之初也。夫心之初，曷可失也，然童心胡然而遽失也？盖方其始也，有闻见从耳目而入，而以为主于其内而童心失。其长也，有道理从闻见而入，而以为主于其内而童心失。其久也，道理闻见日以益多，则所知所觉日以益广，于是焉又知美名之可好也，而务欲以扬之而童心失；知不美之名之可丑也，而务以掩之而童心失。夫道理闻见，皆自多读书识义理而来也。古之圣人，曷尝不读书哉！然纵不读书，童心固自在也，纵多读书，亦以护此童心而使之勿失焉耳，非若学者反以多读书识义理而反障之也。夫学者既以多读书识义理障其童心矣，圣人又何用多著书立言以障学人为耶？童心既障，于是发而为言语，则言语不由衷；见而为政事，则政事无根柢；著而为文辞，则文辞不能达。非内含以章美也，非笃实生辉光也，欲求一句有德之言，卒不可得。所以者何？以童心既障，而以从外入者闻见道理为之心也。

圣人童心未泯，是因为"护"，他人童心失是因为"多读义理之书"。李贽所说的理是指宋明理学，而维柯所说的理，指现代文明教化，两者有区别。相同的是都指社会公认的礼义规范，那是一个成人的理性的世界。所以可以说，诗性和童心是在社会化过程中受到遮蔽而逐步泯灭的。海德格尔说得好："诗即在者之无蔽的言说。"[①] 躲避世俗，呈现人性的本真，是古今中外文人的一贯生活态度和人生取向。在这个意义上来说，童心不泯不只是李贽一人的向往，而是古今中外一切大诗人大文学家普遍的

---

① ［德］海德格尔著，郜元宝译：《人，诗意地安居》，广西师范大学出版社2000年版，第91页。

和恒久的追求。

三　大家皆具眼人

前面所说"天才"是指诗文作家，此处"大家"则指文论家。薛雪《一瓢诗话》说："读书先要具眼。"又田同之《西圃诗论》云："诗有真的，分别正须具眼。"即文论家要有一双文学的眼睛，读诗论文要设身处地地看问题，要成为有见识的人，要有独到的眼光，要成为有胆量的人，勇于说自己的心里话。总之，文论家也要有热心，有真情，也要有赤子情怀。贺贻孙《诗筏》说：

> 看诗当设身处地，方见其佳，王仲宣《七哀诗》云："出门无所见，白骨蔽平原。路有饥妇人，抱子弃草间。顾闻号泣声，挥涕独不还。未知身死处，何能两相完？驱马弃之去，不忍听此言。"昔视之平平耳，乃身历乱离，所闻所见，殆有甚焉，披卷及此，始觉鼻酸。

"看诗当设身处地"，平平淡淡的寥寥数语，却道出评诗论文的最佳境地。① 文论家评诗论诗，首先得走进诗文，把自己当作者，把自己当主人公，随之喜而喜，随之悲而悲。此时此刻，不知道自己是身在诗文之外。这种主客不分的心理，恰恰也是儿童的普遍心理现象。马克思·德索（Max Dessoir）指出："在儿童时代，自我与外部世界，梦境和醒时，现实与幻觉，昨天和明

---

① 中国文论中的"设身处地"说，与加达默尔所说的"自身置人"（sichver-setzen）和"视域融合"（horizontverschmelzung）有相通之处。（［德］汉斯—格奥尔格·加达默尔著，洪汉鼎译：《真理与方法》，上海译文出版社 2004 年版，第 394、397 页。）

天，概念和手势，思想和感觉，总之，所有的东西都是混淆在一起的。"① 设身处地，也就是要求文论家像儿童一样乐对象之所乐，痴对象之所痴，悲对象之所悲。"设身处地"是中国文论一贯主张的品评方法和鉴赏境界。王夫之《姜斋诗话》说："尝试设身作杜陵，凭轩远望观，则心目中二语居然出现，此亦情中景也。"叶燮《原诗·内篇下》曰："然设身而处当时之境会，觉此五字之情景，恍如天造地设，呈于象，感于目，会于心。"朱庭珍《筱园诗话》说："尽力用一番设身处地反复体认工夫。"（卷四）又说："设身处地，以会其隐微言外之情，则心心与古人印证，有不得其精意者乎？"（卷一）设身处地，即要有"同情心"，要求鉴赏者以真情热心投入诗文，以心会心，而不是对对象毫无感触，冷眼旁观。刘勰《文心雕龙·知音篇》说："世远莫见其面，觇文则见其心。"评诗论文，实则是与古人对话，是与作者或主人公心与心的交流。

作为文论家，光设身处地当然还不够，还要求有眼光，有见识，即刘勰《文心雕龙》所说的要成为诗文的知音。"识"不能仅仅停留于表面，要透过现象看本质，看到诗文的精神命脉处。严羽在《沧浪诗话·诗评》中要求"识其安身立命处"："观太白诗者，要识真太白处。太白天才豪逸，语多率然而成者。学者于百篇中，要识其安身立命处可也。""安身立命处"即一诗文之主旨要害、精神命脉处。翁方纲说："每一篇各有安身立命处。"（《石洲诗话》卷二）延君寿也说："王、孟、韦、柳当另抄一册，于读诸家之余，然后读之，不可凭仗为安身立命处。"（《老生常谈》）每一诗文都有自己的精髓之所在，眼识高明者才

----

① 朱狄：《原始文化研究——对审美发生问题的思考》，三联书店1988年版，第187页。

能见其所在。钱谦益曾批评黄庭坚、刘辰翁，说他们"不知杜之真脉络"，"不识杜之大家数"，只知津津乐道于杜诗的"奇句硬语"，"单词只字"（吴乔《围炉诗话》卷四）。对于文论家的这一要求，叶燮《原诗》有段长论。他说："诗道之不能长振也，由于古今人之诗评，杂而无章，纷而不一。"他点评了一些著名的诗文评论家。他说钟嵘、刘勰"其言不过吞吐抑扬，不能持论"。汤惠休、沈约"差可引伸，然俱属一斑之见，终非大家体段"。唐宋以来，诸评诗者"有合有离，有得有失"。严羽、高棅、刘辰翁及李攀龙诸人是"最厌于听闻，锢蔽学者耳目心思者"。叶氏对诸论家的评议当然有偏颇之处，不过他把评诗论诗提到关乎诗道盛衰的高度来认识，却值得我们认真思考。叶燮尤其强调评论者的"识"："吾以为若无识，则一一步趋汉、魏、盛唐，而无处不是诗魔；苟有识，即不步趋汉、魏、盛唐，而诗魔悉是智慧，仍不害于汉、魏、盛唐也。"此"识"当然不是指识诗文字句表面，而是识其命脉精髓处。

　　文论家光有真情投入有见识还不够，还要有胆量把自己的见识表达出来。叶燮《原诗》说："无胆则笔墨畏缩"，评诗论文自然不能出彩，自然非大家气数。薛雪《一瓢诗话》对此有段妙论：

　　　　诗文无定价，一则眼力不齐，嗜好各别；一则阿私所好，爱而忘丑。或心知，或亲串，必将其声价逢人说项，极口揄扬。美则牵合归之；疵则宛转掩之。谈诗论文，开口便以其人为标准，他人纵有杰作，必索一瘢以诋之。后生立脚不定，无不被其所惑。吾辈定须竖起脊梁，撑开慧眼；举世誉之而不加劝，举世非之而不加沮。则魔群妖党，无所强其伎俩矣。

"举世誉之而不加劝，举世非之而不加沮。"① 这是多大的理性勇气和近乎偏执的学术精神，没有初生牛犊不怕虎的笔胆是万万不能的。"初生牛犊"，不也是一种诗性的童心吗？中国文论在真情的切身投入和胆识的精诚袒露中，诗性精神和童心意识得以恒久一贯地持续。正因为有这份诗性和童心的恒久持续，中国文论才有一份永久的魅力和美丽。初唐四杰出，时人笑其"轻薄为文"，杜甫却说："尔曹身与名俱灭，不废江河万古流。"（《戏为六绝句》）江西诗风盛行日，严羽却一针见血地指出江西派："以文字为诗，以才学为诗，以议论为诗。夫岂不工，终非古人之诗也。盖于一唱三叹之音，有所歉焉。"（《沧浪诗话·诗辨》）直指江西诗派的要害。冒天下之大不韪，这需要多大的理论胆识，没有这份胆识，要想有理论创新是断不可能的。

第四节　中国文论诗性特征的生成语境

语境在某种程度上决定了言说者怎么说，说什么的问题，进而也决定了话语的基本特征。正如美国当代著名戏剧家罗伯特·科恩（Robert Cohen）所说，语境"规定着内容的价值和色彩"。② 中国文论诗性特征的形成，与其所处具体语境是分不开的。或三五亲朋，酒边烛外；或赋闲独居、尘氛退避，悠闲的环境和轻松的心情，一种松散的、随笔式的言说与之适应。言说者

---

① "举世誉之而不加劝，举世非之而不加沮。"语出《庄子·逍遥游》，谓率性自得之境。薛雪意应为一种特立独行的文论立场。

② 罗伯特·科恩《表演的威力》，Mayfield Publishing Company 1978 年版，转引自赵宪章《二十世纪外国美学文艺学名著精义》，江苏文艺出版社 1987 年版，第 202 页。

宠辱不惊，去留无意。当然也有立志高远者，独立著述，潜心索道，欲成一家之言，自然形成相对严谨，自成体系的言说，但这些论著不改中国文论诗性的基本特征。下面我们拟按类分述之。

一　三五亲朋，酒边烛外

清代查为仁在《莲坡诗话》序言中说："回忆三十年来，酒边烛外，论议所及，足以资暇者，正复不少，并为述其颠末，以助谈柄。"沈茂德在《莲坡诗话·跋》中也说："夫人幸生隆盛之朝，得与当代名流，联吟结社"云云，都说明《莲坡诗话》的产生语境是三五亲朋，联吟结社，酒边烛外，谈诗论文。这不仅是《莲坡诗话》的生成语境，更是中国历代诗话的典型语境。悠闲轻松的环境，三五同调的切磋共鸣，诗性的空间生成诗性的文论。这里，我们只需略观历代诗话的序跋即可知这一点。

托名尤袤的《全唐诗话·原序》中说："余少有诗癖，岁在甲午，奉祠湖曲，日与四方胜游，专意吟事。"《全唐诗话》就是友朋同道间"浩歌纵谈"的汇编。郭绍虞考是书出自贾似道，他说序文中所谓"岁在甲午"，正是《宋史·贾似道传》所谓"日纵游诸妓家，至夜即燕游湖上"时也。[1] 果如此，则《全唐诗话》的具体语境则是奸臣贾似道花天酒地、寻欢作乐、觥筹交错、谈天说地之时。避开贾似道奸臣当道、挥霍民脂民膏不说，单说其语境，当是悠闲自得的。

顾嗣立在《寒厅诗话》自序中说："尝浪游南北，遍访名儒故老。闲居小圃，辄与当代名流往还，侧闻前辈长者之绪论。诗盟酒社，裒益不少，荏苒二十年矣！"《寒厅诗话》正是作者二十年来浪游南北、诗盟酒社的追忆。沈茂德在《寒厅诗话》跋

---

① 郭绍虞：《宋诗话考》，中华书局 1979 年版，第 122—123 页。

言中也说："侠君先生学问渊博，著述繁富。戢影秀野园，以文酒友朋为性命。名人过吴，辄恐不诣其宅，其风谊如此。"进一步佐证了《寒厅诗话》"文酒友朋"的生成语境。

俞兆晟在《渔洋诗话》序中说王士禛"时于酒酣烛炮，兴至神王，辄从客言曰：'吾老矣，还念平生，论诗凡屡变；而交游中，亦如日之随影，忽不知其转移也。'"王氏自序中也说："余生平与兄弟友朋论诗，及时诙谐之语可记忆者杂书之。"《渔洋诗话》卷上第一条更具体生动地描述了王氏兄弟谈诗论文的一次经历："余兄弟少读书东堂，尝雪夜置酒，酒半，约共和王、裴《辋川集》。东亭得句云：'日落空山中，但闻发樵响。'兄弟皆为阁笔。"三五亲朋，夜雪置酒，吟诗论文，此情此景，何其雅哉。回到古代诗话文论的具体语境，我们时时可以感到古人的趣味生活和优雅人生。这是"诗，雅道也"（《师友诗传录》引张笃庆语）的本源意义。诗话的生成环境，最接近诗的产生背景，因而最接近诗的本质——诗道之雅。诗话的作者们并不是关在斗室中冥思苦想，杜撰几个概念，虚构几条定理，而是直接投身于活生生的诗文情境中，体悟诗文情境。此时，诗话也是诗，诗话也是文。

从历代诗话的一些书名中，即可想见当时三五亲朋、酒边烛外的情景。我们以为，其中最有代表性的有两部。一是宋代范晞文的《对床夜语》。郭绍虞说，"由是书命名而言"，即知为"类笔记"。[①]郭先生从其书名点出其散漫特点，我们也不难从中想见其书生成语境的诗意化特征。宋代惠洪的《冷斋夜话》，清代彭端淑的《雪夜诗谈》、丁源的《灯窗琐话》等也属此类。另一部代表性的诗话是吴乔的《围炉诗话》，其自序中就说：

---

① 郭绍虞：《宋诗话考》，中华书局1979年版，第121页。

辛酉冬，萍梗都门，与东海诸英俊围炉取暖，瞰爆栗，烹苦茶，笑言飙举，无复畛畦，其有及于吟咏之道者，小史录之，时日既积，遂得六卷，命之曰：《围炉诗话》。

贺裳的《载酒园诗话》也属此类。单看书名，我们就似能闻到茶酒之香。淡茶浓酒，是诗情画意的催化剂。品茶抿酒间，一份灵感，悠然而生。一段妙语，冲口而出。"饮，诗人之通趣矣。"（宋大樽《茗香诗论》）诗人如此，诗论家亦如此。如谢榛的《四溟诗话》简直可以说是在酒气中熏出来的："予一夕过林太史贞恒馆留酌，因谈诗法妙在平仄四声而有清浊抑扬之分"（卷三）；"浚人庐浮邱名楠者，过邺，访予草堂，樽酒款洽，因谈作诗有难易迟速，方见做手不同"（卷三）；"予客都门，雪夜同张茂参刘成卿二计部酌酒谈诗"（卷三）；"一夕，朱驾部伯邻招饮官舍，因阅《雅音会编》，予笑曰：……"（卷三）等等。如此我们就不难理解谢榛甚至可以从酒中悟出诗道来：

> 作诗譬如江南诸郡造酒，皆以曲米为料，酿成则醇味如一。善饮者历历尝之曰："此南京酒也，此苏州酒也，此镇江酒也，此金华酒也。"其美虽同，尝之各有甄别，何哉？做手不同故尔。

三五亲朋，酒边高谈阔论；一二老友，对床细语清谈。这是古代诗话文论的典型生成语境。那种轻松优雅的环境，那份从容赏玩的心情，只有身临其境才知其乐融融。忙忙碌碌、功利缠身心的现代人，遥想古人的诗意生活，大概只有羡慕的份儿了。

有些诗话比较完整生动地记录了三五亲朋围坐聚谈的内容。由郎廷槐提问，王士禛、张笃庆、张实居三人作答的《师友诗传录》和由刘大勤提问，王士禛作答的《师友诗传续录》即是这类诗话。一问一答，随问随答，互相切磋，互相启发。松散中显严谨，活泼中出真知，见出真学问，显出真性情，别有一种风神雅致。对于王士禛的作答，后人评价颇高。法式善《八旗诗话》："诗论精切，言近旨远，渔洋一生得力，具见于兹，可谓该而当矣。"但对二张的对答，后人就有微词。史承谦《青梅轩诗话》云："以二张之所答杂之，殊可厌。张之与王，相去可以道里计哉。"① 关于具体的学问水平，后人当然可以见仁见智。我们要说的是，这种平等的交流对答，确为中国文论的典型语境。

二 赋闲独居，尘氛退避

欧阳修《六一诗话》，人称历代诗话之祖。是书前有自题一行字，称："居士退居汝阳而集，以资闲谈也。""以资闲谈"常为学人称引，以证诗话闲散之特征。这种"闲"的心境是在什么情况下生成的呢？欧阳修当年做枢密副使、参知政事的时候有这份闲散之心吗？当然没有。我们认为是书自题的一行话中，前半句对问题的理解很重要："居士退居汝阳。"这半句点出了《六一诗话》的生成语境。郭绍虞先生说："是此书乃熙宁四年（1071）欧公致仕以后所作。"②《四库总目提要》称此书为欧阳修晚年绝笔是也。欧公一生"名冠天下"，参与庆历新政，轰轰烈烈，主知贡举，罢黜"太学体"，"场屋之习，从是遂变"（《宋史·本传》）。有的是一份热心和激情。到晚年，进取心淡泊。人生的风风雨雨、升降沉浮、喜怒哀乐一概置之度外。此时

---

① 张寅彭辑：《新订清人诗学书目》，上海古籍出版社 2003 年版，第 23 页。
② 郭绍虞：《宋诗话考》，中华书局 1979 年版，第 1 页。

56

的欧阳修需要的是劳顿一生之后的从容和静养，是一生经验的回味和赏玩。《六一诗话》正是在这种语境中出炉。赋闲独居，尘氛退避，正是中国文论的又一典型语境之一。生成于这一语境中的中国文论有的是怡然自得，是闲淡从容。

陈俊卿在《拱溪诗话·序》中称作者黄彻"少负才，取名第，宰剧邑，藉甚有能声。一旦与当路轩轾不得，弃官而归，优游里闬，其中浩然，未尝戚戚于外物，而用其志不衰如此"。黄彻在《拱溪诗话》自序中也说："予游宦湖外十余年，竟以拙直忤权势，投印南归。自寓兴化之拱溪，闭门却扫，无复功名意，不与衣冠交往者五年矣。平居无事，得以文章为娱乐，时阅古今诗集，以自遣适。""甘老林泉，实其本心，何所怨哉。"可见，黄彻弃官归隐，甘老林泉，超然物外，以文章为娱，是《拱溪诗话》的生成语境。由于黄彻"赋性介洁，嫉恶如雠，不忍浮沉上下"，"有志于为善"，所以"胸中愤怨不平之气，无所舒吐，未尝不形于篇咏，见于著述者也"。至于"嘲风雪，弄草木"之类"皆略之"（《自序》）。看来投印南归的黄彻还有不平之气，少有欧阳修功德圆满的自得和从容。这一点，我们从其具体诗话的字里行间不难领略其愤世不平之心。如他评杜甫《送严武》："公若登台辅，临危莫爱身。"《寄裴道州苏侍御》："致君尧舜付公等，早据要路思捐躯"时，黄彻有感而发，有一段议论："此公素所蓄积而未及施设者，故乐以告人耳。夫全躯碌碌之人，果何能为！"又如评李义山"却盖示和双刖足，一生无复没阶趋"，黄彻又是一段议论："英俊屈沉，强颜低意，趋跄诸虎，扼腕不平之气，有甚于伤足者。非粗知直己，不甘心于病畦下舐，不能赏此语之工也。"表面上是在评前人其人其诗，但我们也不难看出其中有黄彻自己不平人生的印迹在里面。

古之文人如黄彻辈终其一生都有热心肠者毕竟只是少数。大多数文人士大夫历经风雨，劳顿一生之后多幽然自得，闲散从容。尤其是那些博得功名、在仕途上走过一遭的。这一情境在诗话文论中随在而是。

朱文藻在《归田诗话》跋中说瞿佑《归田诗话》"盖还乡以后所作也"。胡道在《归田诗话序》中谈及该诗话语境时也说，瞿佑生于"山川奇诡秀丽之州"，"晚岁归休故里，自顾其才无复施用于世，乃盖肆情于诗，以自娱逸于清湖秀岭烟云出没杳霭之间，浩然与古之达者同归"。瞿佑也在自序中说自己归隐后"辍耕垅上，箕踞桑阴，与凉竹簟之暑风，曝茅之晴日，以求一息之快"，劳顿一生的身心徜徉于青山秀水间，和着桑阴、暑风、晴日，岂不惬意哉？生成于这一语境的诗话能不轻松闲散吗？

俞弁在自叙其《逸老堂诗话》成书时说：

> 余性疏懒，平居自粝食粗衣外，无他嗜好，寓情图史，缮阅披校，竟日忘倦。古人有云："缓步当车，晚食当肉。"此林下人一种真乐。余亦自谓有真乐三，而此不与焉。读经史百家，忽然有悟，朗诵一过，如对宾客谈论，而无迎送之劳，一乐也。展玩法书名帖，追想古人笔法，如与客弈棋临局，而无机心之劳，二乐也。焚香看画，一目千里，云树霭然，卧游山水，而无跋涉双足之劳，三乐也。以此三乐，日复一日，盖不知老之将至，何必饫膏粱，乘轻肥，华居鼎食，然后为快，勒为二卷，藏诸箧笥，因名曰《逸老堂诗话》，聊以志吾之乐，且求愈于饱食无所用心者云尔。嘉靖丁未，五月望日戊申老人自叙。

忘怀世俗功名，放身于山水云树，读百家经史，展玩名家书帖，自谓人生三乐。成书于其中的《逸老堂诗话》其思想主旨自然淡泊功名，追求身心愉悦。这一点在具体的诗话中即可看出，俞弁对同调者赞赏有加。如：

> 宋杨学士应之题所居壁云："有竹百竿，有香一炉，有书千卷，有酒一壶，如是足矣。"余友柳大中金性僻嗜书，搜罗奇籍，传写殆遍，亲自雠校，不吝假借，由是人益贤之。间好吟咏。手录《白氏长庆集》，题其后云："两三年写自经手，七十卷才到头。"《山居》云："煮粥烧松子，梳头就菊花。"《述怀》云："百竿竹与身同老，千卷书曾手自抄。"余尝过访其居，修竹潇然，焚香独坐，左图右史，充栋汗牛，昔人之所慕者，今大中俱得之矣。与世之朝秦暮楚，驱驰势利之场者，大相迥绝哉。

又如：

> 武公伯徐公，天顺间，遭谗被逐，放归田里，自号天全翁。与杜东原陈孟贤诸老登临山水为适，不驾官船，惟幅巾野服而已。所至名山胜境，赋咏竟日忘倦，或填词曲以侑觞，其风流仪度，可以想见。

赞赏同道，实际上也在肯定自己，确认自己的人生理想和价值取向。正是在这个充满文人雅气和山水之乐的语境中，俞弁品赏古今诗文，也品赏着自己的诗意人生。

沈德潜的《说诗晬语》也是诞生在古松乱石、鸟鸣泉流之间。在是书前，作者有段自叙，是这样说的：

辛亥春，读书小白阳山之僧舍，尘氛退避，日在云光岚翠中，几上有山，不必开门见山也。寺僧有叩作诗指者；时适坐古松乱石间，闻鸣鸟弄晴，流泉赴壑，天风送谡谡声，似唱似答，谓僧曰："此诗歌元声，尔我共得之乎！"僧相视而笑。既复乞疏源流升降之故，重却其请，每钟残灯烬候，有触即书。或准古贤，或抽心绪，时日既积，纸墨遂多。命曰晬语，拟之试儿晬盘，遇物杂陈，略无诠次也，然俱落语言文字迹矣。归愚沈德潜题于听松阁。

古松、乱石、鸟鸣、泉流、天风……大自然的一山一水，一虫一鱼、一飞一走都能启发作者的灵感。读《说诗晬语》，我们时时能感受到作者所受的秀灵山水的感发。如："试看天地间水流云在，月到风来，何处著得死法。""游山诗，永嘉山水主灵秀，谢康乐称之；蜀中山水主险隘，杜工部称之；永州山水主幽峭，柳仪曹称之。略一转移，失却山川真面"等即是。投身山水，尘氛退避，无案牍之劳形，无功名之缠身，沈德潜找到了体悟诗文的最佳环境。尘氛退避，也是对中国文论典型语境的经典概括。

当然，退避尘氛，未必需要名山胜水。只要心境淡泊，性情雅致，庸常生活中，诗情画意也随在而是。薛雪就是这样一个有心人。他在《一瓢诗话》自序中生动叙述了自作诗话生成的诗情画境：

扫叶庄，一瓢耕牧且读之所也。维时残月在窗，明星未稀，惊鸟出树，荒鸡与飞虫相乱，杂沓无序。少焉，晓影渐分；则又小鸟斗春，间关唧啾，尽巧极靡，寂淡山林，喧若朝市。不知何处老鹤，横空而来，长唳一声，群鸟寂然。四顾山光，直落簷际，清净耳根，始为我有。于是盥漱初毕，伸纸磨墨，将数月以来与诸同学及诸弟子，或述前人，或撼己意，拟议诗古文辞之语，或庄或谐，录其尤者为一集。

赋闲独居，尘氛退避，劳顿一生的身心得以静养，一生丰富的阅历，广博的见闻得以回忆和总结。有时间也有心情来谈诗论文，无任何功名之念，只为颐养天年。经验的丰富和心境的悠闲相结合，文论大家们谈诗论文信手拈来，落笔生花妙趣横生，也往往能够力透纸背，入木三分，切中诗文要旨。刘勰在《文心雕龙·物色篇》中说："人兴贵闲。"徐增《而庵诗话》也说："夫作诗必须心闲，顾心闲唯进乎道者有之。进乎道者，于其中之所有，无不尽知尽见。夫既力能为之，便将此事放下，成木鸡之德；然后临作诗时，则我无不达之情，而诗亦无不合之法矣。昔昭文弹琴为绝调而口不言琴，是盖有得于闲之一字者。"诗文灵感往往钟情于那些以赏玩之心、诗性之情去体味人生、感悟生活的人。同时，品诗论文，也贵有"闲心"，才能体悟诗文之旨，人生之真谛。此"闲"不仅指时间的宽裕，更指心境的从容闲适，甚或是指人生态度的泰然等闲。从中我们可以看到庄子之"逍遥"、苏轼之"游戏"的文化因子。①作为一种态度与精神，如一种集体意识，绳绳相因、代代相传，俨然形成一种民族

---

① 潘德舆：《养一斋诗话》卷一云："东坡诗有游戏之意"、"游戏之意闲。"王国维也说，文学为"天才游戏之事业"。（《文学小言》）他又说："诗人视一切外物，皆游戏之材料也。"（《人间词话》）我们不难从中看出一股文化潜流在流淌。德国的康德认为文学艺术是"自由的游戏"。而席勒进一步认为文学艺术是"审美的游戏冲动"、"自由的游戏冲动"。（伍蠡甫主编：《西方文论选》上卷，上海译文出版社1979年版，第406—488页。）加达默尔甚至认为，游戏是"艺术作品本身的存在方式"。（［德］汉斯—格奥尔格·加达默尔著，洪汉鼎译：《真理与方法》，上海译文出版社2004年版，第107页。）与我们古代先贤们的认识有相通之处。

的文学精神传统。中国文论家们正是以淡泊之心、闲散之意去赏玩诗文，体悟人生，宠辱不惊，去留无意。也正因为此，中国文论才富有诗性的灵动和诗意的鲜活。

三　独立著述，潜心索道

在中国文论中，也有不少立志高远者，他们并不以轻松的赏玩之心去体诗论文，而是欲成一家之言，甚至以延续民族文脉为己任，潜心著述，入笔高远。发为言词，则往往相对严谨，自成体系。这类文论以刘勰的《文心雕龙》和叶燮的《原诗》为代表。

章学诚称刘勰的《文心雕龙》"体大思精"，"笼罩群言"。这种体系性的特点与作者"博通经论"的知识阅历有关，也与作者"欲成一家之言"的心态相关。这一点刘勰在《文心雕龙·序志篇》里表露得最为清楚。刘勰说他曾梦见孔圣人，意即想承继儒家伟业。怎么承继呢？他认为："敷赞圣旨，莫若注经。"但"马郑诸儒，弘之已精"，前代大儒马融、郑玄辈已在这方面做得很精深了。自己再走这条路的话，"就有深解，未足立家"。可见"立家"即自成一家是刘勰的学术目标和人生旨趣。既如此，刘勰转道而论文。刘勰说："详观近代之论文者多矣"，但多"各照隅隙，鲜观衢路"。要么"密而不周"；要么"辩而无当"；要么"华而疏略"；要么"巧而碎乱"；要么"精而少功"；要么"浅而寡要"。在刘勰看来，这样做是"未足立家"的。怎样论文才能"立家"呢？于是刘勰推出自己的理论体系，有"文之枢纽"，有"论文叙笔"，有"割情析采"，这样就"纲领明"，"毛目显"了。言下之意即足以"立家"了。加上十年苦读群经的积累，才有《文心雕龙》这样体大思精之作。

关于《文心雕龙》体大思精的理论体系，前人早有论述，不需本文赘述。我们要说的是，《文心雕龙》理论体系的体大思精不改其诗性意味和原始感觉的浓厚。如《原道篇》追问"人文之元"远至"太极"之时，所谓"若乃《河图》孕乎八卦，《洛书》韫乎九畴，玉版金镂之实，丹文绿牒之华，谁其尸之？亦神理而已"。这正是维柯所说的人类各民族所共有的"诗性智慧"的时代。在文体论中，刘勰往往探本溯源，把各类文体追寻到邈远的唐虞之世、夏禹之代，也即富于诗性的远古时期。在刘勰看来，后世各类文体都是远古时代诗性精神的承接和延续。如以"诗"这一重要文体为例，《明诗篇》开篇即云："大舜云：诗言志，歌永言。圣谟所析，义已明矣。"落笔即把诗歌之源远追至上古那个诗乐舞不分的诗性时代。刘勰说，远古帝葛天氏就有歌八阕，黄帝时有《云门》、《大卷》之歌，尧帝时有《大唐》之歌，舜帝时有《南风》之诗，禹帝时有《九德》之歌，太康失国，昆弟五人作《五子之歌》。可见诗歌产生之久远。刘勰所举的远古诗歌有一个共同的特点，即诗乐舞不分。这是诗性语言的共同特点。维柯说："最初的语言一定是在歌唱中形成的。"[①] 在"割情析采"部分，刘勰说："自天地以降"，"夸饰恒存"。（《夸饰篇》）把夸饰的产生推至天地原初，这本身就是极富诗性的想象。又由"造化赋形，支体必双"推及"体植必两，辞动有配"。（《丽辞篇》）这也是近取诸身、以己度物的诗性思维的表现。《文心雕龙》的诗性特征是浓厚的，李建中先生指出："作为中国文论的典范，《文心雕龙》有其自身的质的规定性：逻辑性与诗性的统一。长期以来的龙学研究常常过于推崇前者而有意忽略后者，从而遮蔽了《文心雕龙》乃至以其为代

---

① ［意］维柯著，朱光潜译：《新科学》，商务印书馆 1989 年版，第 125 页。

表的中国文论不同于西方文论的特性。"①

　　与刘勰《文心雕龙》类似，清代叶燮的《原诗》也是相对严谨的理论著作。我们认为，其特色的形成也与其语境有关。叶燮在晚年罢官隐居横山以后，潜心于文学理论研究。张玉书的《已畦诗集序》引用叶燮的话说："放废十载，屏除俗虑，尽发箧衍所藏唐宋元明人诗，探索其源流，考镜其正变。"② 与刘勰一样，叶燮也"欲成一家言"。沈珩在《原诗叙》中即透露出这一层信息。他说："然自古宗工宿匠所以称诗之说，仅散见评骘间一支一节之常者耳，未尝有创辟其识，综贯成一家言……"又说《原诗·内篇》"标宗旨"，《外篇》"肆博辩也"，"其文之牢笼万象，出没变化，盖自昔南华、鸿烈以逮经世观物诸子所成一家之言是也"。叶燮在《答沈昭子翰林书》中说他决心"于诗文一道，稍为究论而上下之"。叶燮在《原诗》中也多次表露出其"欲成一家言"的心迹。他说"无力则不能自成一家"；"夫作诗者，至能成一家之言足矣"；"立言者，无力则不能自成一家"；"欲成一家言，断宜奋其力矣。"在谈到历代诗论时，叶燮指责各家"杂而无章，纷而不一"，甚至指责钟嵘、刘勰也"不能持论"，"无特立大家之才"，指责他们不能自成一家。其言论当然过于偏激，但却显露自己欲立一家言的心愿。也正是这一心愿，促使叶燮避免前辈们"杂而无章，纷而不一"的随笔状态，而使《原诗》成为自成体系，言说相对严谨的著述。

　　需要说明的是，叶燮的《原诗》虽体系严谨，但并不失其具体言说的诗性灵光。《原诗》也是诗性与逻辑性的统一。如《原诗·内篇》相对逻辑性强，而《外篇》则诗性十足，完全是

---

① 李建中：《中国文论的诗性空间》，湖北人民出版社 2005 年版，第 59 页。
② 转引自蒋凡《叶燮和原诗》，上海古籍出版社 1985 年版，第 4—5 页。

品评式语言。就《内篇》而言，以理、事、情统天地万物："曰理、曰事、曰情三语，大而乾坤以之定位，日月以之运行，以至一草一木一飞一走。"这是一种整体诗性思维的表现。由草木生根发芽、开花结果体悟出诗文发展，这是感悟天地大化的诗性直觉（本文第一章第一节有一段引文即此类，此处从略）。又"我今与子以诗言诗，子固未能知也，不若借事物以譬之，而可晓然矣。"则是诗性具象思维的生动体现。正如原始诗性思维可以和逻辑理性思维并行不悖一样，中国文论中的诗性和逻辑也可以并行不悖，而这一特征的最完美的体现就是以《文心雕龙》和《原诗》为代表的文论。

独立著述，潜心索道，必然全面深入地探讨诗道文理，则自然生成一种体系相对严密，言论相对严谨的"专著"。但中国大多数文论家并不是这么"认真"地看待诗文，在他们看来，"行有余力，则以学文"（《论语·学而》）。黑格尔说："说到究竟，艺术不过是精神的松弛和闲散，而人生重要事业却需要精神的紧张。因此，要想以科学的严肃来对待本身无重要性的东西，就未免不很合适而且有些学究气。"[①] 轻松赏玩的心态促成中国文论的诗性和鲜活。

---

① ［德］黑格尔著，朱光潜译：《美学》第一卷，商务印书馆1979年版，第6页。

第二章

诗性混沌与中国文论
思维的整体性

　　"混沌"是世界各地文化对天地原始状态的描述。[①] 这是整体地把握世界和领悟对象的生动概括。这也是一种富有原始意味的整体思维方式，正如结构主义人类学家列维—斯特劳斯所说："野性的思维是整合的（totalisante）。"[②] 中国文论以这种整体性思维观照文学，则文学精神有其恒常性，文学是一个四肢百骸一气贯通的有机体，而表达这种观照的结果时，中国文论家多有整体浓缩的特点。

---

　　① 我国古代盘古开天辟地的神话开头就说："天地混沌如鸡子……"（《艺文类聚》卷一引徐整《三五历纪》）；《旧约·创世记》第 1 章说："太初，神创造天地。""地球是空虚混沌；神灵运行在黑沉沉的水面上。"维柯则是从"现代人"的眼光来看待"混沌"的，他认为"混沌"就是"男女进行野兽般的杂交所造成人种的混杂"。不过他也肯定"混沌"是后世文明"世界"的源头："'世界'（mondo）在这里有希腊文 kosmos 和拉丁文 mundus 的意义，指的是从丑恶的混沌（chaos）中创造出来的美好的秩序。""继混沌而来的宇宙首先是宗教、婚礼和葬礼那些原始制度，特别是婚礼，其次才是由这些原始制度发展出来的各种社会制度综合体。"（［意］维柯著，朱光潜译：《新科学》，商务印书馆 1989 年版，英译者的引论第 18 页。）
　　② ［法］列维—斯特劳斯著，李幼蒸译：《野性的思维》，商务印书馆 1987 年版，第 279 页。

第一节　中国文论精神的恒常性

人类学研究表明，世界各民族都带着儿童般诗性的想象，去推想宇宙起源和文明滥觞处，认为宇宙和人类文明的共同起点是一个混沌的整体。维柯认为，神学诗人们用"诗性的混沌"来推想"普遍的自然界种子的混乱"①。万物有灵论（all-pervading animism）认为自然界到处都有灵性（allbeseelung）②。对原始思维来说，互渗是世界上最自然的东西，世间万有组成一个互渗的整体。"原始人的思维把客体呈现给他自己时，它是呈现了比这个客体更多的东西：它的思维掌握了客体，同时又被客体掌握。思维与客体交融，它不仅在意识形态的意义上而且也在物质的和神秘的意义上与客体互渗。这个思维不仅想象着客体，而且还体验着它。"因此："在这些状态中，由于主体和客体完全合并，真正的表象是见不到的。"③卡西尔也说："原始人的空间是一种行动的空间……这种概念并不具有一种纯理论的性质，它仍然充满着具体的个人情感或社会情感，充满着感情的成分。"充满情感的空间也即主客不分，物我浑然一片的空间。卡西尔说，原始人深深地相信，"有一种基本的不可磨灭的生命一体化（solidarity of life）沟通了多种多样形形色色的个体生命形式"④。这种诗性的把握世界的方式，是一种整体性思维。以之论文，亦视文学

---

① ［意］维柯著，朱光潜译：《新科学》，商务印书馆1989年版，第383页。

② ［英］爱德华·泰勒著，连树声译：《原始文化》，广西师范大学出版社2005年版，第十一章至第十七章中有许多论述和例证专门谈论该问题，第341—688页。

③ ［法］列维—布留尔著，丁由译：《原始思维》，商务印书馆1981年版，第429页。

④ ［德］恩斯特·卡西尔著，甘阳译：《人论》，上海译文出版社1985年版，第77—78、135页。

为整体。从文学与天地万物的关系来说，则文学之道与天地精神相往来；从文学思想层面来说，文学思想百家腾跃而终入环内；从文学体制方面来说，文学之体名理相因，设体有常；从文学之发展变化角度来看，文学之道有变更有正，有流更有源，有变更有通，有恒久之至道。

一 文之为德与天地并生

刘勰《文心雕龙·原道篇》云："文之为德也大矣，与天地并生者何哉。"文学之道通天地，文学与天地万物共生共荣，相通相协。这是一个极富原始感觉和诗性意味的文学观念，也是中国古代传统文化的深厚积淀。关于宇宙起源和文明滥觞的天才般诗性想象，在中国文化典籍中也随处可见。《周易·系辞上》所谓"太极"；《老子》称为"道"；《庄子》称为"太初"、"太一"、"气"；《列子·天瑞》称为"太初"；《淮南子·诠言》称为"太一"。这里的"太极"、"太初"、"气"、"太一"、"道"，名异而实同，可以同义互训。把天地万物的根本溯源于一个混沌物，天地间万事万物形质千差万别，但根源处则浑然一片，不分你我。道生万物，物异而道存，万事万物血脉相连，气息相通，是一个浑然一体的完美整体。《论语·里仁》篇中孔子曾对弟子提起他"吾道一以贯之"。道家对"道"、"常"的认识更深刻、更丰富。《老子》云："道可道，非常道。名可名，非常名。"王弼注："可道之道，可名之名，指事造形，非其常也。故不可道，不可名也。""指事造形"指可识可见有形之事或物，非永存恒在也；"不可道"之"道"，"不可名"之"名"，则永存恒在。庄子更是大谈天地混同、万物齐一的道：

　　自其同者视之，万物皆一也。（《德充符》）

纷而封哉，一以是终。（《应帝王》）

天下有常然。（《骈拇》）

上必无为而用天下，下必有为为天下用，此不易之道也。（《天道》）

夫道，于大不终，于小不遗，故万物备。（《天道》）

东郭子问于庄子曰："所谓道，恶乎在？"庄子曰："无所不在。"（《知北游》）

所谓"天网恢恢，疏而不失"（《老子》七十三章），天道无时不在，无物不存，道通万物，一个"道"把天地万物连在了一起。万物皆然，人文焉能免？这样，道贯人文，人文与天地万物因道而关联，人文之道通天道、通万事万物之道就成为文论家们的当然理路。

刘熙载《艺概·文概》中有段话颇有意味：

《国语》言："物一无文"，后人更当知物无一则无文。盖一乃文之真宰，必有一在其中，斯能用夫不一者也。

在我们看来，《国语》中"物一无文"，体现的是先民们整体诗性地把握世界的思维方式。单从跟文学有关的角度来说，这段话可以从两方面来理解：一是万物皆有文；一是千变万化的"文"背后有一以贯之的道。以下分述之。

天地万物皆有文，这是中国文论常见的观点。刘勰《文心雕龙·原道篇》开篇就说："夫玄黄色杂，方圆体分，日月叠璧，以垂丽天之象；山川焕绮，以铺理地之形；此盖道之文也。"亦即日月山川皆有文。又说"傍及万品，动植皆文：龙凤以藻绘呈瑞，虎豹以炳蔚凝姿；云霞雕色，有逾画工之妙；草木贲华，无待锦匠之奇。夫岂外饰？盖自然耳。至于林籁结响，调如竽瑟，泉石激韵，和若球锽；故形立则章成矣，声发则文生矣。夫以无识之物，郁然有彩，有心之器，其无文哉？"在《情采篇》中，刘勰进一步把万物之文分"形文"、"声文"、"情文"三类。叶燮《原诗·内篇》中亦说："天地之大文，风云雨雷是也。风云雨雷变化不测，不可端倪，天地之至神也，即至文也。"张笃庆云："《易》'风行水上，涣。'乃天下之大文。"（《师友诗传录》）徐增云："花开草长，鸟语虫声，皆天地间真诗。"（《而庵诗话》）视万物皆有文，那么作为有情之文的文学自然归之于万物之文的一种，与万物之文同情同理。一个"文"字把万物连成了一个整体。

此外还有一个"道"字，即《国语》"物一无文"中的"一"字，亦即文学与万物之间有相同之理，有相同之道，有相通之精神。《庄子·天下篇》云："与天地精神相往来。"这句话用来说中国文论也是恰如其分的。《文心雕龙·原道篇》中说："言之为文，天地之心哉。"指出的是文学之道与天地之心的血肉联系。由天道而推及文道是中国文论的一贯理路：白居易《与元九书》说："夫文尚矣，三才各有文：天之文，三光首之；地之文，五材首之；人之文，六经首之。"俨然把文学与天地万物等量齐观，一道贯之。《师友诗传录》载王士禛语："天道由质而趋文，人道由约而趋盈，诗道由雅而趋靡。"即由"天道"而推及"人道"、"诗道"。庞垲《诗义固说》云："天地之道，一辟一翕；诗文之道，一开一合。"徐增《而庵诗话》云："天地之气，日趋于薄；诗人之习，日就于容易便利。"也是这一理路。叶燮《原诗》也常由天道来推演文道，他说："盖自有天地以来，古今世运气数，递变迁以相禅。古云：天道十年一变。此理也，亦势也，无事无物不然，宁独诗之一道胶固而不变乎？"

叶燮认为，理、事、情是天地万有共有之物，大至乾坤定位，日月运行，小至一草一木一飞一走，其中又有"总而持之、条而贯之者"，即"气"。文学亦然，这样，文学与天地万象"无有丝毫异同"，已是浑然一体了。中国文论视文学之道通天地，这是中国人整体地把握和领悟世界的生动体现。中国人认为文学与天地万物共生共荣，故而把文学放于天地万物的广阔怀抱中，天地万物也因此成为文学取之不尽用之不竭的源头活水。这体现了中国文论的宽广视野和生生不息的宇宙精神。

二 恒久之至道

刘勰在《文心雕龙·宗经篇》中说："百家腾跃，终入环内。"意即"文出五经"，后世文章无论如何丰富变化，终归是流，五经才是源。五经本只是儒家的经典，但如果考虑到儒家思想在中国古代的巨大影响，我们就不难理解"文出五经"为什么会成为中国文论的一个思维定式。五经的经典化有个过程，到汉代五经才成"恒久之至道，不刊之鸿教"。五经的经典化反映了人性的必然性，维柯说："世间事物都不会离开它们的自然本性而仍安定或长存不去。"[①] 五经长期作为经典，自然有其合理性所在，它们应合乎中国人的本性要求才得以长存不去。照杜维明的说法，我们可以把中国的"五经"理解成对人的认识的五个向度，如《诗经》就是对人的感性的认识；《书经》是对人的政治性的认识；《春秋》是对人的历史性的认识；《礼记》即是对人的社会性的认识；而《易经》就是对人的哲学性的认识[②]。

---

① ［意］维柯著，朱光潜译：《新科学》，商务印书馆1989年版，第102页。

② 杜维明、东方朔：《杜维明学术专题访谈录——宗周哲学之精神与儒家文化之未来》，复旦大学出版社2001年版，第115页。

五经在伦理道德上的经典化带来五经在文学上的经典化。《文心雕龙·宗经篇》说：

> 故论、说、辞、序，则《易》统其首；诏、策、章、奏，则《书》发其源；赋、颂、歌、赞，则《诗》立其本；铭、诔、箴、祝，则《礼》总其端；纪、传、盟、檄，则《春秋》为根；并穷高以树表，极远以启疆，所以百家腾跃，终入环内者也。

"文出五经"之说不仅要说明五经为历代各体文学之总根源，即所谓"群言之祖"（《宗经篇》），更为后代文学起着一种范式作用。具体来说，其范式作用有二：一是要求"禀经以制式"（《宗经篇》）；二是要求"依经立义"（《辨骚篇》）。刘勰正是以经典的范式和标准来比照和评价文学。他认为禀经、宗经、依经的作品，有六个方面的优点："一则情深而不诡，二则风清而不杂，三则事信而不诞，四则义直而不回，五则体约而不芜，六则文丽而不淫。"（《宗经篇》）而如楚艳汉侈，则是流弊，不是正路。刘勰评价楚辞，是他以经典为范式的批评理论的具体实践。楚辞本是屈原等人吸收楚地民歌素养的天才创造，是《诗经》之后诗歌发展的又一座高峰。汉代《诗经》成为经典，评论家们往往以《诗经》为标杆来评楚辞尤其是《离骚》。如淮南王刘安《离骚传》说："《国风》好色而不淫，《小雅》怨诽而不乱，若《离骚》者，可谓兼之。"班固《离骚序》认为《离骚》中许多内容"非经义所载"。王逸《楚辞章句序》中说："《离骚》之文，依经立义。"等等。刘勰则以比较的方式，对比了《诗经》和《离骚》的异同："同于《风》、《雅》者"有四：典诰之体、规讽之旨、比兴之义和忠怨之辞；"异乎经典者"亦有四：诡异之辞、谲怪之谈、狷狭之志和荒淫之意。经过对比，刘勰得出结论：楚辞"乃《雅》、《颂》之博徒，而词赋之英杰"；"虽取熔经意，亦自铸伟辞"（《辨骚篇》）。刘勰也以经典为参照来评价其他文章，如他评谶纬之书"无益经典而有助文章"（《正纬篇》）；说"《桂华》杂曲，丽而不经，《赤雁》群篇，靡而非典。"（《乐府篇》）一以贯之的是他的宗经思想。"文出五经"在刘勰的时代大概已成为普遍的思想理路，稍后的颜之推在《颜氏家训·文章篇》中也说："夫文章者，原出五经；诏令策檄，生于《书》者也；序述论议，生于《易》者也；歌咏赋颂，生于《诗》者也；祭祀哀诔，生于《礼》者也；书奏箴铭，生于《春秋》者也。"

到钟嵘的《诗品》，诗、骚并称，《离骚》和《诗经》一样成为诗歌的经典："夫四言文约意广，取效《风》、《骚》。"一品之中，古诗"其体源出于《国风》"，曹植诗"其源出于《国风》"，阮籍诗"其源出于《小雅》"，李陵诗"其源出于《楚辞》"。这样，《楚辞》与《诗经》一样成为诗的渊源和评诗的标杆。评价标准的不同，评价的结论也会有差异。在刘勰那里，以《诗经》为准，所以四言是"正体"，五言则是"流调"（《明诗篇》）。而钟嵘则不同，在他看来，"五言居文词之要，是众作之有滋味者也。"（《诗品序》）

风骚传统确立后，后世评诗论诗往往以《诗经》、《楚辞》为参照。陈子昂感叹齐梁间"风雅不作"（《与东方左史虬修竹篇序》）。李白慨叹"大雅久不作，吾意竟谁陈"（《古风》其一）。又说："屈平词赋悬日月，楚王台榭空山丘。"（《江上吟》）杜甫更是主张"别裁伪体亲风雅"（《戏为六绝句》其六），在创作上则"窃攀屈、宋宜方驾"（《戏为六绝句》其五），论诗强调"《风》、《骚》共推激"（《夜听许十一诵诗爱而有作》）。苏轼教人作诗曾说:"熟读《毛诗·国风》与《离骚》,曲折尽在是矣。"(许颖《彦周诗话》)朱熹作《诗经集注》和《楚辞集注》,表示对两者关注。明代许学夷说,《三百篇》"为万古诗人之经"(《诗源辨体》卷一)。清代潘德舆也强调要学习《诗经》,他认为:"《三百篇》之体制、音节不必学,不能学,《三百篇》之神理意境,不可不学也。神理意境者何? 有关系寄托,一也;直抒己见,二也;纯任天机,三也;言有尽而意无穷,四也。"(《养一斋诗话》卷一)而主张学屈骚的更是大有人在,屈大均竟以屈原的后代自居自励,处处以屈原为楷模,"学其人,又学其文"(《自字泠君说》),甚至认为:"天地之文在日月,人之文在《离骚》。"(《闾氏自序》)鲁迅《汉文学史纲要》中说《离骚》"其影响于后来文章,乃甚或在《三百篇》以上"。

风骚经典的确立,在批评方法上往往是探本溯源,也形成一种习惯性的思维定式,即诗骚是源、是正,而后来者则是流、是变,必须以诗骚为准,所谓"立义选言,宜依经以树则,劝戒与夺,必附圣以居宗"(《文心雕龙·史传篇》),否则就是离经叛道。经典的确立是企图把文学纳入经典的整体思想框架内。经典拥有天经地义的垄断地位和不可动摇的"话语霸权",经典是唯一的参照和评价体系,正如《文心雕龙·宗经篇》中说"致化归一",亦如金时王若虚《滹南诗话》卷三所说:"近岁诸公……开口辄以《三百篇》、《十九首》为准。"这里,经典成为统摄"万川之月"的"一月"。在这个意义上说,"禀经以制式"和"依经立义"的思维,即是一种整体思维。

三 设文之体有常

《文心雕龙·通变篇》中说:"设文之体有常","凡诗、赋、书、论,名理相因,此有常之体也"。"名理有常,体必资于故实"。这里所讲的"体"指的是文章的体裁。刘勰认为，各种文章的体裁有一定的规定性，它们的名称和创作规格有一定的继承性。在一些基本要素上，文章的体裁有一定的恒定性，也即所谓"常"。强调体之"常"、体的规定性、继承性和恒定性，从思维上来说，即强调唯一性。所以"设文之体有常"的思想也是一种整体性思维。

古代文学理论对体制尤为强调。《文心雕龙·附会篇》中说："夫才童学文，宜正体制。"把"正体制"作为开始学文的首要事项，可见对体制的强调。严羽在《沧浪诗话·诗辨》中说："诗之法有五：曰体制、曰格力、曰气象、曰兴趣、曰音节。"把体制列为五法之首，足见对体制的重视。关于体制，中国文论有辨体和破体之争。辨体者一般严格区分各体文章的界域，偏于守成；破体者一般突破各体文章的界域，偏于创新。文体在辨与破中曲折发展。刘勰就很重视体裁辨析，他在《文心雕龙·总术篇》中说总术的方法是"圆鉴区域，大判条例"。范文澜注云："圆鉴区域，谓审定体势，上篇所论是也。大判条例，谓举要治繁，下篇所论是也。"刘勰在谈到每一种文体时都注意对其体制作明确界定，如：

> 详夫诔之为制，盖选言录行，传体而颂文，荣始而哀终。（《诔碑篇》）
>
> 夫属碑之体，资乎史才，其序则传，其文则铭。（《诔碑篇》）
>
> 原夫哀辞大体，情主于痛伤，而辞穷乎爱情。（《哀吊篇》）

魏晋南北朝时期，关于文章体式的一次较大的论争是"文、笔"之争。范晔、颜延之、萧绎等发表过自己的意见①。刘勰则在《文心雕龙·总术篇》中详细阐述了自己的观点。刘勰之论"文"和"笔",把"文"、"笔"之争推向更深层。刘勰强调各种文体的体制边界,目的是想确立该文体在"情"和"辞"方面的规范和标准,企图确立某种"恒定性"。刘勰在文体论中,反复用"式"、"体"、"制"等字眼,即是一种规范化的努力。其背后的思维即是一种整体归一的思想。

文学史上另一次文体之争是宋代的"诗词之争"。苏轼的词开宋词新风尚,但严守"花间范式"的文学家们则目之为"非本色"。如陈师道说苏词"虽极天下之工,要非本色"(《后山诗话》)。李清照《论词》更倡"词别是一家"说,指出苏轼词是"句读不葺之诗"。在她看来,诗就是诗,词就是词,诗词两体界域鲜明:"何耶?盖诗文分平侧,而歌词分五音,又分五声,又分六律,又分清浊轻重。"明代吴江派和临川派关于戏曲理论的争鸣,也有体制方面的问题。沈璟讲究严守格律和辞尚本色,他强调作曲必须"协律依腔",而将不谐律吕的作品称之为"讹音俗调"。"本色论"实际是一种体制范式的坚守,其思维也是一种整体归一的思想。

主张严守文体界域的人往往持本色论,常指责其他变体为野体、俗体。但文学的发展需要守成,更需要创新。一种文学范式相对固定时,随着历史变化发展,必然会向新的范式演化,于是一套新的体制得以形成。唐宋时期,韩愈以文为诗,苏轼以诗为词,辛弃疾以文为词。他们都取得很高的艺术成就,有识之士也给予他们很高评价。明代临川派汤显祖与吴江派针锋相对,鲜明

---

① 王运熙、杨明:《中国文学批评通史》(魏晋南北朝卷),上海古籍出版社1996年版,第192—193页。

地提出"至情"论。以上文学实践和评价，有力地推动了文学体制创新。胡应麟《诗薮》开篇第一段就提出了"诗之体以代变也"的观点，接着他又说：

> 曰风、曰雅、曰颂，三代之音也；曰歌、曰行、曰吟、曰操、曰辞、曰曲、曰谣、曰谚，两汉之音也；曰律、曰排律、曰绝句，唐人之音也。诗至于唐而格备，至于绝而体穷，故宋人不得不变而之词，元人不得不变而之曲。(《诗薮·内编卷一》)

"体以代变"不仅是诗体发展的规律，也是各式文体发展的基本规律。一种文体发展到"体备"、"体穷"之时，也就不得不变了。新的体式的出现是对旧体式的挑战，于是旧的整体归一的思想自然受到挑战。到新的文体成为"常"，成为正统时，新的"整体归一思想模式"又得以形成。文学体式正是在这种正常与变异、守成与创新中向前推进。

四　同归而殊途，一致而百虑

黄子云在《野鸿诗的》中说：

> 诗犹一太极也，阴阳万物于此而生生，变化无穷焉。故一题有一义，一章有一格，一句有一法；虽一而至什，什而至千百，毋沿袭，毋雷同。如天之生人，亿万耳目口鼻，方寸间自无有毫发之相似者，究其故，一本之太极也。太极诚也，真实无伪也。诗不外乎情事景物，情事景物要不离乎真实无伪。一日有一日之情，有一日之景，作诗者若能随境兴怀，因题著句，则固景无不真，情无不诚矣；不真不诚，下

笔安能变易而不穷?

黄子云这段话谈了诗之变与不变,变中有不变,不变中有变。这是易学思想在诗学中的生动运用。《周易·系辞》中说:"易,穷则变,变则通,通则久。"变与不变(即"通")统一于一生生不息之太极中,这是我们可以把通与变的思想作为一个整体思想来看的理由。这种通与变的思想,有着丰富的辩证法内涵,但是这样成熟的哲学思想并不是一朝一夕就突然生成的。它是千万年来,先民们对日常生活和周围事物长期"仰观俯察"的结果,极富原始感觉和诗性情味。维柯说,人类心灵有一个特点:"人对辽远的未知的事物,都根据已熟悉的近在手边的事物去进行判断。"① 试想,我们远古的先民们身边会有什么事物呢?无非就是四季更替、日月轮回、草木荣枯、花开花落……日月更新日月新,变的特点是显而易见的。同时,"年年岁岁花相似"、"今月曾经照古人",一种反复的、恒久的带规律性的东西也是不难感觉到的。《周易》中说:"是故阖户谓坤,辟户谓之乾。一阖一辟谓之变,往来无穷谓之道。"又曰:"日往而月来,月往而日来,日月相推而明生焉;寒往则暑来,暑往则寒来,寒暑相推而岁成焉。"先哲们正是在天地开合即晨昏更替、晦明变化、四季循环中体味"变"和"通"。以通变观看待宇宙万物,则宇宙万物处在阴阳互动的、开放的、不断生成的体系当中,往来古今又有贯通之处。以这种通变观看文学,则文学是一个开放的而不是封闭的、不断生成的而不是一成不变的体系,往来古今亦有贯通之处。从这个意义上说,通变观也是一种整体思维。

这种富于原始感觉和诗性情味的通变观贯穿于古代文学理论

---

① [意]维柯著,朱光潜译:《新科学》,商务印书馆1989年版,第99页。

之中。《毛诗序》说，"变风、变雅"是由于"国异政，家殊俗"，所以"吟咏情性"的诗人也不得不随之以"达于时变"。《文心雕龙·时序篇》中通过分析古今诗歌的发展变化的历史之后认为"时运交移，质文代变"，"歌谣文理，与世推移"，"文变染乎世情，兴废系乎时序"是"古今情理"，是文学发展的永恒不变的规律。

文学随时代和社会生活变化而变化，这是文学发展的外部规律，文学还有其内部发展变化的规律。《文心雕龙》就专立《通变篇》。所谓"通变"，也即在继承的基础上创新。只有通变，才能"骋无穷之路，饮不竭之源"。谈到继承，刘勰认为楚、汉、魏、晋各代的文章都是以承继前人为基础的："暨楚之骚文，矩式周人；汉之赋颂，影写楚世；魏之篇制，顾慕汉风；晋之辞章，瞻望魏采。"随后刘勰又说枚乘、司马相如、马融、扬雄、张衡"五家如一，诸如此类，莫不相循"。继承是为了创新，刘勰认为，文学要创新，必须"斟酌乎质文之间，而櫽栝乎雅俗之际"，要"参伍因革"，要"凭情以会通，负气以适变"。这样，才是"通变之数"，也才"可与言通变"。刘勰在篇末的"赞"中概括了他的文学通变观："赞曰：文律运周，日新其业。变则可久，通则不乏。趋时必果，乘机无怯。望今制奇，参古定法。"文学要"日新其业"，就要善于变化才能持久，善于会通才不会贫乏，要看准当前的趋势出新以"制奇"，还要参酌古代的传统来"定法"，在继承和创新中不断地前进。刘勰在阐述文学的通变之理时，常用习见事物来作比，如"绠短者衔渴，足疲者辍途"，"根干丽土而同性，臭味晞阳而异品"，"青生于蓝，绛生于茜，虽逾本色，不能复化"。可以说，刘勰是从这些习见事物中得到诗性启示的。

唐代皎然在《诗式》卷中论及"复古通变体"：

评曰：作者须知复变之道，反古曰复，不滞曰变。若惟复不变，则陷于相似之格，其状如驽骥同厩，非造父不能辨，能知复变之手，亦诗人之造父也。以此相似一类，置于古集之中，能使弱手视之眩目，何异宋人死鼠为玉璞，岂知周客噜哗而笑哉！又复变二门，复忌太过，诗人呼为膏肓之疾，安可治也。如释氏顿教学者，有沈性之失，殊不知性起之法，万象皆真。夫变若造微，不忌太过，苟不失正，亦何咎哉！如陈子昂复多而变少，沈、宋复少而变多。今代作者不能尽举，吾始知复变之道，岂惟文章乎？在儒为权，在文为变，在道为方便。后辈若乏天机，强效复古，反令思扰神沮。何则？夫不工剑术，而欲弹抚干将太阿之铗，必有伤手之患，宜其诚之哉！

皎然认为，复与变应当很好地结合起来。这个观点是对的，但他认为："陈子昂复多而变少，沈、宋复少而变多。"这一说法并不合乎文学史事实。陈子昂以复古为革新，提倡汉、魏风骨以反对"兴寄都绝"的齐、梁诗风；而沈佺期、宋之问则使律体诗走向成熟。陈子昂开启一代新风，更有开创意义。沈、宋制定的律诗规则，高手并不严守。如崔颢有《黄鹤楼》，宋代严羽评为唐人七言律诗第一（《沧浪诗话·诗评》）。但此诗有几项并不合律诗规范。皎然此段高论，从其思维之源来说，也是从日常习见之事，如"驽骥同厩，非造父不能辨"，不工剑术之人"必有伤手之患"等，得到诗性启示的。

宋代张戒在《岁寒堂诗话》中多次论及诗的发展变化问题。如："国朝诸人诗为一等，唐人诗为一等，六朝诗为一等，陶、阮、建安七子、两汉为一等，《风》、《骚》为一等，学者须以次参究，盈科而后进可也。"严羽在《沧浪诗话》中也持类似观点。他们都认识到各个时代诗歌在内容和品位上都有差别，这是一个不断深化的过程。学者务必以次"参究"，详加辨析，才能有所收获。

明代关于诗歌的演进发展有较多论述，比较有代表性的，是胡应麟《诗薮》开篇的一段话：

> 四言变而《离骚》，《离骚》变而五言，五言变而七言，七言变而律诗，律诗变而绝句，诗之体以代变也；《三百篇》降而《骚》，《骚》降而汉，汉降而魏，魏降而六朝，六朝降而唐，诗之格以代降也。上下千年，虽气运推移，文质递尚，而异曲同工，咸臻厥美。

胡应麟在博观古今各体诗歌兴衰的基础上，看出了其中递承嬗变的关系。他说："四言不能不变而五言，古风不能不变而近体，势也，亦时也。""时"指时代环境的影响，是文学发展的社会生活等外部环境；"势"指文体本身发展变化的内部规律。把文学发展的内外环境因素都考虑进去，这样一种流变的文学史观是值得肯定的。"体以代变"、"格以代降"，是他对各种诗歌发展变化的总的概括。这一观点跟刘勰"从质及讹，弥近弥淡"（《文心雕龙·通变篇》）的观点相近。宋代邹德久也说："一代不如一代，天地风气生物，只如此耳。"（张戒《岁寒堂诗话》卷上）他们都是从"气运推移"、"天地风气"也即刘勰所谓天道来推演文道的。

明代七子派主张复古，为了矫正其剽窃模拟之弊，对诗的发展变化公安派有他们的看法。如袁宏道《雪涛阁集序》说："文之不能不古而今也，时使之也……唯识时之士，为能堤其隙而通其所必变。夫古有古之时，今有今之时，袭古人语言迹而冒以为古，是处严冬而袭夏之葛者也。"作者从古今时异的观点出发认为，时有变则作为这一时代的文学也不能不变。这就从根本上否定了七子复古派的诗论。袁宏道进一步提出了"法因于敝而成于过者"的观点。袁宏道认为，每种风气的产生，都是为了矫正前人之弊，在前人的基础上发展而来。而当这种风气发展到一定程度，其自身的弊端必然会显现出来，最后成为诗歌发展的障碍；后起者因其弊而矫之以新的风气，诗歌就是在不断地矫弊的过程中向前发展。袁宏道的这一见解是非常深刻的。公安派因七子派之弊而产生，但他们同样不可避免地产生了流弊，如"近乎近俚近俳"，"机锋侧出，矫枉过正"（钱谦益《列朝诗集》袁宏道小传中语），又引起了后来者的矫正。

清代论述诗的发展规律最有代表性的是叶燮的《原诗》。叶燮认为"变"是诗歌发展的必然规律，是"理"，也是"势"。叶燮是从自有天地以来的古今世运气数，也即所谓"天道"的递变规律中，提出了以"源流正变"为核心的诗歌发展观：

> 诗始于《三百篇》，而规模体具于汉。自是而魏，而六朝、三唐，历宋、元、明，以至昭代，上下三千余年间，诗之质文体裁格律声调辞句，递升降不同。而要之，诗有源必有流，有本必达末；又有因流而溯源，循末以返本。其学无穷，其理日出。乃知诗之为道，未有一日不相续相禅而或息者也。但就一时而论，有盛必有衰，综千古而论，则盛而必至于衰，又必自衰而复盛。非在前者必居于盛，后者之必居于衰也。

在叶燮看来，诗歌的变表现为"因"和"创"两个方面，强调了继承和创新的结合。如他以为唐诗"小变于沈、宋、云、龙之间，而大变于开元、天宝高、岑、王、孟、李。此数人者，虽各所因，而实一一能为创"。可见"因"和"创"是统一的，后代的诗歌贵在前人的基础上有所突破，有所创新。叶燮的诗歌发展理论，对我们今天的文学史研究是不无借鉴意义的。叶燮此段宏论是从"天地之大，古今之变，万汇之颐，日星河岳，赋物象形，兵刑礼乐，饮食男女"（《原诗·内篇》）之类所谓天理推演而出，但他的结论不同于胡应麟等人。不同的人从同样的所谓天理中体悟出不同的结论，这可以说是体悟式诗性思维的不足。

以上从文学的思想宗旨、体制和发展流变来谈古人对文学规律的认识。从思想上来说，万变不离其宗，就像天上的风筝，飞得再远再高，总有一根线牵着；文学事项无论多么纷繁复杂，总有其恒久贯通之至道在，所谓"同归而殊途，一致而百虑"（《周易·系辞下》）也。① 从发展的意义上来说，文学是一个源与流、通与变的辩证统一。经典之常、体制之常和通变之常共同建构起一个既有恒定性又富有活力的整体。

第二节　中国文论的有机结构观

严羽在《沧浪诗话·诗评》中称："气象浑沌，难以句摘。"又管同在《与友人论文书》中说："仆闻文之大原出于天，得其备者，浑然如太和之元气；偏焉而入于阳，与偏焉而入于阴，皆不可以为文章之至境。"混沌意识富于原始感觉和诗性特征，维

---

① 如李梦阳《叙九日宴集》中说："夫天下百虑而一致，故人不必同，同于心；言不必同，同于情。"

柯称它"本身是无形式的，就贪求形式，就吞噬一切形式"。①前一节我们主要从外部联系和体制流变谈文学，从文学本体而言，文学艺术是一个混沌整一、气脉流贯的生命体，有经有脉，有声有气，有血有肉。② 在中国古人眼里，世间万有都是一个整体，所谓混沌之道、阴阳之气等都是古人对宇宙自然的整体把握。整体思维是中国古人重要的思维方式，这也是一种极富原始意味的思维方式。原始人的"生命观是综合的，不是分析的。生命没有被划分为类和亚类，它被看成是一个不中断的连续整体，容不得任何泾渭分明的区别。各不同领域间的界线并不是不可逾越的栅栏，而是流动不定的。在不同的生命领域之间绝没有特别的差异。没有什么东西具有一种限定不变的静止形态：由于一种突如其来的变形，一切事物都可以转化为一切事物"。③ 中国古代的文论家正是以这种整体把握的方式去审视文学，建构成一套富有诗性特征的思维方式。中国文论家在观照、把握、思考、评价作品时，也总是将其看作一个血肉丰满的生命整体，并从整体上进行把握。基于这种整体的思维，中国文论常以气论文，以结构论文，以圆通论文。

一　天地氤氲，万物化醇

司空图《二十四诗品》单列"精神"一品：

---

① ［意］维柯著，朱光潜译：《新科学》，商务印书馆1989年版，第383—384页。

② 钱钟书先生在《中国固有的文学批评的一个特点》（原载1937年《文学杂志》第1卷第4期）就指出中国文论的这一特点。半个世纪以后，吴承学先生在《生命之喻——论中国古代关于文学艺术人化的批评》（《文学评论》1994年第1期）有进一步的阐述。这里，我们仅从其思维特点来说。

③ ［德］恩斯特·卡西尔著，甘阳译：《人论》，上海译文出版社1985年版，第134页。

　　　　欲返不尽，相期与来。明漪绝底，奇花初胎。青春鹦
　　　鹉，杨柳楼台。碧山人来，清酒深杯。生气远出，不著死
　　　灰。妙造自然，伊谁与裁？

　　水流叮咚，水光潋滟，奇花含苞待放。早春之时，鹦鹉鸣
叫，楼台前的杨柳在春风中摇曳。一切栩栩如生，一切精神饱
满，一切充满青春气息、富有生命活力。"生气远出"，郭绍虞
等在《中国历代文论选》中释为"生气充沛，精神迸露，远出
纸上"。"不著死灰"语出《庄子·齐物论》："形固可使如槁
木，而心固可使如死灰乎？"在司空图看来，有精神的作品应该
是生机盎然，反之则如槁木死灰。以气论文，始于曹丕。曹丕在
《典论·论文》中说："文以气为主。"文气说较生动地体现了中
国古代文学艺术整体论思想。气是文学作品生命的内在基质，气
象是对作品整体的观照，气韵是作品的整体美学特质。文气说体
现的是从作家精神世界的整体上去把握和理解作品的思维方式。
"气"是中国古代哲学的重要范畴，是构成万物的基质。《易·
系辞上》论述宇宙生成云："易有太极，是生两仪，两仪生四
象，四象生八卦。"孔颖达在《周易正义》卷七中云："太极谓
天地未分之前元气混而为一。"宇宙生成以元气为本，所以《易
·系辞下》云："天地氤氲，万物化醇。"王充在《论衡·言毒》
篇云："万物之生，皆禀元气。"元气是世间万物生命力的根本，
有之则生，无之则死。《庄子·知北游》云："人之生，气之聚
也。聚则为生，散则为死。"元气充塞于天地之间，无处不有，
无所不在。元气生人，人气生文，是天人之学的当然理路。
　　文气，在创作主体方面，指的是作家的全部生理、心理素质
的整体显现。从生理上来看，人的机体是精神的物质基础。身体

孱弱之人，自然心神困乏，就"不能清思于文辞，纵使强为之辞亦不工"（欧阳修《与杜沂论郭公墓志书》）。从心理来说，作家应"真体内充"，"积健为雄"（司空图《二十四诗品·雄浑》），应有博大刚正、充塞于天地之间的"浩然之气"（《孟子·公孙丑上》）。此气不能孱弱，不能委靡不振，不能暮气沉沉，此气要胜、要高、要正，要如飞虹。皎然《诗式·明势》推崇"气胜势飞"，《诗有四不》推崇"气高而不怒"，《诗有六迷》指斥"气少力弱"，《郢中集》中推崇刘桢诗，因为其辞气"偏正得中"，"气格自高"。陈师道《后山诗话》有"翰墨之气如虹，犹足贯日耳。"司空图《二十四诗品·劲健》也说："行气如虹。"气格不高、不胜、不正的作家作品往往不受推崇，人们常笑之为有酸腐气。如宋太祖笑后唐徐铉《秋月》之篇"寒士语尔"，自诗"未离海底千山黑，才到天中万国明"。则令徐铉大惊，因为此诗有帝王之气（陈师道《后山诗话》）。又如孟郊有"蹇涩穷僻"之气，为历代所不称（魏泰《临汉隐居诗话》）。叶梦得批评宋初僧诗云："近世僧学诗者极多，皆无超然自得之气，往往反拾掇摹效士大夫所残弃。又自作一种僧体，格律尤凡俗，世谓之酸馅气。"（《石林诗话》中）

从作品方面来看，文气是作家全部人生经验和艺术积淀的总体呈现，什么样的作家即有什么样的作品，极富个性特征。明代徐祯卿《谈艺录》中谈及作品之气与作家身份之关系，语言颇为生动：

> 诗之词气，虽由政教，然支分条布，略有迳庭。良由人士品殊，艺随迁易。故宗工巨匠，辞淳气平；豪贤硕使，辞雄气武；迁臣孽子，辞厉气促；逸民遗老，辞玄气沉；贤良文学，辞雅气俊；辅臣弼士，辞尊气严；阍童壶女，辞弱气

柔；媚夫幸士，辞靡气荡；荒才娇丽，辞淫气伤。

以出身论文，有些绝对化。但一个人的出身的确会影响其气质人格。柳永混迹勾栏妓馆，其词自有脂粉气；晏殊出身相府，其词难掩富贵气。正如葛立方所言："人言居富贵之中者，则能道富贵语，亦犹居贫贱者工于说饥寒也。"（葛立方《韵语阳秋》卷一）

创作主体怎样才能获得丰盈充沛、饱满旺盛之气呢？古人有禀气说，有养气说，还有练气和守气之说。[1] 中国古代养生学发达，综合古人的看法，人之元气、真气有先天禀赋，也有后天养成，既要锻炼真气，也要固守真气。这样才能元气充盈、精神饱满。无论是禀气、养气还是练气和守气，都是从人的身心整体着眼，受整体思维影响。养生学是中国古代医学的重要组成部分，气论是养生学的重要内容。中医的重要思维特征即整体辩证思维。孟子所说善养"充塞于天地之间"的浩然之气，王充《论衡·自纪》讲的"养气自守"、"爱精自保"，刘勰《文心雕龙》专辟《养气》一篇，讲"玄神宜宝，素气资养"云云，都受中医的这种整体辩证思维影响。

"气"作为文学作品的内在生命力，最突出地表现为"生气"、"精神"。"精神"、"生气"成为后代文论家谈文论诗常用的术语和重要的视角。如：方东树《昭昧詹言》卷一云："凡诗、文、书、画，以精神为主。精神者，气之华也。"王夫之《姜斋诗话》云："晚唐饾凑，宋人支离，俱令生气顿挫。"沈德

---

① 如关于养气说，张杰先生从四个方面概括古人的养气之道：1. 行之乎仁义之途以养浩然之气；2. 游之乎诗书之源以养书卷之气；3. 览之乎自然之象以养造化真气；4. 听之乎心源之语以养虚空静气。（张杰：《心灵之约》，武汉大学出版社2001年版，第149—156页。）

潜《说诗晬语》云："谢茂秦古体，局于规格，绝少生气。"在具体品评作品时，有无生气往往是重要尺度。初唐才女婉儿评沈佺期、宋之问的诗说："二诗工力悉敌，沈诗落句云：'微臣雕朽质，羞睹豫章才。'盖词气已竭。宋诗云：'不愁明月尽，自有夜珠来。'犹陡健豪举。"所谓"词气已竭"即生气衰竭，所谓"陡健豪举"即生气盎然。可见婉儿推重的是整体的精神气貌，而不是词句的工力（《全唐诗话》"上官昭容"条）。又如张说推重王湾《游吴中江南意》"海日生残夜，江春入旧年"。"手题政事堂，每示能文，令为楷式"（《全唐诗话》"王湾"条）。因为这两句流露出来的是青春活力，是充满希望的明天。以"气"论文，将"气"看作文学作品生命力的内在基质，反映了中国古人对文学认识的深刻。文气通人气，文心通人心，人体是一个有机整体，文学作品自然也是有机整体。

二 首尾周密，表里一体

姜夔《白石道人诗说》云：

> 作大篇，尤当布置：首尾匀称，腰腹肥满。多见人前面有余，后面不足；前面极工，后面草草。不可不知也。

一个有生机有活力的人，应该是肢体匀称的。文也如人，也要有一种整体完美感。以整体思维观照文学，讲究首尾布置前后结构即在情理之中了。既然文学作品是一个有机生命整体，那么，怎么才能建构这样一个有血有肉、有声有气的生命整体呢？古代的文论家们对此也有所思考。陆机《文赋》就提出"选义按部，考辞就班"的思想。到刘勰《文心雕龙》有更深入的思考，《附会篇》云：

何谓"附会"？谓总文理，统首尾，定与夺，合涯际，弥纶一篇，使杂而不越者也。若筑室之须基构，裁衣之待缝缉矣……是以附辞会义，务总纲领……首尾周密，表里一体。

所谓"统首尾"、"附辞会义"、"首尾周密，表里一体"云云，是说要创作的文学作品必须是首尾统一完整的有机整体，有头有尾，有皮有骨，有血有肉。

关于如何求得作品的整体完美，文论家们提得较多的是"结构"这一重要概念。"结构"起初指联结构架，如《抱朴子·勖学》有"文梓干云而不可名台榭者，未加班轮之结构也"；另，韩愈《合江亭诗》有"梁栋宏可爱，结构丽匪过"即其意。用在文学艺术上，"结构"则指诗文书画各部分有机组织和布局，而不是机械结合。如王羲之《题卫夫人笔阵图后》云："结构者，谋略也。"又张彦远《法书要录·晋卫夫人笔阵图》云："又有六种用笔，结构圆备如篆法，飘扬洒落如章草。"具体用在文学作品上，任何作品都关涉到先写什么，后写什么，如何安排或处理材料等问题，即结构问题。元代杨载著《诗法家数》中有"起承转合"一节，如谈破题"要突兀高远，如狂风卷浪，势欲滔天"。颔联"要接破题，要如骊龙之珠，抱而不脱"。颈联要"与前联之意相应相避，要变化，如疾雷破山，观者惊愕"。结句则"必放一句作散场，如剡溪之棹，自去自回，言有尽而意有余"。此谈律诗结构布置问题。诗词小作尚且如此，鸿篇巨制则更讲究结构布置。毛宗岗《读三国志法》云："《三国》一书有首尾大照应，中间大关锁处……凡若此者，皆天造地设以成全篇之结构者也。"又说："前能留步以应后，后能回照以应前，令人读之真一篇如一句。""《三国演义》洋洋百余万言，但丝毫不支离破碎，前后严整一体，一篇如一句"。李渔甚至在《闲情偶寄》中提出"结构第一"观念：

> 至于结构二字，则在引商刻羽之先，拈韵抽毫之始，如造物之赋形，当其精血初凝，胞胎未就，先为制定全形，使点血而其具五官百骸之势。倘先无成局，而由顶及踵，逐段滋生，则人之一身，当有无数断续之痕，而血气为之中阻矣。工师之建宅亦然，基址初平，间架未立，先筹何处建厅，何处开户，栋需何木，梁用何材，必俟成局了然，始可挥斤运斧。倘造成一架，而后再筹一架，则便于前者不便于后，势必改而就之，未成先毁，犹之筑舍道旁，兼数宅之匠资，不足供一厅一堂之用矣。

李渔将结构比喻为"具五官百骸之势"的"精血"，又称作工师"挥斤运斧"之前对整座房宅的筹划设计。他认为一些"时髦所撰"，尽管"惨淡经营"，不免失败，原因是"结构全部规模之未善"。作品的整体完美还要求作家在结构布局、安排材料时，要虚实相应、疏密相间。清代陈衍在《石遗室诗话》卷七中说："有结构之结构，有不结构之结构。"所谓"有结构之结构"是"实"，"有不结构之结构"是"虚"。虚实相间，有虚有实，才是完善的艺术整体。

明清诗文理论中有一大主脉即"义"与"法"的讨论，其思维取向即是一种整体思维。如明代八股盛行，八股文讲究起承转合，篇章布局。八股文论是机械结构论，但我们要说的是，除开八股文"代圣人立说"钳制士人思想和在文学实践中实际上影响文坛生气不说，就其思维取向上来说，还是一种整体思想，希望文学作品在结构上是完整的统一体，有启有承，有转有合。八股文论家唐顺之也反对"决裂以为体，饾饤以为词"，而主张"开合首尾经纬错综之法"（《董中峰侍郎文集序》），其实质即追求文学作品的整体性。清初王夫之强烈批评起承转合之法，他鄙斥起承转合是只可"用教幕客作应酬"的"陋人之法"。又说："一篇止以事之先后为初终，何尝有所谓起承开阖者？俗子画地成牢，誓不入焉可也！"（《姜斋诗话》）他认为起承转收，至多不过是叙述结构的一种，古人从来不株守。王夫之在破除起承转合的机械性的同时，从诗的本质出发，针锋相对地提出了一种有机的结构观。他认为诗须"以情事为起合，诗有真脉理、真局法，则此是也"（《姜斋诗话》）。蒋寅先生认为，所谓真脉理、真局法，"是以内容表达为核心形成的有机结构"。"这种'文成法立'的思想，是他破除起承转合之论的立足点，也是中国文论关于结构的根本观念。"蒋先生认为，清初诗学有名的集成性著作游艺编《诗法入门》卷首有云："今人论诗谓从首至尾，字字有脉络承接，方为浑成。是犹书法行间，妙在断续中顾盼，岂钩踢牵丝，一行缠绕到底，乃为结构乎？""这也是在表达一种有机结构观。"① 根据这种看法，作品的结构作为一个有机整体，每一个词，每一个句子都是这个有机结构的组成部分。结构浑成的作品应是血脉相连，首尾沟通，十指连心，牵一发而动全身，而不是词与词的简单叠加，句与句的机械组合。这种有机结构是作品意脉的自然生成，是作者情思的自然显现，无雕琢人工之痕。在这个意义上说，结构无定式，是特定作品特定情思的表达的需要。故而王夫之断言："所谓章法者，一章有一章之法也。千章一法，则不必名章法矣！"（《姜斋诗话》）所谓"成

---

① 蒋寅：《古代诗学的现代诠释》，中华书局 2003 年版，第 115—116 页。

章而达"，所谓"浑成"，无非是说每篇作品结构都是作品思想情韵的自然生成，而不是作者的有意构筑。

"结构"论的提出，是中国文论整体思维的反映。优秀的作品不是靠单个部分，不是靠个别字、词、句，而是靠作品的整体结构的有机组合。中国文论所讲的"首尾周密"、"首尾圆合"、"首尾相应"等，都是古人对结构整体性追求的表现。历代文论家对篇章布局，结构义法的探讨，渗透着一种理念，那就是对文章整体美的不懈探寻和追求，背后起支配作用的思维方式即是一种整体思维。

三　心与理合，辞共心密

刘勰在《文心雕龙·论说篇》中说：

> 故其义贵圆通，辞忌枝碎，必使心与理合，弥缝莫见其隙；辞共心密，敌人不知所乘：斯其要也。

"义贵圆通，辞忌枝碎"本指论说的周密，我们此处且借来指批评家对整体美的追求。中国古代文学批评有对完整、丰满、周全的追求，王先霈先生称之为"圆形批评"。他统计，《文心雕龙》全书中"圆"字凡 17 见，多有周全、完整、丰满、成熟等含义。他又举了谢朓语"好诗圆美流转如弹丸"（《南史·王昙首传》附《王筠传》）、《沧浪诗话·诗法》有"造语贵圆"等例，分析了中国文论对"圆照"、"圆美"、"圆活"、"圆密"等的崇尚。先生指出，这些"都是涉及思维的方式方法和思维达到的境界"。① 我们认为，对"圆"的崇尚，就其思维方式来

---

① 王先霈：《圆形批评论》，华中师范大学出版社 1994 年版，第 18 页。

说，实即整体思维。文学艺术是有内在生命律动的浑然不分的有机整体，它含蕴的美是块然自生、无言独化的。这种有机整体的文艺观制约着批评注重于整体特征的领悟与品鉴，不主张抽象的分析、阐释或索解。中国文论有许多重要范畴即从整体角度对文学进行把握。如司空图《二十四诗品》中，"采采流水，蓬蓬远春"之纤秾，"海风碧云，夜渚月明"之沉著，"落花无言，人淡如菊"之典雅，"流水今日，明月前身"之洗炼，等等，这些新颖鲜明的意境准确地揭示出对象的总体风貌。本来什么是"纤秾"，什么是"典雅"，只可意会而难以言传。无论从理论上作怎样严格的界定，都难免条分缕析下的支离破碎，无法揭示其浑然整一的境界，中国文论中大量的是这类重整体直觉轻逻辑分析的概念和范畴。下面我们以"气象"这一范畴为例谈谈古人如何对生命化作品进行整体观照和把握。

"气象"原指自然界的景色、现象。《梁书·徐勉传·答客喻》："仆闻古往今来，理运之常数；春荣秋落，气象之定期。"范仲淹《岳阳楼记》："衔远山，吞长江，浩浩荡荡，横无际涯，朝晖夕阴，气象万千，此则岳阳楼之大观也。"这种自然气象也对作家发生影响，引起主体情感波动。"气象"又被古人用来指称时代社会及人物的总体状貌特质，如"盛唐气象"、"帝王气象"等。如宋代许颛《彦周诗话》云："联句之盛，退之、东野、李正封也。《城南联句》云：'红皱晒檐瓦，黄团挂门衡。'是说干枣与瓜蒌，读之犹想见西北村落间气象。"在唐代，"气象"已作为一个美学范畴而被运用。杜甫《秋日寄题郑监湖上亭》诗云："赋诗分气象。"皎然《诗式》认为诗有四深，"气象氤氲，由深于体势"即其一。这里的"气象"已是一个专门的论诗术语了。

作为文论范畴的"气象"，是指文学作品精神面貌的整体特征，所以以"气象"论诗文，其思维即是整体思维。宋代周紫芝《竹坡诗话》云："郑谷《雪诗》，如'江上晚来堪画处，渔人披得一蓑归'之句，人皆以为奇绝，而不知其气象之浅俗也。东坡以谓此小学中教童蒙诗，可谓知言矣。"又宋代周必大《二老堂诗话》有："白乐天集第十五卷《宴散诗》云：'小宴追凉散，平桥步月徊。笙歌归院落，灯火下楼台。残暑蝉催尽，新秋雁载来。将何迎睡兴，临睡举残杯。'此诗殊未睹富贵气象，第二联偶经晏元献公指出，乃迥然不同。"以上两则诗话里的"气象"指的即是作品的总体精神面貌特征，而不是个别词句的特点，其思维取向即在整体而不在个别。严羽是宋代"气象说"的重要鼓吹者，据郭绍虞校释本粗略统计，《沧浪诗话》谈及"气象"有七次之多，且都是从作品的整体特点着眼。如《诗评》云："唐人与本朝人诗，未论工拙，直是气象不同。"元代范德机著《木天禁语》立"六关"之说，第三关即为"气象"关。范德机强调气象的整体性："诗之气象，犹字画然，长短肥瘦。"他反对"得一、二字面，便杂据用去"的肢解做法。

以"气象"论诗文，跟中国文论体悟式、印象式的思维方式相联系，追求一种浑沌式的朦胧美和整体美。中国神话有一族以浑沌为主题的文化，这是中国文化的母题，是中国文化的深层象征。① "浑"不是混乱无序，它是生天地之前自然之道的原初状态。《老子》说："有物混成，先天地生，寂兮寥兮，独立不改，周行而不殆，可以为天下母。"它的特征之一是虚，《庄子·人间世》云："气也者，虚而待物者也。唯道集虚。虚者，心斋也。"《天道》篇又云："夫虚静恬淡寂漠无为者，万物之本

---

① 叶舒宪：《文学与人类学——知识全球化时代的文学研究》，社会科学文献出版社 2003 年版，第 240 页。

也。"虚，故能包含万物，高于万物。因此只有达到虚，方能进入浑的境界，所谓"返虚入浑"。郭绍虞《诗品集解》中说："填实不得，板滞不得，所以必须复还空虚，才得入于浑然之境。""浑"的特征之二是全，是整体的美，不是局部的美。郭绍虞《诗品集解》云："何谓'浑'，全也，浑成自然也。"正如老子所说："大音希声，大象无形。"浑的境界有如一团自在运行的元气，浑然一体，不可分割。正如田同之《西圃诗说》中所说："浑然不露者，元气也。而有句可摘，则元气渐泄矣。诗运之升降，正在于此。"如谢灵运的诗时有佳句，但往往有句无篇，缺乏整体之美。"谢所以不及陶者，康乐之诗精工，渊明之诗质而自然耳。"（《沧浪诗话·诗评》）浑成自然之美不以个别词句胜，而往往以整体境界见长。

浑的境界是直觉基础上的整体印象，为历代文论家所推崇。司空图《二十四诗品》首品即为"雄浑"：

> 大用外腓，真体内充。反虚入浑，积健为雄。具备万物，横绝太空。荒荒油云，寥寥长风。超以象外，得其环中。持之匪强，来之无穷。

严羽《沧浪诗话·诗辨》中谓诗有九品，其六即为"雄浑"。"雄浑"之美首先是浑然一体的整体之美，不是个别字句的局部美。这就是司空图《与极浦书》所说的："蓝田日暖，良玉生烟，可望而不可置于眉睫之前。"也如严羽所说，"如空中之音，相中之色，水中之月，镜中之象"。这种浑然一体之美不可分割，不能辨析，只能意会，不能言传。严羽推重盛唐诗，因为"盛唐人，有似粗而非粗处，有似拙而非拙处"。胡应麟《诗薮》也说"盛唐气象浑成，神韵轩举"。似是而非，似非而是，整体浑成，方至妙境。"雄浑"之美还是一种浑朴自然之美，绝无人工痕迹。"荒荒油云，寥寥长风"全为宇宙间天然景象，岂有丝毫人造之意？必须"持之匪强"，方能"来之无穷"。《庄子·齐物论》中有"地籁"、"人籁"、"天籁"，天籁即"使其自己"、"咸其自取"，一切自然而然，毫无人工做作。严羽所谓"羚羊挂角，无迹可求"是也。严羽推崇《胡笳十八拍》，因为其"浑然天成，绝无痕迹，如蔡文姬肺肝间流出。"他推崇汉魏之诗，只因其"词理意兴，无迹可求"。

在一种整体性思维的观照之下，文学作品是生命整体，其中生气贯注，血脉相连。为了构建这个有机整体，古人讲究结构布局。浑然一体的整体美为文学家们追赏。整体的要求是中西方文学共同特质，西方文学家也追求完整，如亚里士多德《诗学》第八章云：

> 在诗里，情节既然是对行动的摹仿，就必须摹仿一个单元而完整的行动。事件的结合要严密到这样一种程度，以至若是挪动或删减其中的任何一部分就会使整体松裂和脱节。如果一个事物在整体中的出现与否都不会引起显著的差异，那么，它就不是这个整体的一部分。①

不同的是《诗学》是摹仿论，重叙事文学，情节是文学的元素。文学整体如一台机器，情节则是零件。零件坏了，换上新的即可。这是一种逻辑性文论，所讲的文学整体是机械性整体。中国文学是抒情论，重抒情文学，情感是文学的基质。文学整体

---

① ［古希腊］亚里士多德著，陈中梅译：《诗学》，商务印书馆1996年版，第28页。

如一个大活人，骨头连着筋，十指连心，牵一发亦可动全身。这是一个血脉相连的生命整体，生命体不可肢解，文学也不可分解，不可句摘。

第三节　中国文论的整体浓缩性

"三百之蔽，义归无邪"语出《文心雕龙·明诗篇》。我国第一部诗歌总集《诗经》，时空跨越之久远辽阔，内容之丰富繁杂，为学人所共知，但孔子评之，则"一言以蔽之"，曰"思无邪"（《论语·为政》）。举重若轻，以简治繁，一言穷理，以少总多，非常繁杂的文学现象浓缩为三言两语、一句话、一个词甚或一个字。话语不多，却一字千金，境界全出。这是中国文论思维方式的重要特征之一——整体浓缩性。作为一种言说方式，"一言以蔽之"极富原始诗性特征。列维—布留尔认为，对原始思维来说，"有生命的整体的部分即等于这个整体"。[①] "一言以蔽之"也有这样的特征。

一　简言以达旨

陆机在《文赋》中说："立片言以居要，乃一篇之警策。"《文心雕龙·征圣篇》云："简言以达旨。"即片言只语为一篇之精神凝聚处，或为一篇之精神发源处。整体浓缩性在中国古代文体论、作家作品论、时序论等方面表现得异彩纷呈，下面分述之。

首先让我们来看整体浓缩在文体论中的表现。曹丕《典论·论文》首开文体论："夫文本同而末异，盖奏议宜雅，书论

---

① ［法］列维—布留尔著，丁由译：《原始思维》，商务印书馆 1981 年版，第247 页。

宜理，铭诔尚实，诗赋欲丽。"用"雅、理、实、丽"四个字分别概括"奏议、书论、铭诔、诗赋"四科八类文体的艺术特质。继曹丕之后，从桓范的《世要论》、陆机的《文赋》、挚虞的《文章流别论》、李充的《翰林论》到刘勰的《文心雕龙》，对文体进行了更深入广泛的探讨。陆机《文赋》直承《典论·论文》的言说方式，用并列词组形式来描述十种文体的特质。刘勰论文体，虽标举"原始以表末，释名以章义，选文以定篇，敷理以举统"（《文心雕龙·序志篇》），表现出"体大而思精"的思辨特色，但在具体表述文体时，刘氏仍然多一言以蔽之。如《定势篇》：

> 章表奏议，则准的乎典雅；赋颂歌诗，则羽仪乎清丽；符檄书移，则楷式于明断；史论序注，则师范于核要；箴铭碑诔，则体制于弘深；连珠七辞，则从事于巧丽。

其中"典雅"、"清丽"、"明断"、"核要"、"弘深"、"巧丽"等是对相应文体的最精要的表达。

在作家、作品论中，中国文论也时常运用整体浓缩性的表述。虽为片言只语，却一针见血、入木三分，精妙传神地把握住了作家作品的艺术精髓。我们试举数例以说明之。评阮籍、嵇康文学风格的异同，刘勰曰："嵇志清峻，阮旨遥深。"（《文心雕龙·明诗篇》）一清峻，一遥深，无需更多赘言废语，读者对两位作家的人格魅力、作品风貌就心领神会。李、杜才学风格迥异，前人评述汗牛充栋，我们以为都不及严羽的一句话："子美不能为太白之飘逸，太白不能为子美之沉郁。"（《沧浪诗话·诗评》）李杜双星，光照千古，着"飘逸"、"沉郁"而风神足俱，他言已显多余。郊岛并称，同为苦吟，苏轼曰"郊寒岛瘦"

（《祭柳子玉文》），堪称妙评。王国维评东坡、稼轩词曰："东坡之词旷，稼轩之词豪"，着"旷"、"豪"两字而境界全出。单从这一点来说，《人间词话》就得古代诗话、词话之真传。关于作品的风格体貌，传为唐代皎然所作的《诗式》概括为十九体，每一体式用一个字来表述。作者在表述旨意时说："不妨一字之下，风律外彰，体德内蕴，如车之有毂，众美归焉。其一十九字，括文章德体风味尽矣，如易之有象辞焉。"象，断也，判断，决断，也即"一言定乾坤"。象辞，即《易》卦下的卦辞，总论这一卦的主要意义。如"乾"卦下面的"元、亨、利、贞"四字即是。皎然以十九字比象辞，高度浓缩型的表述已自明矣。明代贝琼作《唐宋六家文衡序》，也分别用一个字来概括唐宋六家的文章风貌，颇得各家神髓："盖韩之奇，柳之峻，欧阳之粹，曾之严，王之洁，苏之博，各有其体，以成一家之言，固有不可至者，亦不可不求其至也。"可见，在对作家作品的点评当中，一言以蔽之的表述方式很常见。

如果说一位作家、一部作品一言以蔽之尚且不是太难，那么对一个时期、一个朝代的文风作高度浓缩性的表述则确非易事。我国古代的批评家往往有俯瞰宇宙、弥纶百代的眼光和胸襟。陆机有云："收百世之阙文，采千载之遗韵。""观古今于须臾，抚四海于一瞬。"刘勰也常言"古今"、"百世"、"弥纶一代"等，元好问喜用"千古"、"万古"等字眼。后人有所谓一代有一代之胜的说法。这些从某种程度上反映了古人的远大视野和宽广胸怀。他们以这种眼光和胸襟"统百代而论诗"（叶燮《原诗·内篇下》），雄视上下几千年，往往会有许多独到的体会和领悟。如"建安风骨"、"盛唐气象"，非常允当地抓住了一个时代的风神气貌，以至于后代文学史家言建安必言风骨，论盛唐必论气象，离开了风骨、气象似乎无话可说。统百代而论诗文，似从刘勰的《文心雕龙》开始，其《时序篇》云："原始以要终，虽百世可知也。"刘勰望今参古，斟酌质文，檃栝雅俗，对此前历代文学风貌一言以蔽之："榷而论之，则黄唐淳而质，虞夏质而辨，商周丽而雅，楚汉侈而艳，魏晋浅而绮，宋初讹而新。"（《文心雕龙·通变篇》）对历代文学之文质、雅俗变化有准确把握。唐宋诗之争，是诗学史上的一大热点。学人们都争着用精妙的词句来概括这两座诗学高峰的异同。《沧浪诗话》云："本朝人尚理，唐人尚意兴。""理"和"意兴"都是极为精当的表述。后代论唐论宋有多少著述，表述不尽相同，但似乎都未能超出严沧浪的审美视角。今人钱钟书有"唐诗多以丰神情韵见长，宋诗多以筋骨思理见胜"的著名论断。[①] 表述要比严沧浪精美得多，但细细想来，其观点似乎也还在严沧浪的视野之内。

　　以上举文体、作家作品论、时序论等方面来谈中国文论家们对文学现象一言以蔽之的表述。作为一种思维方式，它渗透到了中国文学的方方面面，可以说中国文论家们在表述整个文学流程时都尽力用浓缩精妙的语言。这是对文学的印象式的整体把握，妙在直入主题，把握住了对象的特质的主要方面，而对其枝叶细末则去之不顾，即一言道破天机。古人所谓"易简，而天下之理得矣"（《周易·系辞上》）、"一言穷理"（《文心雕龙·物色篇》）等都说明了这层意思。这种表述方式在对比状态下尤其能显示其功能优势，能鲜明地表述出对象的异同，而不为其他枝叶细末所遮蔽。像前文所举事例，大多为对比状态的言说。对比出特色，在对比状态下，文论家们更能"辩尽诸家，剖析毫芒"（高棅《唐诗品汇总序》）。抓住了问题的要点和实质，自然有表述之便。正如钱钟书所说："曰唐曰宋，特举大概而言，为称谓

---

　　① 钱钟书：《谈艺录·诗分唐宋》，中华书局 1984 年版，第 1 页。

之便。"一言以蔽之，也是举问题之大概，便于问题的表述。

二 难说处一语而尽

姜夔《白石道人诗说》称："难说处一语而尽。"中国文论整体浓缩性特征的形成有多方面的原因。可以说，是多方面的合力，促成了中国文论浓缩型表达方式的形成。

语言文字是思维的载体，汉字本身的特性赋予其丰富的表现力。用维柯的话来说："凡是语言愈富于英雄时代的简练，也就愈美；愈美就是愈有表达力；愈有表达力，就是愈真实。"维柯把人类历史分为神的时代、英雄的时代、人的时代三个阶段。相应地具有三种语言，即神的语言、英雄的语言、人的语言。① 中国因其历史文化的不间断性，其语言同时具有神的语言的神性、英雄的语言的简洁性和人的语言的发音性等特征，是典型的诗性语言。从文化传承来说，中国文化善于以简治繁，举重若轻。世间万象，千变万化，其运转之规则理应纷繁复杂，中国的哲人却一言以蔽之"一阴一阳"。以阴、阳两字来统观世间万象，是何等高度浓缩的表达。这一思维方式直接启示了后代的文论表达。曹丕在《典论·论文》中提出了"文以气为主"的著名论断，并说"气之清浊有体"。所谓清浊，实即阴阳，阳气上升为清，阴气下沉为浊。到刘勰《文心雕龙·体性篇》进一步提出："气有刚柔"、"风趣刚柔，宁或改其气。"此处刚气当指阳气，柔气当指阴气。到清代姚鼐更是明确提阳刚之美和阴柔之美，受《周易》的影响是显而易见的（《复鲁洁非书》）。以阴、阳论文学，生动地说明中国文论思维方式的高度浓缩性特征。另外中国

---

① ［意］维柯著，朱光潜译：《新科学》，商务印书馆 1989 年版，第 228、497页。

的五行学说也具有高度浓缩性特征。从现代科学角度来说，物质的化学元素有几十种之多。正是这些基本元素通过复杂结构构成了绚丽多姿的世间万物。五行学说则认为世间万物由金木水火土五种元素构成，避开其尚处科学认识的起始阶段不谈，单从其思维方式来说，则明显具有高度浓缩性特征。阴阳文化和五行学说是中国思维方式的文化基石。

中国文论浓缩性特征还受文化经典的启示。在我们早期的典籍中，整体浓缩是一重要特征。中国诗学的开山纲领《尚书·尧典》曰："诗言志"，把诗歌广博丰赡的内容浓缩为一个"志"字。《老子》把"天地之始"、"万物之母"称为"道"（一章），"夫物芸芸，各复归其根"（十六章）、"万物归"（三十四章）、"天下往"（三十五章），等等，其中"始"、"母"、"归"、"根"、"往"等字眼即显示出其思维方式的高度浓缩性。老子试图用"道"去把握天地人生，去领会世间万物。道家的整个思想也可以用一个"道"字来概括。道家的另一经典《庄子》有云："天下之治方术者多矣……圣有所生，王有所成，皆原于一。"（《天下篇》）把众多的原因归之为"一"（即"道"），其思维方式也是浓缩型的。《庄子·天下篇》又把儒家的几部经典的内容浓缩为一两个字："《诗》以道志，《书》以道事，《礼》以道行，《乐》以道和，《易》以道阴阳，《春秋》以道名分。"这段话开了并评经典的先河，也是后世作品论的先声。而其思维方式恰恰是高度浓缩型的，对后世影响巨大。如唐代柳宗元在《答韦中立论师道书》中说："本之《书》以求其质，本之《诗》以求其恒，本之《礼》以求其宜，本之《春秋》以求其断，本之《易》以求其动。"分别用"质"、"恒"、"宜"、"断"、"动"五个字来概括五经的思想艺术之精髓。道家虽然主张"不言之教"，提出"大音希声"、"言不尽意"，但在具体阐述观点时还是用极为精准的语言来传道达意，表现出思维方式的浓缩性特征。儒家的经典表述除本节开头所引孔子评诗"一言以蔽之"外，《春秋》及其解读可为一大例证。作为编年体史书的开山之作和儒家的重要经典，《春秋》受到史学家和经学家们的共同关注。他们一致认识到《春秋》内容上"微言大义"；语言上"一字褒贬"。关于《春秋》的这一特色，历代主要评论有：司马迁评曰："辞微而指博"（《史记·儒林列传》）；董仲舒评曰："文约而法明"（《春秋繁露·楚庄王》）、"得一端而多连之，见一空而博贯之"（《春秋繁露·精华》）；杜预评曰："一字为褒贬"（《春秋经传集解》）；范宁评曰："一字之褒"、"片言之贬"（《春秋谷梁传序》）；刘知几评曰："文约而事丰"（《史通·叙事》）；胡安国评曰："立义至精"、"简严而不赘"（《春秋传·隐公四年》）；章学诚评曰："微言大义"（《文史通义·史注》）等。对中国文论更具意义的是，《春秋》的这一特色被文论家们所关注并反复称引。刘勰说："《春秋》辨理，一字见义。"（《文心雕龙·宗经篇》）；"褒见一字，贵逾轩冕；贬在片言，诛深斧钺。"（《文心雕龙·史传篇》）韩愈曰："《春秋》谨严。"（《进学解》）欧阳修评《春秋》曰："述其文，则曰：简而有法。"（《论尹师鲁墓志》）先秦儒道文化是中国文论思想智慧的基石，其思维方式是中国文论浓缩性特征的滥觞。后来的玄学主张"言不尽意"，禅宗主张"以心传心，不立文字"，虽有"重意轻言"之意，却从另一方面促使文论家们用最精要的语言去把握文学的真谛。

中国文论浓缩性特征与中国文学本身的特质也不无关联。中国文学以抒情为主。在抒情文学里，唯有情感才是结构的核心和动力。但是正如刘勰所说"文情难鉴"（《文心雕龙·知音篇》），情感之事，本身就是说不清，也无需多说的东西。人们只需心有所悟，把握其关键处即可，点到为止而不及其余，自然韵味十足而妙不可言。姜夔《白石道人诗说》称"难说处一语而尽"即这个理。刘勰说："物色虽繁，而析辞尚简；使味飘飘而轻举，情晔晔而更新。"（《文心雕龙·物色篇》）此处虽言物色描写，其实情感又何尝不是如此。人们把握文学则更是如此。面对文学，尤其面对"诗无达诂"的中国文学，文论家们大多只好简而论之。但简约并不简单，三言两语，点到为止，留与读者广阔的想象、体悟空间。这是抒情作品的妙处，也是中国文论的妙处。①

中国文论的高度浓缩性，也是历代文学家、评论家对简洁的语言表述推崇的结果。吕不韦"一字千金"的典故为后代文论家常借用。② 在诗文创作上，"语不惊人死不休"、"一句三年得"、"得一字之助"的事例在文学史上不在少数。作家为一字一句反复推敲，甚至呕心沥血，许多事例已成古今美谈，批评家们对字句斟酌更是推波助澜。他们喜欢"文约为美"（《文心雕龙·铭箴篇》）。刘勰《文心雕龙》专辟《练字》一篇，并说："缀字属篇，必须练择。"历代文论家对"句中眼"、"警言妙句"都倍加推崇，津津乐道。对创作的要求和激赏自然也会影响批评。批评家面对作家作品自然也要反复斟酌，细加推敲。力图用最精准的语言去评价眼前的文学现象，这也是评论家尽显风流的好机会，因为一言以蔽之需要相当的鉴赏功力和眼光。这是

---

① 黑格尔也说："东方的意识方式比起西方的（希腊的是例外）就较适宜于诗。"（［德］黑格尔著，朱光潜译：《美学》第三卷（下），商务印书馆1979年版，第27页。）

② 据《史记·吕不韦列传》：吕不韦"布咸阳市门，悬千金其上，延诸侯游士宾客，有能增损一字者，予千金"。《诗品》上评《古诗十九首》云："惊心动魄，可谓一字千金。"

一个长期积累、广泛比较、细细体悟的过程。如有唐一代，时跨三百余年，名家擅场，驰骋当世，海内文宗，靡不有精。明代高棅说："观者苟非穷精阐微，超神入化，玲珑透彻之悟，则莫能得其门，而致其壶奥矣。"他为作《唐诗品汇》，"左攀右涉，晨跻夕览，下上陟顿，进退周旋，历十数年"。这是一个何等艰辛的心灵历程。正是有这段历程，高棅才能"僻蹊通庄，高门邃室，历历可数"，才能用精妙的语言"辩尽诸家，剖析毫芒"（《唐诗品汇总序》）。又如清代叶燮以"理、事、情"穷尽万有之变态，以"才、胆、识、力"穷尽此心之神明（叶燮《原诗·内篇下》）。天地之大，古今之变，文章诗赋，其道万千，叶燮以数语以蔽之，何其简洁明了。对叶燮而言，这也是他长期呕心沥血的结晶。

三 一瓢知三千弱水

《山海经·大荒西经》载："西海之南，流沙之滨……有大山名曰昆仑之邱……其下有弱水之渊环之。"弱水指西方绝远处，杳渺之弱水象征中华文明浩渺幽远，来不可追，去不可寻。为了把握住高山大海似的中华文明，人们采用一种以小见大、以部分推演全体的方法。滴水非海，一瓢非三千弱水，但滴水究自海，一瓢为三千弱水，所以一滴知大海，一瓢知弱水。中国文论虽为中华文明大海之浅水一湾，但毕竟保持着其水性水质，所以中国文论浓缩型的言论方式企图一滴知大海、一瓢知弱水、一叶知春秋则是自然而然的了。中国文论浓缩型的表述方式是具有丰厚的民族特色的话语方式和思维定式。这一点，我们只要与欧美的经典作品作一比较即可显现出来。鲁迅《论诗题记》曾把《文心雕龙》和亚里士多德之《诗学》称为东西文论之源流楷式。我们就以《文心雕龙》和《诗学》为例来谈谈中西诗学在这方面的一些不同。

说《文心雕龙》是中国文论著作中最富理性色彩、最富思辨精神的著作大概是没有异议的。但我们不能因其理性、思辨的一面，而遮蔽其感性、诗性的另一面。关于诗性的一面，我们可以从多方面加以说明。在"一言以蔽之"方面，《文心雕龙》也极富诗性特色，突出的一点即是运用了许多"浑沌状态"的词。如"风清骨峻"（《风骨篇》），什么是"风骨"？什么又是"清峻"？这是一些只可意会不可言传的词语。翻译成现代汉语尚且困难重重，译成外文更是充满艰难险阻。难怪有许多的翻译家对《文心雕龙》望而却步。中国文论的许多词语不能用逻辑思维去分析、去解读，类似列维—布留尔所说的"表现出几乎永远是不分析的和不可分析的"。① 这让人想起《庄子·应帝王》中的一个寓言：

> 南海之帝为倏，北海之帝为忽，中央之帝为浑沌。倏与忽时相与遇于浑沌之地，浑沌待之甚善。倏与忽谋报浑沌之德，曰："人皆有七窍以视听食息，此独无有，尝试凿之。"日凿一窍，七日而浑沌死。

我们可以把这一寓言理解为中华文化的寓言。中央之帝"浑沌"喻指中华本土文化，而南海之帝"倏"和北海之帝"忽"喻指异域外来文化。庞朴解此"浑沌"说"有圆浑、质朴、敦厚、醇粹、温纯、昏懵、混浊、无分、无始等含义"，所以它蕴函了中华文化信息的基本质素，是生生不息的中华文化的

---

① ［法］列维—布留尔著，丁由译：《原始思维》，商务印书馆1981年版，第102页。

起始和根源。在这个意义上，庞朴说浑沌是中华文明的起点。①

中华本土文化富于浑沌之德，重感悟；而异域文化分工清晰，重理性分析。以理性去解读感性的东西，结果是可想而知的。有浑沌特质的中国文论是重感悟的，只可意会不可言传，不待理性分析更不能理性分析。试以《文心雕龙·明诗篇》中一段为例：

> 若夫四言正体，则雅润为本；五言流调，则清丽居宗；华实异用，惟才所安。故平子得其雅，叔夜含其润，茂先凝其清，景阳振其丽；兼善则子建仲宣，偏美则太冲公干。

以"雅润"、"清丽"分别作为四言诗和五言诗的规范和旨宗，又分别以雅、润、清、丽来概指张衡、嵇康、张华、张协四人诗歌的特质，是高度浓缩型的言说方式，简洁精干。但这些词本身就是处于浑沌状态，所以又显得不够准确，甚至显得模糊。如刘勰评嵇康"嵇志清峻"，又说："叔夜（嵇康字叔夜）含其润。"那么评嵇康是"清峻"好还是"润"好呢？"清峻"和"润"到底是什么关系呢？浑沌一片，似乎说不清楚。所以"一言以蔽之"的言说方式是最合乎中国文学诗性特质的言说方式，同时也有其不足之处。

亚里士多德的《诗学》的语言则是理性的，是受逻辑思想支配的。如谈悲剧，先给它的性质下个严格的定义，这是一个外延和内涵都有严格界定的概念。然后解释悲剧的六个部分："形象"、"性格"、"情节"、"言词"、"歌曲"与"思想"。各

---

① 汤一介：《国故新知：中国传统文化的再诠释》，北京大学出版社 1993 年版，第 96 页。

部分已界定清楚之后，则讨论事件如何安排……这完全是一个逻辑运思的过程，是一个层次清晰，一环套一环的推演过程，是一种非常精准、无懈可击的言说方式。严密到概念之中套概念。如果以水喻文，西方文论是关于水的抽象概念，而中国文论则是一滴滴灵动的水；如果以树叶喻文，西方文论是关于树叶的呆板的逻辑言说，而中国文论则是一片片负载着树木全部生命信息的叶子。

一言以蔽之，通过一点去把握作家的全部，去领会作品的所有，这是中国文论的妙处。其优长之处，我们在前面已有较多说明，此不赘。我们要说的是，作家作品方方面面情况复杂。以少总多，未必能够情貌无遗。① 陆机在《文赋》中说："体有万殊，物无一量，纷纭挥霍，形难为状。"一言以蔽之，往往会以偏概全，会遗失作家作品的其他重要信息。清代章学诚也说："夫书之难以一端尽也，仁者见仁，智者见智。"（《文史通义·文理》）一言以蔽之往往是见以一端而不及其余，所以往往难以得出较全面较中允的结论。清代刘熙载《艺概·诗概》中有段话值得我们思索：

> 《文心雕龙》云："嵇志清峻，阮旨遥深"；钟嵘《诗品》云："郭景纯用隽上之才，刘越石仗清刚之气。"余谓志、旨、才、气，人占一字，此特就其所尤重者言之，其实此四字诗家不可缺一也。

志、旨、才、气，嵇康、阮籍、郭璞、刘琨各占一字，可谓一言以蔽之。这是就其重要方面来说的，即"就其尤重者言

---

① 《文心雕龙·物色篇》云："以少总多，情貌无遗。"

之"，把握住了作家的主导方面，是其优长之处。但"其实此四字诗家不可缺一也"，则道出一言以蔽之的缺失之处。钱钟书说："学者每东面而望，不睹西墙，南向而视，不见北方，反三举一，执偏概全。"① 一言以蔽之也容易犯这种毛病。

①　钱钟书：《谈艺录·论难一概》，中华书局1984年版，第304页。

第三章

感觉的原则与中国
文论的直觉性

　　人类学学者们指出，凭感觉而不是凭分析推理去认识和把握世间万物，是原始思维重要的基原性的特点。① 这是一种诗性地理解和把握世界的思维方式。承继着深厚诗性文化的中国文论，"凭感觉"也是第一原则。不尚理性之知，而重直觉体悟，以心会心。中国古代大量的诗话、词话、曲话、小说点评都是在直觉状态下迸发出来的思想火花。中国文论中虽没有直接用"直觉"这个词，但关于直觉思维的论述非常丰富。联系中国古代文学理论的实际，这里主要探讨艺术直觉的原逻辑性、非时间性和直感性等特点。

---

　　① 维柯说："人类心灵自然而然的倾向于凭各种感官去在外界事物中看到心灵本身。""世界在最初的时代都致力于运用人类心理的基原活动。"此"基原活动"即"感觉"。（［意］维柯著，朱光潜译：《新科学》，商务印书馆1989年版，第125、252页。）列维—布留尔也指出，原始人的一切行为所依据的集体表象和情感，是他们"感觉的正当结果"。（［法］列维—布留尔著，丁由译：《原始思维》，商务印书馆1981年版，第413页。）《周易·系辞上》曰："《易》无思也，无为也，寂然不动，感而遂通天下之故。"黄寿祺译云："《周易》的道理不是冥思苦想而来的，是自然无为所得，它寂然不动，根据阴阳交感相应的原理就能会通天下万事。"（黄寿祺、张善文：《周易译注》，上海古籍出版社1989年版，第554页。）从思维的角度而言，这也道出中国文化诗性思维的重要特点。

第一节　中国文论的原逻辑性

"寓目辄书"是钟嵘在《诗品序》中提出的思维方式。"寓目"即眼中所见第一印象，"辄书"即率性地将此第一印象不加思考、不加渲染如实地写下来。"即景会心"是王夫之在《夕堂永日绪论·内编》中提出来的思想。我们认为，现代哲学、心理学对直觉的理解有偏颇之处，与中国文论的实际并不相符。中国文论中的"感悟"、"参"、"寓目辄书"、"即景会心"等不是反理性、非理性，而是"不涉理路"（严羽《沧浪诗话·诗辨》），是对理性思维的漠不关心，即列维—布留尔所说的原逻辑性。以此为基点展开，中国文论中的直觉思维呈现三个方面的特征：无所用意、不假思量的原逻辑性；非体系、随感式的语录体；羚羊挂角、无迹可求的自然美。

一　感而遂通天下之故

中国文论讲直觉感悟，并不排斥理性，而是不凭依理性，具体表现为对理性的冷漠。直觉思维并不是现代人的专利，远在史前社会，人们就已经具备直觉思维能力。列维—布留尔称之为"神秘的互渗"，"这互渗如同任何一种为原逻辑思维所感知的实在一样，是'以神灵的形式'出现的并被感觉的。"[①] 关于原始思维与理性思维、逻辑思维的关系，列维—布留尔作了详细的说明：

---

① ［法］列维—布留尔著，丁由译：《原始思维》，商务印书馆 1981 年版，第90 页。

可以把原始人的思维叫做原逻辑的思维，这与叫它神秘的思维有同等权利。与其说它们是两种彼此不同的特征，不如说是同一个基本属性的两个方面。如果单从表象的内涵来看，应当把它叫做神秘的思维；如果主要从表象的关联来看，则应当叫它原逻辑的思维。我们用"原逻辑的"这个术语，并不意味着我们主张原始人的思维乃是在时间上先于逻辑思维的什么阶段……它不是反逻辑的，也不是非逻辑的。我说它是原逻辑的，只是想说它不像我们的思维那样必然避免矛盾。它首先是和主要是服从于"互渗律"。具有这种趋向的思维并不怎么害怕矛盾（这一点使它在我们的眼里成为完全荒谬的东西），但它也不尽力去避免矛盾。它往往是以完全不关心的态度来对待矛盾的，这一情况使我们很难探索这种思维的过程。①

列维—布留尔指出，原始思维不是反逻辑的，也不是非逻辑的，而是以完全不关心的态度对待矛盾，也即对理性、对逻辑的冷漠。结构主义人类学家列维—斯特劳斯甚至认为，原始思维和科学思维并没有质的区别："神话思维中的逻辑同现代科学中的逻辑一样严密，它们之间的区别不在于思维过程的性质，而在于思维对象的本质。这同技术领域中普遍存在的情况是吻合的：钢斧之所以比石斧更好，并不是因为前者的制作胜过后者。它们的制作都同样精良，但是钢和石头却不可同日而语。我们可以用同样的方式证明，神话和科学中存在着同样的逻辑过程，人类从古

---

① ［法］列维—布留尔著，丁由译：《原始思维》，商务印书馆1981年版，第71页。

至今都一样睿智地进行思考。"① 说原始思维（即神话思维）和科学思维没有质的区别，我们不能苟同，但说原始思维中也有逻辑过程，至少如列维—布留尔所说，不是非逻辑的、反逻辑的，我们是接受的。

列维—布留尔在强调原始思维不是反逻辑、也不是非逻辑的同时，又反复强调其情感性特征。在原始思维活动中，人是充满激情的，以一颗涉世之初的好奇之心去感悟和拥抱大千世界。"他们的智力活动的可分析性是太少了，以至要独立地观察客体的映象或心象而不依赖于引起它们或由它们所引起的情感、情绪、热情，是不可能的。""当在各仪式之间的休息时间，在原始人的意识中浮现出这些表象之一的客体时，则他始终不会以淡泊的冷漠的形象的形式来想象这一客体，即使这时他是独自一人而且完全宁静的，在他身上立刻涌起了情感的浪潮，当然这浪潮不如仪式进行时那样狂烈，但它也是够强大的，足可以使认识现象淹没在包围着他的情感中。""对原始人来说，纯物理（按我们给这个词所赋予的那种意义而言）的现象是没有的。流着的水、吹着的风、下着的雨、任何自然现象、声音、颜色，从来就不像被我们感知的那样被他们感知着……"② 关于人类心灵的这些特点，维柯也指出，人们起初只是"用一种迷惑而激动的精神去感觉"，"在心情轻浮上像儿童，在想象力强烈上像妇女，在烈火般的情感上像莽撞的青年"。③ 人类是一个整体，人类的

---

① ［法］克劳德·列维—斯特劳斯著，陆晓禾、黄锡光等译：《结构人类学》，文化艺术出版社 1989 年版，第 69 页。

② ［法］列维—布留尔著，丁由译：《原始思维》，商务印书馆 1981 年版，第 26、27、34、35 页。

③ ［意］维柯著，朱光潜译：《新科学》，商务印书馆 1989 年版，第 122、460 页。

思想文化也是一个连续不断的发展过程。有些远古的思想文化内容和特征看似消失了，然而心理学、哲学、文化学的研究表明，以前的东西仍在深层或表层对后来人类的各种活动发生作用。作为有几千年延续的文明古国，中国文化的远古印迹在内容和形式上都有显现。中国文论中的直觉思维即其中一例，其原始感觉和诗性体征，是远古思维的血脉相沿。我们从几个方面来理解中国文论直觉思维的原逻辑性。

首先是主观性。西方文论家大多主张反映论，其客观性相对明显。中国文论则不同，作者更多的是自己的视角，带着自己的主观态度，凸显诗文的个性化及情感世界，进入对诗文的纯粹品评之中，多任情而发、率性而为。这样的品评强调个人的审美感受，而不是事情本身。如钟嵘《诗品》就以"品"建构全书，以"品"品评诗人。以"品"建构全书作为基本思路主要体现在三品论诗。因为品类的划分是品尝的结果，而非推理分析的结果，而品尝基于个人感觉，所以，以三品论诗的构思方法必然是主观的，必然是对理性的冷漠。在以"品"建构全书时，钟嵘又以"品"品评诗人。这种品评极富个性化和感情色彩。钟嵘对符合诗歌审美趣味的诗人尽情赞赏，称《古诗十九首》"惊心动魄"、"一字千金"。赞曹植"譬人伦之有周孔，鳞羽之有龙凤，音乐之有琴笙，女工之有黼黻"。但把陶渊明置于中品，"两汉诗人，枚、马、张、蔡、傅毅、孔融皆不录，苏李并称，不录子卿"。同为无名氏作品，评《古诗十九首》而不评《陌上桑》、《相逢狭路间》等。① 钟嵘的《诗品》开启中国诗话之先河，这种品评诗文的思维方式对后世起了范式作用。后代的诗

---

① 曹旭：《诗品研究》"未品评诗人研究"一节，上海古籍出版社1998年版，第339页。

话、词话、曲话、小说点评也多发一己之私意，主观性极强。如宋代葛立方在《韵语阳秋·自序》中说："凡诗人句义当否，若论人物行事，高下是非，辄私断臆处而归之正。"其中"私断臆处"言其主观臆断甚明。其他诗话虽未明言，但其主观视角是显而易见的。许多诗话说是"通确之论，至当之理"，其实是"专执己见，而不知信"（范德机《木天禁语》）。从历代诗话、词话、曲话和小说点评的书名篇名来说，以"品"、"话"、"随笔"、"语"、"谈"、"序"、"跋"、"议"等字眼为多，这些都是主观言说意味极强而非推理分析的字眼。如清代浦起龙，名其著作曰《读杜心解》。他自己解释说："摄吾之心印杜之心，吾之心闷闷然而往，杜之心活活然而来，邂逅于无何有之乡，而吾之解出焉。"（《〈读杜心解〉发凡》）以心印心，以心会心，得诗文之神吻，这是解读以情感为主要特征的中国文学的最佳路径。

其次是感悟式。西方哲学更重主体性，主客之间是反映被反映、认识被认识的关系，主客之间没有情理相通的可能。[①] 而中国则不同，中国人认为天地万物相互感应运化而生，情理相通相融。人处天地间，触景生心，遇境生情，当然也只有对天地万物有所感触觉悟才能通天下之理。有这一文化作底蕴，中国文论更强调个体的感觉，所以品评又是感悟的，是经验的印象式的。中国文论有感应说，这种思想由来已久。如我国现存最早的哲学专著《周易》就有这种思想："咸，感也；柔上而刚下，二气感应

[①] 如黑格尔就说："真正的抒情诗人并无须从外在事件出发，满怀热情地去叙述它，也无须用其他真实环境和机缘去激发他的情感。""主体性本身已经达到了自由和绝对，自己以精神的方式进行活动，满足于它自己，而不再和客观世界及其个别特殊事物结成一体。"（［德］黑格尔著，朱光潜译：《美学》第三卷（下），商务印书馆 1979 年版，第 197、334 页。）

以相与";"天地感而万物化生……观其所感,而天地万物之情可见矣"(《咸卦第三十一》);"感而遂通天下之故。"(《系辞上》)感应说在后世哲学中被广泛运用,尤其在董仲舒的《春秋繁露》中更是达到登峰造极的程度。董仲舒认为:"人生于天,而取化于天。喜气者诸春,乐气者诸夏,怒气者诸秋,哀气者诸冬,四气之心也。"(《春秋繁露·阴阳尊卑》)虽然我们不必拘泥于他所说的对应关系,但现代心理学证明,人的感情变化确与客观自然环境有联系。感应论后来在文论中得到应用和进一步阐发。陆机《文赋》有"悲落叶于劲秋,喜柔条于芳春"。刘勰《文心雕龙·明诗篇》有"人禀七情,应物斯感,感物吟志,莫非自然"。《文心雕龙·物色篇》中的"物色之动,心亦摇焉"。"物色相召,人谁获安?""情以物迁,辞以情发。""情往似赠,兴来如答。"钟嵘《诗品·序》中的"物之感人"、"四候之感诸诗",等等,都是感应论在文论中的生动阐述。人生天地,时时刻刻都会有种种感触。而不同于凡俗之人的是,艺术家、文学家们是以一种激情、一种涉世之初的惊异之心去怀抱、去体悟这个世界。维柯说:"好奇心是无知之女,知识之母,是开人心窍的,产生惊奇感的。"① 春风春鸟、秋月秋蝉、夏云暑雨、冬月祁寒可以激起作家心海激滟;人世沧桑、世道艰险、人情冷暖也会引起作家心潮澎湃、思绪万千。严羽在《沧浪诗话·诗评》中说:"唐人好诗,多是征戍、迁谪、行旅、离别之作,往往能感动激发人意。"诗文作者要有感而作,由悟而入。清代宋荦《漫堂说诗》提出所谓"悟后境":"悟则随吾兴会所之,汉魏亦可,唐亦可,宋亦可,不汉魏、不唐、不宋亦可",悟则"吾之真诗触境流出"。作者们因感而作,读者们则因读而感。所谓

---

① [意]维柯著,朱光潜译:《新科学》,商务印书馆1989年版,第183页。

"作者得于心，览者会其意。此是诗家半夜传灯言"（薛雪《一瓢诗话》）。但人之感悟因人而异，因时有别，所谓见仁见智，诗无达诂也。田雯《古欢堂集杂著》卷四云："读古人书如观女色，妍媸好恶，亦系人耳。"吴乔《围炉诗话》卷六亦云："余癸酉以前视此辈诗如金玉，癸酉以后视此辈诗如瓦砾，丁亥以后视此辈诗如粪秽矣。"纯凭感觉评诗，随着主观感觉能力的差异，其感觉结果也自然有别。当然，中国文论的感悟式品评不是随意的，毫无依傍的痴人说梦，而是感其真、悟其神，片言只语也是品评者的精血凝聚，真情喷发，正如鲍廷博在《麓堂诗话·跋》中所说："俱从阅历甘苦中来，非徒游掠光影娱弄笔墨而已。"①

再次是情与理谐。直觉固然主观性强，它是体物之时刹那领悟，因人而异，因情而别。但在中国人看来，直觉并不彻底排斥理智，并不是彻头彻尾的主观唯我。有时甚至要以理智为根基。这是与西方直觉观最大的不同之处。如中国有种认识事物方式叫"参"，其中固然主观性浓，但实质上已是一种理智的探究了。如刘勰《文心雕龙·宗经篇》的"参物序，制人纪"就有"观人文以化成天下"之意。此"参"是参研、深究之意，已有很浓的理性色彩了。佛学所谓"参禅"之"参"倒有体悟之意，偏于主观感性。严羽的《沧浪诗话》以禅论诗，自有其理论针对性和写作背景。当时，江西诗派的流风余绪影响仍然不小，形

---

① "悟"的思维在道家、禅宗看来是不可言传的，只有用心去领会。《庄子·人间世》："无听之以耳而听之以心。"王士祯《渔洋诗话》："越处女与勾践论剑术，曰：'妾非受于人也，而忽自有之。'司马相如答盛览曰：'赋家之心，得之于内，不可得而传。'云门禅师曰：'汝等不记己语，反记吾语，异日神贩我耶？'数语皆诗家三昧。"叶燮《原诗·内篇》："诗之至处，妙在含蓄无垠，思致微渺，其寄托在可言不可言之间，其指归在可解不可解之会。"黄子云《野鸿诗的》："诗有禅理，不可道破。个中消息，学者当自领悟，一经笔舌，不触则背。"都是这一思维理路。

成如明代胡应麟归纳的"理障"和"事障"。针对江西诗派"以文字为诗、以才学为诗、以议论为诗"的毛病,严羽提出:"夫诗有别材,非关书也;诗有别趣,非关理也。""所谓不涉理路,不落言筌者,上也。"他重点突出"诗者,吟咏情性也",着重指出诗歌创作要从主观情性从发。但我们要注意的是,严羽并未否定理性思维的存在,而是强调"然非多读书、多穷理,则不能极其至"(《诗辨》)。也就是说,吟咏情性要以读书、穷理为根基。严羽推重"妙悟"之境,但怎样才能达到这一佳境呢?必须"熟参"。也就是熟读汉魏晋与盛唐人诗,这样入门才正,方为上乘,才能悟入。怎样读古人诗呢?严羽提出:"以识为主",尤其强调"要识其安身立命处"(《诗评》)。所以严羽以禅论诗,强调性情,偏于主观,但并不否定文字、才学的作用,相反要以此为基础。正像清代沈德潜所说:"议论须带情韵以行。"(《唐诗别裁》)主张情理相谐。虽然中国文论也出现过"主情说"和"性情说",如近年发现的《孔子诗论》中有"君子美其情"的说法。又在 29 支竹简中,先后三次出现"民性固然"。陈桐生先生认为,这是"作者正视性情,肯定性情,张扬性情,热烈地赞美性情的价值"。"是有意识地张扬诗歌的性情内涵。"① 又如明代汤显祖提出"至情说":"第云理之所必无,安知情之所必有耶?"情理处于两极对立状态,水火不相容。这是宋明理学走向极致的反动,自有其思想解放的意义。但在古代中国,这毕竟是少数。秉承儒家传统的中国知识分子,在抒发自己的情性时,大多是温柔敦厚的。非理性的作品在中国极少,大多作品情为理约,追求一种情与理谐、含蓄蕴藉的艺术境界。《诗大序》提出"吟咏情性"的同时,又说"发乎情而止乎礼

---

① 陈桐生:《〈孔子诗论〉研究》,中华书局 2004 年版,第 132、188 页。

义"。刘勰赞赏的是"情发而理昭"（《文心雕龙·才略篇》），要求作家做到"理融而情畅"（《文心雕龙·养气篇》）。叶燮在《原诗》中提出"情理交至"的观点。歌德在评论中国文学时曾说："在他们那里，一切都是可以理解的，平易近人的，没有强烈的情欲和飞腾动荡的诗兴。"[1] 说中国人没有"飞腾动荡的诗兴"，有点偏颇，说"没有强烈的情欲"却正中中国人的心理特征。钱钟书在《中国诗与中国画》中说："在中国诗里算得'浪漫的'，比起西洋诗来，仍然是'古典的'；在中国诗里算得坦率的，比起西洋诗来，仍然是含蓄的。"说的就是中国文学情与理谐的特点。

　　与中国文学的以上特色相联系，中国文论也自有特色。中国古代有大量的诗话、词话、曲话、小说点评。这些文论大多是凭直觉说话，因兴而起，随感而发。少讲分析、少讲推理，直接呈现的即是印象式的结论，是思想的片断、灵感的火花。但中国文论不是完全脱离逻辑思维，它追求审美感悟与理性把握的融合。如刘勰的《文心雕龙》，如果说"文之枢纽"、文学评论部分偏于理性把握，那"论文叙笔"、"割情析采"部分则偏于审美感悟。如单独看每一部分或每一篇则又是两者的完美融合。又如严羽的《沧浪诗话》，如果说《诗辨》、《诗体》、《诗法》偏重理性把握，那么《诗评》、《考证》则重于审美感悟。

二　随感式文体

　　刘勰在《文心雕龙·定势篇》中说："因情立体，即体成势。"有什么样的思想情感，就有与之相符的语体和文体形式。

---

① ［德］爱克曼辑录，朱光潜译：《歌德谈话录》，人民文学出版社 1978 年版，第 112 页。

中国文论重直觉体悟，必然就有"去留随心，修短在手"（《文心雕龙·附会篇》）的随感式文体与之相符。下面从词语概念、语句、文体等语言形式方面谈谈这个问题。

中国文论中的词语概念大多是直觉性的，这些词语和概念，既不单纯地指称某一具体的可感物又不纯粹地表示超验的主观意念世界，而是将形象世界与超验意念世界连为一体。如道、一、虚、神、清、浑、悠、圆等，以这些词为一级词，在此基础上派生成二级词、三级词等。如"清"这个概念，它的基本内涵是明晰省净，这是由"清"的本义"水清"引申来的，主要针对诗歌语言而言。《文心雕龙·体性篇》评陆云"布彩鲜净，敏于短篇"，二语正简练而确切地概括了"清"的这层意思。"鲜净"意味着明晰简洁，也就是《诗品》评陶诗的"文体省净，殆无长语"。杜甫《八哀诗》评张九龄诗则是反过来说的："诗罢地有余，篇终语清省。"这都是指文辞简洁，不繁复铺叙。无论是水清还是文章的"省净"、"清省"都是感觉出来的，而不是推理分析出来的，所以"清"是一个直觉性的词语和概念。"清"有活跃的衍生能力，据蒋寅统计，在六朝时期，以清为核心派生出的审美概念已逾30个，它们共同汇聚成中古文学趣味的总体感觉印象，并对唐诗审美趣味的形成给予重大影响。[①] 在后来的诗话、词话中，出现了"清奇"（司空图《二十四诗品》）、"清真"（沈义父《乐府指迷》）、"清婉"（周济《宋四家词选目录序论》）、"清空"（冯金伯《词苑萃编》）、"清刚"（邓廷桢《双砚斋词话》）、"清新"（李佳《左庵词话》）、"清疏"（况周颐《惠风词话》）等"清"的二级词语和概念，形成一张以直觉为基调的概念网。而这些词语和概念，也是感觉性的，需要读者用心体悟。如《二十四

----

① 蒋寅：《古典诗学的现代诠释》，中华书局2003年版，第44页。

诗品》中的"清奇"，司空图并没有对这个词语进行内涵和外延的严格界定，而是描述一系列生活和自然情境：

> 娟娟群松，下有漪流。晴雪满汀，隔溪渔舟。可人如玉，步屧寻幽。载行载止，空碧悠悠。神出古异，淡不可收，如月之曙，如气之秋。

司空图要读者从这些生活和自然情境中去体悟什么是清奇。他的描述中，甚至没有"清"、"奇"两个字，但时时是清奇之境，处处是清奇之境。这样，"清"就是维柯所说的想象的类概念（imaginative class concepts）[①]，我们称之为"诗性逻辑的想象性类概念"。还有许多词语，文论家连描述性的话都没有，就直接用了。在他们的潜意识中，读者理应知道这些词语和概念的含义，没有必要作解释，因为这是我们民族的"心头语言"、"共同意识"。维柯说："按照各种人类制度的本性，应有一种通用于一切民族的心头语言，以一致的方式去掌握在人类社会生活中行得通的那些制度的实质，并且按照这些制度在各方面所表现出的许多不同的变化形态，把它们的实质表达出来。""共同意识（或常识）是一整个阶级、一整个人民集体、一整个民族乃至整个人类所共有的不假思索的判断。"[②] 吉尔兹称之为"文化体系的常识"："一种天性使然的特质的常识的想法，确切地使我们据我们的直接的经验而不是经由审慎的思考明确地拒绝一些东西而接受另一些东西。"[③] 中国文论中的想象性类概念，无论说是

[①] ［意］维柯著，朱光潜译：《新科学》，商务印书馆1989年版，第120页。

[②] 同上书，第109、103—104页。

[③] ［美］克利福德·吉尔兹著，王海龙、张家瑄译：《地方性知识》，中央编译出版社2004年版，第96页。

"心头语言"、"共同意识"还是"文化体系的常识",在中国文论的语境中它们是文论家们言说的底线,是不言自明的公理。

卡西尔说:"我们的日常言语不仅具有概念的特征和意义,而且还具有直觉的特征和意义……在人类文化的早期,语言的这种诗意的或隐喻的特征似乎比逻辑的或推理的特征更占优势。"① 直觉性的词语概念,极富原始体验和诗性感觉。列维—布留尔指出,原逻辑思维不像理性思维"那样运用严格确定的概念"。这种直觉观念"既不是抽象的,也不是真正概念性的"。如邪气、瓦康、奥连达、穆隆古等即是此类观念。他举例说,在原始思维中,医生和巫师两个概念即没有严格区分。"如果说经常把医生与巫师混为一谈,那是由于莫利(mori)(药)的概念非常模糊。莫利不仅是治病的药草,而且还是各种巫术手段,其中也包括改变人的意志的手段。异教徒们相信,如果他们的孩子变成了基督教徒,那是因为有人给他们下了什么药,下了什么莫利才发生这种事的。莫利能使被遗弃的姑娘变成媚人的女子。一切东西,甚至白种人用来擦刀鞘上的锈的黑粉,都是莫利。"② 这种直觉性的想象类概念是诗性智慧的重要特征,中国文论大量的概念就存留有这种早期文化的诗性感觉。直觉词语和概念为中国文论的直觉思维和言说提供了基础和可能,作为非定义式的语言形式,与西方定义式的语词不同,因其感觉的模糊性和内涵的丰富性,在表达文学思想方面有明显优势。

从句式看,维柯《新科学》谈了诗性语句的原则:"诗性语句是凭情欲和恩爱的感触来造成的,至于哲学的语句却不同,是

---

① [德]罗卜特·卡西尔著,于晓译:《语言与神话》,三联书店 1988 年版,第 164 页。

② [法]列维—布留尔著,丁由译:《原始思维》,商务印书馆 1981 年版,第 262 页。

凭思索和推理来造成的，哲学语句愈升向共相，就愈接近真理；而诗性语句却愈掌握住殊相（个别具体事物），就愈确凿可凭。"[1] 维柯是从具象思维这一角度来谈诗性语句的。中国文论即为一种诗性语句。我们将在"具象思维"一章谈及中国文论中许多具象化的例子，此不赘。这里我们仅从语句的外在形式来谈中国文论的诗性特征。中国文论的句式大多是"A 是 B"和"AB"形式。这是一种非哲学尺度。[2] 无论是"A 是 B"还是"AB"，B 都是对 A 的鉴赏、评价的内容，是对 A 的直觉结果，也即主观判断。它不是推理的，因为它不是描述事情本身的客观属性，而是描述对事情的感觉。如严羽《沧浪诗话·诗评》曰："黄初之后，惟阮籍《咏怀》之作，极为高古。"严羽用"高古"描述阮籍《咏怀》一诗的风格，"高古"显然出于严羽的个人感觉，只可意会不可言传。又如钟嵘《诗品》评王粲"方陈思不足，比魏文有余"。这是一句结论性的话，个中原因，钟嵘没有说。且"不足"到什么程度，"有余"到什么份上，更是只字未提。因而，这种品评只能是直观的结果。我们要说明的是，中国文论中也有"A 而非 A"式句式。我们早期经典就有这种句式，如《尚书·尧典》"刚而无虐，简而无傲"；《论语·八佾》"乐而不淫，哀而不伤"。后世文论也时有这种句式，如《典论·论文》评应玚"和而不壮"；评刘桢"壮而不密"。《文心雕龙》这种句式更多，如《宗经篇》"情深而不诡"，"风清而不杂"……《明诗篇》"直而不野"……这样，从句式方面，为表达中国文论感性中有理性，感悟中有逻辑的思想提供了可能。

---

① ［意］维柯著，朱光潜译：《新科学》，商务印书馆 1989 年版，第 122 页。

② 李泽厚称"'A 而非 A 式'即'中庸'的哲学尺度。"（《美的历程》，安徽文艺出版社 1994 年版，第 231—232 页。）

从文体来说，美国学者宇文所安谈中国文论，引入"文类"这一概念。"文类就是不同类型的时机或场合，它们要求某类事物必须以某种方式去说。"宇文所安把中国文论的文类分以下几类：经、早期散文和子；文学散文和诗歌的文类（1. 论诗诗、2. 序、3. 书信、4. 短文、5. 跋）；非正式散文（随笔）；技法手册；批评文选及注疏；诗经学；其他（传记材料、小说逸闻以及文献知识）。① 宇文所安对中国文论分类未必严密和科学，但基本包括了中国文论的各种样式。特别是"文类"这一视角有利于我们探讨中国文论诗性思维的文体性成因。从宇文所安所列的文类中我们可知，中国文论大多采用随感式文体。所谓随感式也即从主观直觉出发，感悟性的，无系统性的即兴描述。这种语体我们称之为"语录体"，如《论语》即孔子和孔子的子弟或再传子弟的语录。这种语体从遣词造句、篇幅长短及篇章结构都没有严格规定，表现形式多灵活松散。这种文体符合中国经验型思维方式。经验型思维指日常经验的记录和表达，它不依赖于抽象思辨、苦思冥想的系统构筑，不是长篇大论、高台讲章，而是片断语录、短章小札。这种语体也适合体悟式的思维方式。这种思维方式也无法产生客观判断、条分缕析、系统严谨的文体形式，而只能成品评式的随意写法。这种文体可以是日记，日积月累，终而成册，也可以是回忆录，一点一滴，记得多少写多少。宋代尤袤在《全唐诗话·原序》中说："间又裒话录之纂记，益朋友之见闻，汇而书之，名曰《全唐诗话》。"因此，《全唐诗话》可视为日记体。明代高棅在《唐诗品汇总序》中说，他历经十数年，"偶心前哲，采摭群英，芟夷繁芜，裒成一集"。所

---

① ［美］宇文所安著，王柏华、陶庆梅译：《中国文论：英译与评论》，上海社会科学院出版社 2003 年版，第 6—11 页。

以，《唐诗品汇》也可视为日记体。另如宋代强幼安在《唐子西文录记》中说："旧所记，更兵火无复存者。子东书来，属余追录。"清代顾嗣立《寒厅诗话》自序云："追忆平时见闻所得，援笔识之，题曰《寒厅诗话》。"可见，《唐子西文录记》、《寒厅诗话》则可视为回忆录了。无论是日记体，还是回忆录体，重要的特点是散点式。一位作家、一个作品、一段见闻、一个见解，可以自成单元。前一个单元和后一个单元并无必然的联系。从作者角度来看，他可以随感而作，随时可以写随时也可以不写，处于一种闲谈式的无拘无束的状态。欧阳修在《六一诗话》中说："居士退居汝阳而集，以资闲谈也。"南宋黄永存在《拱溪诗话跋》中说："诗话杂说，行于世者多矣，往往徒资笑谈之乐。""资闲谈"、"资笑谈"即透露此一层信息。清代查为仁《莲坡诗话》云："回忆三十年来，酒边烛外，论议所及，足以资暇者，正复不少，并为述其颠末，以助谈柄。"其"资暇者"、"助谈柄"，亦为一轻松心态。至于内容，也可无所不谈。宋代许顗在《彦周诗话》中说："诗话者，辨句法，备古今，纪盛德，录异事，正讹误也。"可见诗话无话不谈。从读者角度来看，读这种文体可以任意选择一单元而不影响对其文学思想的把握。故此种文体，写起来随意，读起来也随意。正像原逻辑思维并不排斥逻辑思维一样，语录体也并不排斥重于抽象思辨的"学术体"。所以中国文论，除了有大量的诗话、词话、曲话这种语录体文论，也有如刘勰的《文心雕龙》、叶燮的《原诗》一类的"学术体"。在文体上，中国文论重直觉语录，也兼顾学术思辨，为文论家拓展文学思维空间提供了多种可能。

三　古今胜语皆由直寻

"羚羊挂角，无迹可求"本是禅家话头。《传灯录》卷十六：

"（义存禅师谓众曰）我若东道西道，汝则寻言逐句；我若羚羊挂角，你向什么处扪摸？"又卷十七："（道膺禅师谓众曰）如好猎狗，只解寻得有踪迹底；忽遇羚羊挂角，莫道迹，气亦不识。"严羽首先在《沧浪诗话》中用来评诗，指诗歌不涉理路，不落言筌，吟咏情性，纯任天机，自然灵妙的特点。尤其是盛唐诗兴象玲珑，这方面的特点最为突出。这一艺术特点是直觉妙悟思维的结果。刘勰在《文心雕龙·物色篇》中说："或率尔造极，或精思愈疏。"中国文学史上优秀的作家大多是性情中人，敢于且善于吟咏情性、独抒性灵。优秀的作品往往是性情之作，真率自然，"不拘格套"。许多文论家也往往以直寻妙悟、天机自流作为诗文境界的最高标准。从钟嵘的"即目直寻"说到王国维的"不隔"说，文气相呼，文脉相承，形成一种恒久一贯的文学传统。钟嵘在《诗品·序》以下一段话中集中表述了其"即目直寻"的观点：

> 若乃经国文符，应资博古；撰德驳奏，宜穷往烈。至乎吟咏情性，亦何贵于用事？"思君如流水"，既是即目；"高台多悲风"，亦惟所见；"清晨登陇首"，羌无故实；"明月照积雪"，讵出经史。观古今胜语，多非补假，皆由直寻。

郭绍虞等《中国历代文论选》释"即目"为"写眼前所见"，释"直寻"为"直接描写感受"。①正道出"即目直寻"是直觉思维的特征。所以，"即目直寻"即主张诗歌取材于即目所见之物，反对借助经史等书本知识；主张诗歌以天机自流的言

---

① 郭绍虞等编：《中国历代文论选》第一卷，上海古籍出版社1979年版，第315—316页。

语进行描写，反对雕章琢句。钟嵘认为，诗歌与"撰德驳奏"、"经国文符"不同，它是用来"吟咏情性"的，直接把或悲或喜之情抒发出来即可。"即目直寻"的思想贯穿了《诗品》全书。如钟嵘批评颜延之、谢庄诗歌"繁密"，即用典太多；批评大明、泰始年间的诗歌"殆同书抄"；指责任昉、王元长等人"辞不贵奇，竞须新事"。他赞颂自然英旨的作品，如"清音独远"的古诗，"情兼雅怨"的曹植诗，"寓目辄书"的谢灵运诗。

当然"即目直寻"，反对用典，有其偏颇之处。我们认为还是刘勰在《文心雕龙·事类篇》中说得更中肯："用旧合机，不啻自其口出。"用典也要用得自然。"即目直寻"并不意味着不必经过推敲锤炼。钟嵘虽未明说，但从他推重谢灵运而轻陶渊明来看，我们不难得出这一结论。唐代诗僧皎然在《诗式·取境》中说："诗不假修饰，任其丑朴。但风韵正，天真全，即名上等。予曰不然。无盐阙容而有德，曷若文王太姒有容而有德乎？"皎然还是主张诗文适当修饰，不能"任其丑朴"。皎然的话可视为对钟嵘观点的进一步申发。全然反对用典和修饰应不是钟嵘《诗品》之真意。

钟嵘提出"即目直寻"之后，这种强调真实、自然的美学思想成为古代诗论的重要理念。司空图《二十四诗品》中列有"实境"一品：

> 取语甚直，计思匪深。忽逢幽人，如见道心。清涧之曲，碧松之阴。一客荷樵，一客听琴。情性所至，妙不自寻。遇之自天，泠然希音。

"情性所至，妙不自寻"，显然是对直觉思维的生动描述，而"取语甚直，计思匪深"则道出直觉思维的非逻辑性。"实境"一品看来似乎是具体写实的，但实际上都是应目会心，而合乎自然英旨的直寻之作。张少康先生说："实境之作一般都受直觉思维的作用比较明显。"① 司空图主张直觉自寻，反对取语之时"计思"太深，这与他以道家思想为旨趣有关。如《二十四诗品》中尤重"天"的思想。"天"字出现多次："薄言情语，悠悠天钧。"（《自然》）"若其天放，如是得之。"（《疏野》）"遇之自天，泠然希音。"（《实境》）"荒荒坤轴，悠悠天枢。"（《流动》）等等。还有一处"天地"之天，"天风浪浪"之天，跟我们讨论的问题无太大关涉。我们这里拈出的"天"是天然、自然之意。"天钧"出自《庄子·齐物论》："是以圣人和之以是非而休乎天钧。"郭庆藩疏之曰："天钧者，自然均平之理也。夫达道圣人，虚怀不执，故能和是于无是，同非于无非，所以息智乎均平之乡，休心乎自然之境也。""天放"出自《庄子·马蹄》："一而不党，命曰天放。"郭庆藩疏之曰："党，偏也。命，名也。天，自然也。夫虚通一道，亭毒群生，长之育之，无偏无党。若有心治物，则乘彼天然，直置放任，则物皆自足，故名曰天放也。""天枢"出自《吕氏春秋》："极星与天俱游，而天枢不移。"郭绍虞《诗品集解》云："流动既不可以迹象求，所以只有一任自然，如坤轴天极之循环往复，千载不停，差为近似。"② "天钧"、"天放"、"天枢"都道出宇宙大化纯任天机、天道自然无为的特点。中国的大诗人，皆于直觉任天之中获得心与物的交融和谐，如陶潜之"采菊东篱下，悠然见南山"，如李白之"相看两不厌，惟有敬亭山"，即在于"如见道

---

① 张少康：《二十四诗品绎意》，《江苏大学学报》2002 年第 3 期。

② 郭绍虞等编：《中国历代文论选》第二卷，上海古籍出版社 1979 年版，第 215 页。

心"，达到"情性"与"天"妙合无间之境界。胡晓明先生认为，"此种境界，即体道之心灵的高级审美体验，是中国大诗人极微至之一种诗情，是对生命与自然源泉之体认"。[①] 我们认为，此种体认，实即一种直觉体认。崇尚天道自然，反对人工伪饰，是《二十四诗品》一贯的基本精神。司空图单列《自然》一品，"俯拾即是，不取诸邻"。即是纯任天机自然，反对用事用典和雕琢辞藻。

继《二十四诗品》之后，关于在直觉思维状态下自然品格的思考和追求的还有许多人。宋代叶梦得说："'池塘生春草，园柳变鸣禽。'世多不解此语为工，盖欲以奇求之耳。此语之工，正在无所用意，猝然与景相遇，借以成章，不假绳削，故非常情所能到。诗家妙处，当以此为根本，而思苦言难者，往往不悟。"（《石林诗话》）"无所用意，猝然与景相遇"，说的是诗人处于直觉思维状态，而"不假绳削"、"诗家妙处"云云，则道出诗句"池塘生春草，园柳变鸣禽"直觉妙悟而得的自然天工之美。陆游提出的"诗家三昧"主要根植于生活土壤之中，其《题萧彦毓诗卷后》："君诗妙处吾能识，正在山程水驿中。"又在《偶读旧稿有感》中说："挥毫当得江山助，不到潇湘岂有诗。"陆游主张亲身经历，反对闭门觅句，要求诗人投身大自然的山水之中去体悟去直寻，也即去亲自感受，这样诗歌才有妙处。没有直觉，光凭间接经验是没有诗情的。这层意思元好问在《论诗三十首》中也说："眼处心生句自神，暗中摸索总非真。画图临出秦川景，亲到长安有几人？"强调诗人应当"亲到长安"，深入实际，要有直觉，由"眼处"所见而"心生"诗篇，才能产生真淳而神妙的作品。反之，仅以古人画图为蓝本，约略

① 胡晓明：《中国诗学之精神》，江西人民出版社 1990 年版，第 77 页。

虚拟，终有隔膜之感。

王夫之在《姜斋诗话》中突出地发展了钟嵘的"直寻"理论。他认为诗人应描写自己有切身体会的现实生活，"身之所历，目之所见，是铁门限"，也即身历目见直觉体验是诗歌创作的必备条件，是不可逾越的界限。在他看来，只有即景会心之作方为佳品：

> "僧敲月下门"，只是妄想揣摩，如说他人梦，纵令形容酷似，何尝毫发关心？知然者，以其沈吟"推""敲"二字，就他作想也。若即景会心，则或推或敲，必居其一，因景因情，自然灵妙，何劳拟议哉？"长河落日圆"，初无定景；"隔水问樵夫"，初非想得，则禅家所谓现量也。

王夫之用"现量"一词来说诗。所谓"现量"，是佛教法相宗术语。王夫之在《相宗络索》中对"现量"作了如下界定："现量，现者有现在义，有现成义，有显现真实义。现在，不缘过去做影，现成，一触即觉，不假思量计较。显现真实，乃彼之体性本身如此，显现无疑，不参虚妄。"[1] 这种即景会心直觉顿悟的创作具有自然真实的特点，而无人工雕琢之痕迹，不需冥思苦想而自有神来之笔。"现量"强调第一触刹那间的感觉经验，即直觉体验。王夫之沿承和彰显了钟嵘倡导的"即目直寻"的诗学传统。

寓目辄书，即景会心，是以直觉思维为根基的中国文论原逻辑性的诗性特征的显现。借用一句维柯的话来说，直觉思维

---

[1] 戴鸿森：《姜斋诗话笺注》，人民文学出版社 1981 年版，第 53 页。

"虽不代表理智的真理却代表了感觉的真理"。① 文论家主张亲历目见亲身感受，追求天工自然的文风在文论史上产生了深远影响。

第二节　中国文论的非时间性

"直截根源"、"单刀直入"，本为禅家话头，谓佛家速疾地证悟妙果。严羽《沧浪诗话》用来谈诗之顿悟。直觉思维不仅是非逻辑的，非用意能得非推理能知，而且是非时间的，来亦匆匆，去亦匆匆，藏若景灭，行犹响起。它往往是俯仰之间的天机自流、一瞥之下的主客兴会、蓦然回首时的心灵感悟……这种心理机制西方理论界称之为灵感（inspiration），有灵气（spirat）的吸入之意。中国文论则称之为"应感"、"兴会"、"神思"、"天机"、"灵机"、"性灵"等，称灵感来了为"入兴"、"感兴"、"神来"、"顿悟"等。从其称呼就可看出，灵感的原始感觉和诗性特征很浓。从动态来说，灵感是触景之会，勃然而兴，如天地妙流不息，有非时间性特点；从相对静态来说，灵感是着手便煞，放手飘忽，作家要善抓天机，创造瞬间的永恒；从灵感的最佳状态来说，是神理契合，妙机其微，富有机趣。

一　未识夫开塞之所由

灵感现象，是发生在创造性认识活动中的一种奇特的精神现象。陆机《文赋》生动地描述了这种奇特的精神现象：

> 若夫应感之会，通塞之纪，来不可遏，去不可止。藏若

---

① ［意］维柯著，朱光潜译：《新科学》，商务印书馆 1989 年版，第 334 页。

景灭，行犹响起。方天机之骏利，夫何纷而不理……及其六情底滞，志往神留，兀若枯木，豁若涸流，览营魂以探赜，顿精爽而自求。理翳翳而愈伏，思轧轧其若抽。是故或竭情而多悔，或率意而寡尤。虽兹物之在我，非余力之所戮。故时抚空怀而自惋，吾未识夫开塞之所由也。

关于这段十分精彩的创作心理的描述，前人阐释多矣。我们要指出的是，陆机谈到了灵感动静。灵感，是想象最丰富、神思最活跃的时刻，是"动"之极致。但灵感并不是绝对的、纯粹的动，而是动静兼有、动静统一。"应感之会"就是"通塞之纪"，"通"为"动"，"塞"为"静"。通塞合一，动静交融，才形成灵感。所以灵感既有"动"的一面；"来不可遏，去不可止"，"行犹响起"，"天机骏利"；同时又有静的一面："藏若景灭"，"六情底滞，志往神留，兀若枯木，豁若涸流"。

灵感虽然有动有静，但灵感的动静，都是瞬间的事，来去匆匆，难以捉摸，也即动与静有迅捷性、非时间性的特点。正如卡西尔在论述有机生命体的特点时所指出的："有机生命只是就其在时间中逐渐形成而言才存在着，它不是一个物而是一个过程——一个永不停歇的持续的事件之流。在这个事件之流中，从来没有任何东西能以完全同一的形态重新发生。赫拉克利特的格言适用于一切有机生命：'你不可能两次跨进同一条河流。'"①灵感恰是作为万物之灵的人所特有的心理和生命体征，所以也有这种非时间性特点。正因为灵感的动与静都是非时间性的。所以，陆机自叹："虽兹物之在我，非余力之所戮。故时抚空怀而

---

① ［德］恩斯特·卡西尔著，甘阳译：《人论》，上海译文出版社1985年版，第86页。

自愧，吾未识夫开塞之所由。""开塞之所由"，即为"动静之所由"，动静之由，系于天机，非人力所及，因此任其自然，不可强求，所谓"竭情多悔"，"率意寡尤"是也。陆机之后，刘勰《文心雕龙·神思篇》说"思接千载"，"视通万里"，"吟咏之间，吐纳珠玉之声，眉睫之前，卷舒风云之色"，则进一步指出文之思跨越时空的特点。《神思篇》还指出，文之思有迟速之分，像刘安、枚臬、曹植、王粲、阮瑀、祢衡等，是"骏发之士"，"思之速也"；而像司马相如、扬雄、桓谭、王充、张衡、左思等，则是"覃思之人"，"思之缓也"。可见，刘勰对灵感的时间性特点有深刻认识。

对于灵感的非时间性的认识，与人们的时间意识的发展有关。原始人的思维特征之一即是它的非时间性。列维—布留尔指出，原始思维"是超空间，有时甚至也是超时间的"，"对一切事物作出十分迅速而合理的解释"：

> 对原始人的思维来说，它的前关联（它们与我们对任何现象的原因探求的需要一样是强制性的）毫不迟疑地确定着从某种感觉印象到某种看不见的力量的直接转变。或者更正确地说，这甚至不是转变，因为这个用语适合于我们的推理运算，但它不能准确地表现，那个看起来更像直接的或者直觉的理解的原始人的智力机能。当原始人感知着呈现给他的感觉器官的东西时，他也想象着如此表现出的神秘力量。他进行由彼及此的"推论"，并不比我们在听到一个词的发音时对它的意义的"推论"更费事。按照贝克里（Berkeley）的十分精辟的见解，我们实际上是在听到这个词时就理解了它的意义，正如我们看出人的脸上的同情或愤怒的表情，并不需要预先感知这些感情的标志以便接着来解

释这些标志一样。这不是连续两次完成的行动，这是一下子就完成的。在这种意义上说，前关联就等于直觉。①

列维—斯特劳斯也指出："野性思维的特征是它的非时间性，它想把握既作为同时性又作为历时性整体的世界。""野性的思维没有区分观察的时间和解释的时间，正如一个在观察谈话的人并不是先记录下说话人的记号，然后才试图去理解这些记号：当他说话时，被表达的记号载负着它们的意义。"② 可见，原始思维把握世界的方式是直觉思维，是直接迅速的领悟。

中国古代的哲人们对时间也有自己的理解和感悟。《论语·子罕》云："子在川上曰：'逝者如斯夫，不舍昼夜。'"在孔子看来，时间是在不断地变化之中。而在庄子看来，时间是相对的。一方面"时有终始，世有变化"（《则阳》）；另一方面"人生天地间，若白驹之过隙，忽然而已"（《知北游》）。"天与地无穷，人死者有时，操有时之具而托无穷之间，忽然无异骐骥之驰过隙也"（《盗跖》）。到魏晋玄学，人们的时间意识又有变化。向秀和郭象的《庄子·大宗师注》云：

> 夫无力之力，莫大于变化者也。故乃揭天地以趋新，负山岳以舍故，故不暂停，忽已涉新，则天地万物无时而不移也。世皆新矣，而自以为故；舟日易矣，而视之若旧；山日更矣，而视之若前。今交一臂而失之，皆在冥中去矣。故向者之我，非复今我也。我与今俱往，岂常守故哉？

---

① ［法］列维—布留尔著，丁由译：《原始思维》，商务印书馆 1981 年版，第 351、374、375、406 页。

② ［法］列维—斯特劳斯著，李幼蒸译：《野性的思维》，商务印书馆 1987 年版，第 301、254 页。

天地万象表面上若旧若前，实则"无时而不移"。一切事物都没有稳定的质的规定性。在这"日新之流"中，什么都留不住，一切现象即生即灭，交臂而失之。时间意识更重大的变化是，佛教带进来"空"的哲学。僧肇的《物不迁论》专门阐发大乘佛教的时间意识，说："旋岚偃岳而常静，江河竞注而不流，野马飘鼓而不动，日月历天而不周，复何怪哉?"这种时间意识从宏观上把运动看破，把先秦儒道惊叹不已的大化流行全视为假象。乾坤日月，周而复始，不能说它不静，洪流滔天，日月不止，不能说它是动。这样，动态的时间之流被分割为互不相干的连续而细小的静态，相应地，浑然一体的空间也解散为无数的小块。文学家们对创作灵感的认识与这种时间意识有关。灵感来去匆匆，它是变化的，是动。但在创作主体与客观外界兴会的一刹那间，灵感驻足心间，它是不变的，是静的。这就要求文学家在变化中把握不变，在动中抓住静。司空图的《二十四诗品》对此有生动的体悟。一方面，司空图认为创作灵感是瞬息万变的："脱有形似，握手已违"(《冲淡》)，"远引若至，临之已非"(《超诣》)；另一方面，不断变化的大化运行毕竟有刹那间的时光永驻，文学家要善于把握这永恒的瞬间："饮之太和，独鹤与飞"之冲淡，"柳阴路曲，流莺比邻"之纤秾，"脱巾独步，时闻鸟声"之沉著，"月出东斗，好风相从"之高古，"白云初晴，幽鸟相逐"之典雅，"青春鹦鹉，杨柳楼台"之精神……都是不断变化着的大自然永恒的瞬间。正像郭绍虞在《诗品集释》中解"缜密"时所说："形象之生发，即在将然未然之际，无处不是造化。"《二十四诗品》处处提示人们要去感悟自然造化的一个个精彩片断。

对于直觉思维中的灵感闪现，严羽在《沧浪诗话》中谓之

"悟入"、"妙悟"、"直截根源"、"顿门"、"单刀直入"等，均道出其非时间性的特点。这些本是禅宗话头，《传灯录》卷三十永嘉真觉大师《证道歌》："直截根源佛所印，摘叶寻枝我不能。"《传灯录》卷九："（灵祐禅师曰）单刀趣入，则凡圣情尽，体露真常。"《五灯会元》卷九"趣入"作"直入"。悟尤其是顿悟，具有突发性。所谓"即心即佛"、"即心是佛"或"即烦恼而菩提"。所以顿悟的过程是非时间的。严羽认为诗道通禅道，诗之妙悟也有非时间性。与严羽同时代的杨万里在《答建康府大宰库监门徐达龙》一文中认为："我无意于作是诗，而是物是事适然触我，我之意亦适然感乎是物是事，触光焉，感随焉，而是诗出焉。""意"与"是物是事"适然而触，于是诗出。有"触光"之感，是一闪而已。

王夫之论诗经常透露出其对"当下证悟式"兴会的关注：

> 不以当时片心一语入诗，而千古以还，非陵、武离别之际，谁足以当此凄心热魄者？[1]
>
> 以追光蹑景之笔，写通天尽人之怀，是诗家正法眼藏。[2]
>
> 情感须臾，取之在己，不因追忆。若援昔而悲今，则如妇人泣矣，此其免夫![3]
>
> 就当境一直写出，而远近正旁情无不届。[4]
>
> 但用吟魂罩定一时风物情理，自为取舍。古今人所以有

---

① 王夫之：《船山全书》第 14 册，岳麓书社 1996 年版，第 655 页。
② 同上书，第 681 页
③ 同上书，第 741 页。
④ 同上书，第 1023 页。

诗者，藉此而已。①

"当时"、"当此"、"须臾"、"当境"、"一时"等字眼都道出兴会的当下一刻非时间性特点。在王夫之心目中，宇宙天地处在无始无终的妙流不息之中。情在须臾之间，景如光似影，流于两者之间的心之"神"与物之"理"得以"相值"而凑合，则更在倏忽之间。诗家高手在于"以追光蹑景之笔"，及时捉握住这样"神理凑合"的微妙瞬间，创造瞬间的永恒。如果说陆机对灵感还是"未识夫开塞之所由"，只有"时抚空怀而自惋"，而司空图对灵感则是一种诗意的表达，那么到了王夫之这里，对灵感则既有诗意的表达，又有理性的认识和把握。这样，中国古典诗学的灵感理论在王夫之这里达到诗性和理性的最佳契合。

二　好诗须在一刹那上揽取

王夫之对灵感的飘忽性有精妙的论述：

> 以神理相取，在远近之间。才着手便煞，一放手又飘忽去，如"物在人云无见期"，捉煞了也；如宋人咏河豚云："春洲生荻芽，春岸飞杨花"，饶他有理，终是于河豚没交涉。"青青河畔草"与"绵绵思远道"，何以相因依，相含吐？神理凑合时，自然恰得。（《夕堂永日绪论·内编》）

灵机妙合之时，神理相取，着手便煞，放手飘忽。抓住这一瞬间飘忽的机灵的作品则神理凑合，自然神妙。公元前9世纪，古希腊盲诗人荷马在他的不朽史诗《伊利亚特》开头就向诗神

---

① 王夫之：《船山全书》第14册，岳麓书社1996年版，第1449页。

祈求，希望能够赐予他以神圣的灵感。直至 19 世纪，著名的文学大师果戈理仍然这样向灵感之神大声呼求："噢，不要离开我吧！同我一起生活在地上，即使每天两个钟头也好……"古今中外，多少艺术家渴望灵感永驻心头。但灵感往往来不可遏，去不可止，所以要有所成就就要善于抓住灵感。抓住灵感关键在于善抓时机。《周易·系辞下》云："变通者，趣时者也。"又说："君子藏器于身，待时而动。""几者，动之微。""君子见几而动。"可见，中国的先哲们早就有善抓时机的思想。中国古人有一个重要概念：机，意即时机，关键。表现了古人对恰当时间的理解和把握。如《庄子》中有多处用了"机"这个概念：

> 其发若机括，其司是非之谓也。(《齐物论》)
> 是殆见吾杜德机也。(《应帝王》)
> 动而持，发也机，察而审。(《天道》)
> 天机不张而五官皆备。(《天运》)
> 万物皆出于机，皆入于机。(《至乐》)
> ……

以上"机"有机关、弩牙、机神等含义，其中已有后来人们所说的"时机"的因素。正如郭庆藩疏解《天道篇》中"发也机"中"机"字说："机，弩牙也。攀缘之心，遇境而发，其发猛速，有类弩牙。"一个"遇"字，一个"速"字，已道出"时机"的某些因子。

用在文论上，陆机《文赋》有"天机"一说："方天机之骏利。"更主要的是他提出"俯仰之形，因宜适变"的思想。陆机并不否定灵感状态中主体之心的能动作用。他指出，当灵感处于相对静态时，就要"览营魂以探赜，顿精爽而自求"，也就是凝聚全神，作理性和冷静的探赜与自求。《文赋》又云："课虚无以责有，叩寂寞而求音"，在"虚无"中"责有"，于"寂寞"中"求音"，亦即以静求动。刘勰则更进一步，他在《文心雕龙·神思篇》中提出"敏在虑前，应机立断"，"机敏故造次而成功"，强调创作主体反应迅捷，善抓时机的重要。司空图《二十四诗品》也尤重时机、契机："素处以默，妙机其微"（《冲淡》）、"窈窕深谷，时见美人"（《纤秾》）、"脱巾独步，时闻鸟声"（《沉著》）、"如渌满酒，花时返秋"（《含蓄》）、"犹春于绿，明月雪时"（《缜密》）、"但知旦暮，不辨何时"（《疏野》）、"力之于时，声之于羌"（《委曲》）、"俱似大道，妙契同尘"（《形容》）、"匪神之灵，匪机之微"（《超诣》）。正如郭绍虞先生解《流动》中"载间其符"中"符"字为"契机"，解"妙契同尘"为"妙合同尘之旨"。① "如逢花开"之自然，"忽逢幽人"之实境，"逢"字点出主客双方不期而遇之时道心的闪现。"时"、"机"、"契"、"微"等反复运用，反映司空图对灵感的一种体悟。主体之神与客体之理的妙合，这时"契"、"花时"、"雪时"是一种"妙机"、"契机"、"天机"，是一种微妙之境，时有显现，但又转瞬即逝，所以得及时把握。司空图特别关注主体与客体神理妙合时瞬间的把握。优秀的作家往往能抓住自然大化中水流花开、风起云淡、鸢飞鱼跃的瞬间，创造出许多传世佳作。

苏轼在《书黄永升画后》中记述了画家黄知微作画的情景：

> 始知微欲于大慈寺寿宁院壁，作湖滩水石四堵，营度终岁，终不肯下笔。一日仓皇入寺，索笔墨甚急，奋袂如风，

---

① 郭绍虞等编：《中国历代文论选》第二卷，上海古籍出版社1979年版，第214—215页。

第三章　感觉的原则与中国文论的直觉性

139

须臾而成，作输泻跳蹩之势，汹汹欲崩屋也。

黄知微在灵感没来时不肯下笔，一旦灵感来则迅速进入创作，须臾而成。苏轼在《腊月游孤山访惠勤惠思二僧》中也谈到自己作诗时的情形。他在"天欲雪，云满湖"之时游孤山，看到了"楼台明灭山有无，水清出石鱼可数，林深无人鸟相呼"，大自然的勃勃生机给诗人以灵感。于是，"到家恍如梦蘧蘧。作诗火急追亡逋，清景一失后难摹"。抓艺术灵感就像抓逃犯那样，刻不容缓。

正因为灵感的出现是稍纵即逝，所以一些诗人就随时作好准备。王昌龄在《诗格》中说："凡诗人夜间床头，明置一盏灯。若睡来任睡，睡觉即起。兴发意生，精神清爽，了了明白，皆须身在意中。"还说，"纸笔墨常须随身，兴来即录"。虽是琐细小事，也是经验之谈。更有趣的是宋代有名的诗人陈师道，据马端临《文献通考》卷二三七载："世言陈无己每登临得句，即急归，卧一榻，以被蒙首，谓之'吟榻'。家人知之，即猫犬皆逐去，婴儿稚子，亦皆抢持寄邻家。"陈师道蒙头吟榻，怕的是灵感离己而去。他自己作的《后山诗话》中也说："余登多景楼，南望丹徒，有大白鸟飞近青林，而得句云：'白鸟过林分外明。'……余每还里，而每觉老，复得句云：'坐下渐人多'。"这一则诗话，也证明陈师道"每登临得句"云云是实。

袁宏道在《序小修诗》中说："有时情与境会，顷刻千言，如水东注，令人夺魄。"诗人们登山临水，情与景会，谪居他乡，触事兴咏，许多名篇佳作即由此而生。李梦阳在《空同集》中也谈及这个道理："情者，动乎遇者也……故遇者物也，动者情也，情动则会，心会则契，神契者音，所谓随寓而发者也。"古代文学中有许多优秀作品是谪迁、动乱、登山临水时作，因为人们这时情感波动大，也是最容易产生灵感的时刻。宋代葛立方在《韵语明秋》卷十三中说："钱塘风物湖山之美，自古诗人，标榜为多……皆钱塘城外江湖之景，盖行人客子于解鞍系缆顷刻所见尔。"诗话中许多诗人所写钱塘城外江湖胜景，"盖行人客子于解鞍系缆顷刻所见尔"，正道出人在行旅中最富于灵感了。有学者指出："诗人们偏爱在吊古登临之际题壁、书楼，写下即景诗篇；在月下赏花，临水送别之时吟出即兴佳作。张祜喜游山而多苦吟，凡历僧寺，往往题咏……如杭之灵隐、天竺，苏之灵岩、楞伽，常之惠山、善卷，润之甘露、招隐，皆有佳作。"①说的也是登山临水之际富于灵感这个理。

当然，平时闲居也时有灵感，如顾彩《桃花扇序》云："何意六十载后，云亭山人以承平圣裔，京国闲曹，忽然兴会所至，撰出《桃花扇》一书。"不论是平时闲居还是客居旅行，灵感一来，就要赶紧抓住。抓住了这顷刻而至、忽然而兴的灵感，往往一篇绝妙文字就产生了。

抓住了灵感往往有佳作，下笔如有神。相反地，灵感流失，作品往往难于一气呵成，下笔如有鬼。这样的例子文学史上并非鲜见。葛立方《韵语阳秋》卷二说，诗人潘大临一次诗兴勃发，刚写下"满城风雨近重阳"这句千古绝唱，忽催租人到，打断了他的诗兴和思路，以后绞尽脑汁也写不出一句恰当的续句。灵感确实是来之难而败之易。谢榛在《四溟诗话》卷二中说："诗有天机，待时而发，触物而成，虽幽寻苦索，不易得也。如戴石屏'春水渡旁渡，夕阳山外山'属对精确，工非一朝，所谓'尽日觅不得，有时还自来'。"徐增在《而庵诗话》中说："好诗须在一刹那上揽取，迟到失之。"宋大樽在《茗香诗论》中

---

① 肖驰：《中国诗歌美学》，北京大学出版社1986年版，第196页。

说："有前此后此不能工，适工于俄顷者，此俄顷亦非敢必觊也。"这些都是有得之论。

关于灵感，西方的学者也有深入阐释，如黑格尔就站在哲学的高度探讨过灵感。他认为灵感是"完全沉浸在主题里，不到把它表现为完满的艺术形象时决不肯罢休的那种情况"。关于灵感的产生，他认为感官刺激产生不了灵感，"单靠心血来潮并不济事，香槟酒产生不出诗来"，"最大的天才尽管朝朝暮暮躺在青草地上，让微风吹来，眼望着天空，温柔的灵感也始终不光顾他"。"无论是感官的刺激，还是单纯的意志和决心，都不能引起真正的灵感。"黑格尔认为："艺术家应该从外来材料中抓到真正有艺术意义的东西，并且使对象在他心里变成生命的东西。在这种情况下，天才的灵感就会不招自来了。"黑格尔也主张要抓住机缘，对于一般人，遇到艺术的机缘也心无所动，而"一个真正的有生命的艺术家就会从这种生命里找到无数的激发活动和灵感的机缘"。黑格尔的语言是一种哲学的语言，他在阐释灵感时，是抽象的高屋建瓴式的，如他说："如果在一种灵感里，主体作为主体突出地冒出来发挥作用，而不是作为主题本身所使用的器官和所引起的有生命的活动，这种灵感就是一种很坏的灵感。"① 相比中国文论，黑格尔的言说多了几分严谨和缜密，却少了诗性的鲜活和灵动。

三 有先一刻后一刻不能之妙

"素处以默，妙机其微"语出《二十四诗品》。前面谈及"机"作为"时机"的微妙之处，我们这里谈的是，"机"作为

---

① ［德］黑格尔著，朱光潜译：《美学》第一卷，商务印书馆1979年版，第363—366页。

"机神"的美妙之处。《庄子》所言"机"，有"弩机"之意亦有天机、造化之意。老庄以为万物所由生发的地方本一片空无，这虚无的状态就是"机"。《庄子·至乐》篇说："万物皆出于机，皆入于机"，说的即是这个意思。对此，成玄英疏曰："机者发动，所谓造化也。造化者，无物也。人既从无生有，又反入归无也。"古人又以为万物因于气，故造化者，"气机"也。造化之要者，构成了事物发展的动因，是谓"枢机"。《庄子·大宗师》有"其耆欲深者，其天机浅"，因此也可称为"机籁"。此"枢机"乃或"天机"、"机籁"至精至微，能把握至精至微者，心灵必至纤至敏，是谓"机灵"或"灵机"。张实居在《师友诗传录》中说：

> 古之名著，如出水芙蓉，天然艳丽，不假雕饰，皆偶然得之，犹书家所谓偶然欲书也。当其触物兴怀，情来神会，机括跃如，如兔起鹘落，稍纵则逝矣。有先一刻后一刻不能之妙，况他人乎？

这就是说，抓住了"触物胸怀，情来神会，机括跃如"的瞬间，即无心偶会、突然得到的艺术灵感，才会有"先一刻后一刻不能之妙"。这里所说的"先一刻后一刻不能之妙"，实际上说的就是优秀作品灵感喷涌、天机妙流的审美情趣，古人称之为"兴趣"、"妙机"、"机趣"、"机神"、"天机自流"、"神理凑合"等。

自陆机把"天机"说引入文论后，"天机"便成了人们论文谈艺的一个习语。如包恢在《答曾子华论诗书》中说："盖天机自动，天籁自鸣，鼓以雷霆，豫顺以动，发自中节，声自成文，比诗之至也。"（《敝帚略稿》卷二）徐渭《奉师季先生书》论乐府兴体起句时说："此真天机自动，触物发声，以启其下段欲写之情，默会亦自有妙处，决不可以意义说者。"（《徐渭集》卷十六）"天机自动"，主要是指自然而然的情感基调和审美趣味。

什么叫"兴趣"？"兴"在古代诗论中原有多种意思。其中孔颖达的解释接近我们这里所谈的直觉思维。孔颖达《诗大传正义》说："兴者起也，取譬引类，起发己意。"可见，"诗兴"之发是由客观外物触动诗人心弦而生，所谓触景生情。诗要有"趣"，各家多有论述。《诗人玉屑》卷十即专立《诗趣》一书，如引苏轼云："渊明诗初看若散缓，熟读有奇趣。"苏轼又评柳宗元《渔翁》诗云："以奇趣为宗，反常合道为趣，熟味之，此诗有奇趣。"严羽融合和发展了前人见解，提出"兴趣"说。一方面，诗歌要讲"妙悟"，情要触物而生。"唐人好诗，多是征戍、迁谪、行旅、离别之作，往往能感动激发人意。"（《沧浪诗话·诗评》）另一方面，诗又如"空中之音"、"水中之月"、"镜中之象"，空灵蕴藉、深婉不迫，令人神往又不落实，也即所谓"别趣"。严羽把"兴"和"趣"结合起来，从而成为一个富有鲜明理论个性的诗歌美学概念。"兴趣"指诗的兴象与情致结合所产生的情趣和韵味，陶明濬说："兴趣如人之精神，必须活泼。"（陶明濬《诗说杂记》卷七）人有精神，则生机蓬勃。诗歌艺术亦要有自己的精神即"兴趣"；反之，则如木雕泥塑，全乏生趣。

"机趣"这个范畴，在古代文学理论批评的后期，有十分活跃的表现。它由"机"和"趣"两个意义并列的范畴构成，但逻辑重点却在"机"上，"机趣"是因"机"而"趣"，见"机"而"趣"。明代理学、心学风行，促使人向内发见心性，故明中晚期，论者每引此为话题，讨论文学创作。如袁宏道论文，常用"机"或"气机"范畴。王思任和陆时雍将"机趣"与"真素"联系起来讨论，突出了那个时代的特点。也正是受了这种时代风气的影响，时人论戏剧一体，每多及"机趣"。如所谓"本色不在摹剿家常语言，此中别有机神情趣"（吕天成《曲品》卷上）。清代承明人所论，尽管个性解放的色彩少了许多，但也多讲"机"和"机趣"。如吴雷发在《说诗管蒯》中说："大块中景物何限，会心之际，偶尔触目成吟，自有灵机异趣。"李渔在《闲情偶寄·词采》中，则专辟一节，论"重机趣"问题："'机趣'二字，填词家必不可少。机者，传奇之精神；趣者，传奇之风趣。少此二物，则如泥人、土马，有生形而无生气。"这是要求唱词要有生动性、趣味性。"机"谓词曲"血脉相连"、"勿使有断续痕"："即于情事截然绝不相关之处，亦有连环细笋，伏于其中，看到后来方知其妙，如藕于未切之时，先长暗丝以待，丝于络成之后，才知作茧之精，此言机之不可少也。""趣"指"无道学气"："所谓无道学气者，非但风流跌宕之曲，花前月下之情当以板腐为戒，即谈忠孝节义与说悲苦哀怨之情，亦当抑圣为狂，寓器于笑，如王阳明之讲道学，则得词中三昧矣。"总之，李渔要求词曲既"血脉相连"，又"无道学气者"，也即要求词曲要写得灵机逗露、天趣盎然，超脱而不迂腐，空灵而不板实，使人在欢悦愉快中受到熏陶。"照此法填词，则离、合、悲、欢、嘻、笑、怒、骂，无一语、一字不带机趣而行矣。"

近代曾国藩论诗有"机神"之属：

> 余昔年抄古文，分气势、识度、情韵、趣味为四属。拟再抄古近体诗，亦分四属，而别增一机神之属。机者，无心遇之，偶然触之。姚惜抱谓文王、周公系《易》象辞

爻辞，其取象亦偶触于其机；假令易一日而为之，其机之所触少变，则其辞之取象亦少异矣。余尝叹为知言。神者，人机与天机相凑泊……唐人如太白之豪、少陵之雄、龙标之逸、昌谷之奇及元、白、张、元之乐府，亦往往多神到机到之语。即宋世各家之诗，亦皆人巧极而天工错，径路绝而风云通。盖必可与言机，可以言神，而后极诗之能事。余抄诗增此一种，与古文微有异同。（《求阙斋日记类抄》卷下）

"神"的观念有浓厚的原始感觉和诗性特征。维柯指出，原始各民族有强旺的好奇心和生动的想象力，"他们想象到使他们感觉到和对之惊奇的那种事物的原因都在天神"，"他们把一切超过他们的窄狭见解的事物都叫做天神"，并在心里自然形成神谱或诸神世系。神学诗人们把心灵或心智称之为"神力"或"神秘的活力"。① 列维—布留尔也说，对原始思维来说，"这些存在物和客体的神秘力量、神秘性质才是它们的最重要属性"。"原始人不仅不认为他所达到的神秘知觉是可疑的，而且还在这种知觉里面（如同在梦里一样）看见了与神灵和看不见的力量交往的更完美的因而也是更重要的形式。""任何实在都是神秘的，因而任何知觉也是神秘的。"② 中国的先哲们也早有"神"的观念的表达。《周易·系辞上》云："阴阳不测之谓神。"作为审美范畴的"神"，在六朝时也进入艺术领域。后世以神论诗更是数不胜数，如杜甫"下笔如有神"、严羽"诗而入神"等是诗

---

① ［意］维柯著，朱光潜译：《新科学》，商务印书馆1989年版，第149、182、386页。

② ［法］列维—布留尔著，丁由译：《原始思维》，商务印书馆1981年版，第55—56、61页。

家常有的话头。曾国藩把"机"和"神"结合在一起，组成一个有特色的诗学概念。"无心遇之、偶然触之"之"机"与"人机与天机相凑泊"之"神"相结合是为"机神"。言机言神，方能极诗之能事。灵感的最佳状态是人神，"机神"之境是最佳的审美境界。

前人无论所谓"天机自流"、"兴趣"，还是"机趣"、"机神"，都是指作者抓住了转瞬即变的灵感从而使作品所具有的独特审美情趣。

第三节 中国文论的直感性

凭直观感觉来思维是原始思维的重要特点，维柯称感觉是"人类心理的基原活动"，"各种感觉是他认识事物的唯一渠道"，原始人"浑身是强旺的感受力"，凭这种强旺的感受力"所能体会的去体会天神意旨"。一切诗性的智慧，都是"一种感觉到的想象出的玄学"。[①] 列维—布留尔也说："与其说他们在思维，还不如说他们在感觉和体验。"[②] 中国文论作为一种诗性智慧，借用维柯的话来说，"只凭一种完全肉体方面的想象力"，"是一种感觉到想象出的玄学"。[③] 中国文论中大量的概念、范畴、术语都是对五官感觉体验的隐喻式表达。用维柯的话来说，就是"用人的感觉和情欲的隐喻来形成的"。[④] 中国古代的文论家以

---

① ［意］维柯著，朱光潜译：《新科学》，商务印书馆 1989 年版，第 181—182、188、252 页。

② ［法］列维—布留尔著，丁由译：《原始思维》，商务印书馆 1981 年版，第 427 页。

③ ［意］维柯著，朱光潜译：《新科学》，商务印书馆 1989 年版，第 181—182 页。

④ 同上书，第 200 页。

眼、耳、鼻、舌、身等感官的日常体验去比拟、体悟文学，在直感的基础上创造了大量直接表达人的感官体验的直觉性范畴和概念。建立在直觉性范畴概念基础上的中国古代文学批评，对文学的产生、作品的阅读和欣赏都是富于直觉体验的。袁中道论唐人诗，称："览之有色，扣之有声，而嗅之若有香，相去千年之久，常如发硎之刃，新披之萼。"（《宋元诗序》，《珂雪斋文集》卷二）这里的"色"、"声"、"香"等概念，原来是人的感官的日常体验，今引之以论文，似乎文学也视之有色，听之有声，嗅之有香臭、尝之有滋味。这种体验性的表达最富于原始感觉，也是最富于诗性特征的。①

一　文徽徽以溢目

现代科学表明，眼睛是人的最重要的感觉器官。亚里士多德说："能使我们识知事物，并明显事物之间的许多差别，此于五官之中，以得之于视觉者为多。"② 外部大部分信息是通过视觉被人接受的，所以人对外界的视觉类判断的概念也比较多。如对象有形状、有大小、有颜色、有高低、有疏密、有肥瘦……这是刘勰所谓的"道之文"（《文心雕龙·原道篇》）和"形文"（《文心雕龙·情采篇》）。在维柯看来，视觉体验是人类许多思想观念的基础，"人类的思想开始是从用肉眼观照天象所产生的关于天神的思想"。一些玄学和数学的抽象观念是这样形成的，

---

① 汪涌豪先生曾有《中国文学批评中感觉用语的援用》一文。（见复旦大学中国语言文学所主编《中国文论研究的回顾与前瞻》，复旦大学出版社 2002 年版，第267 页。）此文从五官角度结构全文的思路对我们有启示作用，但我们认为这不仅仅是"用语的援用"，而是中国文论诗性思维的反映。在古人看来，万物混同，情理相通。由此，文学也有声有色，有温有味。在原始诗性感觉及由此生发的文学理念方面，我们有进一步的阐述。

② 亚里士多德著，吴寿彭译：《形而上学》，商务印书馆 1959 年版，第1 页。

原始人"在世界中第一个观照的对象就是天空。天空中的事物，对于希腊人来说，必然就是第一种题材（mathemata）或崇高事物，而且是第一种 theoremata 或观照的对象"。"希腊人一定是从这些天宫获得了他们的最初的认识材料（theoremata）和计算材料（mathemata），这些都是要观照的一些神圣的或崇高的事物，最后就变成了一些玄学的和数学的抽象观念。"① 《周易·系辞上》也说："仰以观于天文，俯以察于地理，是故知幽明之故。"仰观俯察自然是视觉活动，而所谓"幽明之故"则为视觉体验。基于道通万物、万物一体的原始思维，古人自然把万物的视觉感受转移用来比拟文学，于是文学也有形有色、有疏有密、有肥有瘦。

对于中国文论的视觉体验，我们可以以"文"字的字源学层面来考察。许慎《说文解字》曰："文，错画也，象交文，凡文属皆从文。"据臧克和考证，"文"字字源取象，肇自人体，即属于所谓"近取诸身"的类型。人体的对称、交错、复综、统一诸特征，最有可能首先成为古代人们关于"文"的认识的参照物②。人体的特征之"文"，这是视觉体验。后来"文"广泛用来指称文采、文章、辞藻等，如孔子说的"文质彬彬"、"言之无文，行而不远"。刘勰《文心雕龙·情采篇》说的"立文之道，其理有三"。所以，后人广为运用的"文"从原始体验上来说即是一种视觉体验。基于上述视觉体验，文章于是有高大、壮阔、雄伟等形状体验："孔融体气高妙"（曹丕《典论·论文》）；"骨气奇高，词采华茂"（钟嵘《诗品》

---

① ［意］维柯著，朱光潜译：《新科学》，商务印书馆 1989 年版，第 191—192、395 页。

② 臧克和：《说文解字的文化说解》，湖北人民出版社 1995 年版，第 249 页。

评曹植);"贞骨凌霜,高风跨俗"(钟嵘《诗品》评刘桢)等。有亮丽等颜色体验:"赋体物而浏亮"(陆机《文赋》);"元嘉中,有谢灵运,才高词盛,富艳难踪"(钟嵘《诗品》);"其体华艳,兴托多奇"(钟嵘《诗品》评张华);"诗赋欲丽"(曹丕《典论·论文》);"文丽日月,学究天人"(钟嵘《诗品序》);"虽不具美,而文采高丽"(钟嵘《诗品》评潘尼);"词道清捷,怨深文绮"(钟嵘《诗品》评班婕妤);"尚规矩,不贵绮错,有伤直致之奇"(钟嵘《诗品》评陆机)等。有深浅、清浊、疏密、远近、方圆、肥瘦等体验:"……犹浅于陆机……故叹陆为深"(钟嵘《诗品》评潘岳);"才力苦弱,故务其清浅"(钟嵘《诗品》评谢瞻等);"气之清浊有体"(曹丕《典论·论文》);"轻欲辨彰清浊,揣摭利病,凡百二十人"(钟嵘《诗品·序》);"刘桢壮而不密"(曹丕《典论·论文》);"颜延、谢庄,尤为繁密"(钟嵘《诗品·序》);"常人贵远贱近"(曹丕《典论·论文》);"必使理圆事密,联璧其章"(刘勰《文心雕龙·丽辞篇》);"郊寒岛瘦"(苏轼《祭柳子玉文》);"造语贵圆"(《沧浪诗话·诗法》)等。司空图《二十四诗品》中有几品即属于视觉体验,如"碧桃满树,风日水滨"之纤秾,"月明华屋,画桥碧阴"之绮丽,"水流花开,清露未晞"之缜密,"水理漩洑,鹏风翱翔"之委曲,等等,其他各品也有许多视觉体验的呈现。

不同时代有大致不同的视觉体验趋向,如六朝人趋典丽,盛唐人尚壮阔。但人们的视觉审美也有一些共同的地方。以下几点人们不难达成共识:其一,视觉往往注意醒目、突出者,鲁道夫·阿恩海姆说:"视觉是选择性的","目标就对准了或集中于周围环境中那些可以使生活变得更加美好和那些妨碍其生存活动胜利进行的方面"。"在它们最喜欢选取的东西中,最多的是环境中时时变化的东西。"① 所以出类拔萃的作家、作品自然引人注目，评论家们也往往褒奖有加。如曹植诗深受六朝人推重，钟嵘《诗品》置陈诗为一品，评其诗时唯恐没有好词："粲溢今古，卓尔不群。"又说："俾尔情怀吮墨者，抱篇章而景慕，映余晖以自烛。"这些都是源于视觉体验的词语。又如评论家喜用"秀"来赞扬好作品："发愀怆之词，文秀而质羸"（钟嵘《诗品》评王粲）；"嗟其才秀人微，故取湮当代"（钟嵘《诗品》评鲍照）；"然奇章秀句，往往警遒"（钟嵘《诗品》评谢朓）等。许慎《说文解字》释"秀"云："有实之象，下垂也。"果实成熟得下垂，这是古人日常的视觉体验。其二，人们往往喜欢看多姿多彩的颜色，但这些颜色又不能杂乱无章。以这种体验评文学，则要求创作文采飞扬又不失章法。如陆机《文赋》说："其为物也多姿，其为体为屡迁"，同时又要求："若五色之相宜"。一方面称赞："文徽徽以溢目"、"或藻思绮合，清丽芊眠。炳若缛绣，悽若繁弦"、"石韫玉而山晖，水怀珠而川媚"；另一方面又要求相契相宜，辞藻不宜过分："混妍蚩而成体，累良质而为瑕"、"徒悦目而偶俗"，否则则为瑕，为俗。

二 下字要有金石声

维柯说，天帝有两个头衔，一个是"最大的"（maximus），来自天帝的巨大躯体，即天空本身，这是视觉体验。另一个是"最有权力者"（optimus），意思就是"最强的"（fortissimus）。这是人类最初惊惧地听到巨雷时的听觉体验，他们都"自然相信电光箭弩和雷声轰鸣都是天神向人们所作的一种姿势或记

---

① ［美］鲁道夫·阿恩海姆著，滕守尧译：《视觉思维——审美直觉心理学》，四川人民出版社 1998 年版，第 25 页。

号"，天帝用这种记号来发号施令。① 所以，听觉和视觉一样，富于原始体验和诗性特征。和视觉体验主客不分、万物一体的现象相同，古人也把日常的听觉体验移入文学评论。与视觉体验相比，中国文论中的听觉体验更为丰富。这是由早期诗、乐、舞不分的局面所造成的。《尚书·尧典》："声依永，律和声，八音克谐，无相夺伦，神人以和"，"声"、"律"、"八音"是为听觉的内容，而"依"、"谐"、"无相夺伦"云云，则是听觉体验了，如以之论文，则为一种诗性隐喻的表达。朱自清在《诗言志辨》中说："以声为用的诗的传统，比以义为用的诗的传统古久得多。"再者，后来的词、曲都是可入乐的文学。这样，评乐时也在评文学，古人对文学音乐性的探讨得以不断深化。

汉代的《诗大序》几乎照抄先秦《礼记·乐记》中本来说音乐的一段话："情发于声，声成文谓之音。治世之音安以乐，其政和；乱世之音怨以怒，其政乖；亡国之音哀以思，其民困。"郭绍虞释此处"文"为"宫、商、角、徵、羽五声之调"②，亦即后来刘勰《文心雕龙·情采篇》所说的"声文"。《论语·述而》云："子在齐，闻《韶》，三月不知肉味，曰：'不图为乐之至于斯也'。"后人常用孔子"三月不知肉味"的典故来形容诗文之美。这些，还是音乐之评向诗文之评的移用或者说混用。后世文论中还有以音乐作比的现象，如曹丕《典论·论文》里说："譬诸音乐，曲度虽均，节奏同检……"陆机《文赋》中"譬偏弦之独张，含清唱而靡应"云云，意即音乐和文学毕竟是两回事，道理相通而已。这种以音乐比文学，不是我们

---

① ［意］维柯著，朱光潜译：《新科学》，商务印书馆 1989 年版，第 185 页。
② 郭绍虞等编：《中国历代文论选》第一卷，上海古籍出版社 1979 年版，第 65页。

这里要讨论的。我们要说的是一种隐喻现象，曾经是听觉体验的概念，后来直接用来指文学。如"响"字，许慎《说文解字》云："声也，从音乡声。"用于文学批评，则指字句铿锵，有韵味，如"字响调圆"。《文心雕龙·体性篇》："嗣宗俶傥，故响逸而调远。"《文心雕龙·风骨篇》："捶字坚而难移，结响凝而不滞。"《沧浪诗话·诗法》："下字贵响。"又如"章"字，《说文解字》云："乐竟为一章，从音从十，十数之终也。"用于文学，则指文采、文章、章节。如《文心雕龙·原道篇》："莫不原道心以敷章。"《文心雕龙·征圣篇》："邠诗联章以积句。"他如韵、律、调等都是如此。这里的"响"、"章"、"韵"、"律"、"调"等就是听觉的隐喻性表达。

不同时代不同的人有不同的听觉审美情趣，阳春白雪，下里巴人，各有所好。但人们的听觉审美也有一些共同的地方：

其一，"金石"意识。尚妙音妙曲，尚金石之声，贬轻靡靡之音、郑音、俗曲。陆机《文赋》："或寄辞于瘁音，言徒靡而弗华"，"或奔放以谐合，务嘈囋而妖冶"，"声高而曲下"，"被金石而德广，流管弦而日新"。陈子昂推崇友人的诗歌："音情顿挫，光英朗练，有金石声。"（《修竹篇序》）欧阳修《六一诗话》云："其声清越，如击金石。"严羽《沧浪诗话·诗评》称："孟浩然之诗，讽咏之久，有金石宫商之声。"杨载《诗法家数》云："下字要有金石声"，"要雄伟清健，有金石声"，等等，都是这一审美意识的反映。所谓"金石"之声，首先是一种洪亮之音，有强劲力度、有生机活力的声音，不能是一种病态的"瘁音"，不能如郊岛辈，"直虫吟草间"（《沧浪诗话·诗评》）；其次应是大雅之音，一种充满人间正气的声音，不作靡靡之音、俚音俗曲。

其二，和谐意识。据《论语·八佾》载：子语鲁大师乐，曰："乐其可知也：始作，翕如也；从之，纯如也，皦如也，绎如也，以成。"这是孔子对鲁国的乐官谈演奏音乐，大意是说奏乐的道理应该这样：开始时要和谐协调，乐曲展开以后，要美妙、节奏分明又连续不断，直到乐曲演奏结束。可见，孔子是重视音乐的和谐之美的。其实，重和谐是中国传统文化的一个基本观念。《周易·象卦》云："天地感而万物化生，圣人感人心而天下和平。"《国语·郑语》中说："和实生物，同则不继。"可见"和"之可贵，即在于"生物"。人们都喜欢和谐之音，以这种听觉体验品评文学，则要求文学抑扬顿挫、节奏有序。沈约的"四声八病"，以及沈、宋对近体诗格律的完善，都反映人们的这一审美诉求。如李清照《论词》要求歌词"分五音，又分五声，又分六律，又分清浊轻重"，此后众多的曲律著作都是这方面的理论努力。袁宏道在《和者乐之所由生》中，认为乐之产生，乃"本人心自有之和"；乐之目的，乃"用以宣天地之郁，而适万物之情"；而"和者，人心畅适之一念尔"。他随后还写道："有一人之和，则有一人之乐，《击壤》、《鼓腹》是也。有一时之和，则有一时之乐，傩歌、赛舞是也。有一物之和，则有一物之乐，鸟鸣春、蛙鸣雨、稚鸣饱是也。是皆不以功德论乐，而以性情论乐。则人心之和，遍于天地之和，夫乐不可胜用矣。""不以功德论乐，而以性情论乐"，"和"就纯粹成为生命的"畅适"、生命的欢乐了。如此，则每个生命都自有其"和"，亦自有其乐，所有生命又汇为天地之大和，奏出天地之大乐，这是宇宙生命的交响。

其三，尚韵意识。许慎在《说文解字》中说："韵，和也。"刘勰《文心雕龙·声律》有"同声相应谓之韵"，即取其本义。后人说"韵"，多指余蕴。听音乐，人们要求余音绕梁，三月不绝。以之评文学，则要求无声胜有声，有遗韵十足、一唱三叹的艺术效果。陆机在《文赋》中说："音泠泠而盈耳。"郭绍虞释"泠泠"为"音韵之清"。杨万里《诚斋诗话》云："五言长韵古诗，如白乐天《游悟真寺一百韵》真绝唱也。五言古诗，句雅淡而味深长者，陶渊明、柳子厚也。如少陵《羌村》、后山《送内》，皆是一唱三叹之声。"尚韵意识，是中国古典诗词审美的主要意识之一。诗词不宜过于浅白，要有读者填补、想象的空间。明人陆时雍《诗镜总论》说："有韵则生，无韵则死；有韵则雅，无韵则俗；有韵则响，无韵则沉；有韵则远，无韵则局；物色在于点染，意态在于转折，情事在于犹夷，风致在于绰约，语气在于吞吐，体势在于游行，此则韵之所由生矣。"俨然把"韵"当做作品的生命精神、生命情趣和生命情调了。中国文论中有"风韵"、"气韵"、"神韵"、"高韵"、"天韵"、"性韵"等说法。如王士禛论诗标举"神韵"，似乎不谈"神韵"就不懂诗，就不应该论诗。袁枚在《再答李少鹤》中说："仆意神韵二字，尤为紧要。"都是尚韵意识的表现。

三 辨于味而后可以言诗

中国的饮食文化特别丰富，历史也非常久远。《礼记·礼运》中说，太古时代，"未有火化，食草木之实、鸟兽之肉，饮其血茹其毛"，饮食仅为了维系生存。后来，祖先们发现并使用火，饮食不仅要吃饱而且要吃好，饮食文化也逐渐丰富。可见味觉体验也富有原始诗性特征。在我国漫长的封建社会中，追求饮食味道之美的理论长盛不衰，诸如《食珍录》、《食谱》、《膳夫经》、《食经》、《馔史》、《茶经》、《茶录》、《汤品》、《水品》、《酒谱》、《酒经》、《酒志》、《酒史》、《糖霜谱》之类的著作，多得不胜枚举，可谓汗牛充栋。丰富的饮食文化孕育了丰富的味觉体验的观念。其中许多观念后来移植到文学批评当中，文学也成为有滋有味的精神食粮。

如"咀"字，许慎《说文解字》中说："咀，含味也。从口且声。"又"含"字，《说文解字》中说："含，嗛也，从口，今声。""咀"、"含"本指饮食动作，是富于饮食体验性的词，用于文学上则指品味文学，如韩愈《进学解》称"含英咀华。""品"、"尝"、"嗜"几个词也是这一类。又如"甘"字，《说文解字》中说："甘，美也。从口含一。一，道也。"看来"甘"本是指味觉体验的，用于文学上则指作品意义美好。

在所有的味觉体验的词语中，对中国文论影响最大的是"味"这个概念。中国文论中以味论诗、评诗的内容相当丰富。相关的词语有"滋味"、"至味"、"真味"、"余味"、"意味"、"玩味"、"详味"、"全味"、"趣味"、"风味"、"神味"、"气味"、"味外味"等。毫不夸张地说，少一个"味"字，中国文论将逊色三分。以味论诗，贯穿了整个文学特别是诗学批评史。钟嵘在《诗品》中首先提出"滋味说"："五言居文词之要，是众作之有滋味者也，故云会于流俗……使味之者无极，闻之者动心，是诗之至也。"在他看来，有"滋味"的诗是最好的诗，是最适合世人欣赏要求的诗。他着重批评了永嘉时期那些崇尚黄老、理过其辞的诗是"淡乎寡味"，他要求诗歌应"词采葱蒨，音韵铿锵，使人味之娓娓不倦"。继钟嵘之后，司空图提出"韵味说"，主要见于他的《与李生论诗书》：

> ……愚以为辨于味，而后可以言诗也。江岭之南，凡足资于适口者，若醯，非不酸也，止于酸而已；若鹾，非不咸也，止于咸而已……噫，近而不浮，远而不尽，然后可以言韵外之致耳……盖绝句之作，本于诣极，此外千变万状，不知所以神而自神也，岂容易哉！今足下之诗，时辈固有难

色，倘复以全美为工，即知味外之旨矣。

司空图主要讲了三层意思：第一，认为只有在辨别诗中"味"的基础上，才可以谈论诗。第二，要求诗有"韵外之致"、"味外之旨"，也即他在《二十四诗品》中所说的"不着一字，尽得风流"，也如他在《与极浦书》中所讲的那种"如蓝田日暖，良玉生烟，可望而不可置于眉睫之前"的"象外之象，景外之景"。没有这种"韵外之致"、"味外之旨"，一首诗难于达到"诣极"和"全美"。第三，怎样才称得上有"韵外之致"，"味外之旨"呢？司空图认为，应该使诗"近而不浮，远而不尽"。

司空图之后，历代以味论诗者大有人在。北宋梅尧臣、欧阳修、苏轼倡平淡有味论，南宋张戒、杨万里、姜夔、包恢等人倡含蓄有味论，元代刘将孙重"趣味"，明代谢榛重"全味"，清代贺贻孙倡"厚味"说，王夫之倡"风味"说……数不胜数。[①]谈文学，不同的人有不同的审美趣味。但人们的味觉审美也有一些共同之处：

其一，从创作的角度来说，如何使作品产生诗味呢？苏轼在评柳宗元诗时，提出了一个非常重要的"反常合道"的诗学观念："诗以奇趣为宗，反常合道为趣。"（胡仔《苕溪渔隐丛话》）维柯说，诗的永恒特性是"可信的不可能"（credible impossibility）。[②]苏轼的"反常合道"早就说出了此意。从审美心理学看，作为"味外之旨"生成原理的"反常合道"与西文现代诗学中的"悖论语言"、"悖论情景"极为相似。"悖论"

---

① 陈应鸾：《诗味论》第三、四、五章，巴蜀书社 1996 年版。
② ［意］维柯著，朱光潜译：《新科学》，商务印书馆 1989 年版，第 187 页。

（paradox）原是古典修辞的一格，指表面上荒谬而实际上真实的陈述。布鲁克斯（Brooke）在"新批评派"经典著作《精致的瓮：诗歌结构研究》（*The Well Wrought Urn：Studies in the Structure*，1947）中说"诗歌的语言就是悖论的语言"，"诗人要表达这真理只能用悖论的语言"（Brooke，C.，The Well Wrought Urn.）。类似西方的论述，在中国传统诗学中，也有不少精辟的论述，如严羽《沧浪诗话·诗辨》："诗有别趣，非关理也。"《红楼梦》第48回香菱说欣赏诗歌："诗的好处，有口里说不出来的意思，想去却是逼真的；有似乎无理的，想去竟是有理有情的。"无论是"反常合道"还是"悖论"，都给人思考和启发，有一种奇趣和异味。

其二，从作品本身来说，要有余味，不能太露太透。古代诗味论者或认为自然平淡有味，或认为含蓄朦胧有味。欧阳修《六一诗话》认为梅尧臣"以深远闲淡为意"之诗"真味久愈在"。苏轼《书黄子思诗集后》主张"寄至味于淡泊"。此以自然平淡为有味。而何焯《义门读书记》卷五七认为，杜牧之诗"不如义山顿挫曲折，有声有色，有情有味，所得为多。"宋荦《漫堂说诗》也说："义山造意幽邃，感人尤深，学者皆宜寻味。"此以含蓄朦胧为有味。评论家无论推崇平淡或含蓄，都要求作品有体味的余地，有想象的空间。如谢榛《四溟诗话》以"有余味"称赞孟迟"蘼芜亦是王孙草，莫送春香入客衣"一联，以"无余味"批评陈师道《寄外舅郭大夫》诗。王世贞《艺苑卮言》认为《日出东南隅》"绰有余味"。黄宗羲《南雷诗历题辞》反对诗如"嚼蜡了无余味"，等等，总之要求诗咀诵之余，别有韵味。严羽《沧浪诗话·诗法》说："语忌直、意忌浅、脉忌露、味忌短。"意即内容要求深刻、余味悠长。陆时雍《诗镜总论》评杜诗："有余地，有余情。情中有景，景外含情。

一咏三讽，味之不尽。"都是这个意思。

其三，从欣赏、品鉴的角度言，读者要认真研读、仔细体味，要"玩味"、"详味"、"吟味"、"熟味"、"细味"、"诵味"，这样才能把握作品要旨。苏轼在《书王公峡中诗刻后》中说："庚辰岁，蒙恩移永州，过南海，见部刺史王公进叔，出先太尉峡中石刻诸诗，反复玩味，则赤甲、白盐、滟滪、黄牛之状，凛然在人目中矣。"这里"反复玩味"正是对诗的审美欣赏活动。经过反复玩味，从诗中对三峡各地的风光获得了鲜明、生动、具体的形象感受。张戒《岁寒堂诗话》卷下在评杜甫《洗兵马》时说："虽似憎恶武夫，而熟味其言，乃有深意。"在评《乾元中寓居同谷七歌》中又说："读者遗其言而求其所以言，三复玩味，则子美之情见矣。"通过"熟味"、"三复玩味"，才可以领悟到诗中蕴涵的深情实意。元代的杨载在《诗法家数·五言古诗》中说："观汉、魏古诗，蔼然有感动人处，如《古诗十九首》皆当熟读玩味，自见其趣。"其"家数"也是强调"玩味"。明代谢榛《四溟诗话》卷四说："熟味唐诗，其枢机自见矣。"只有对唐诗进行深入的审美鉴赏，才可能领会出作诗的基本方法。

四 色香臭味亦发于自然

中国文论话语中不仅有视觉、听觉、味觉体验的移用，也有嗅觉和触觉体验的移用。如明人沈际飞《草堂诗余四集》称"词贵香而弱，雄放者次之。"刘熙载《艺概》有"冷句中有热字，热句中有冷字"之说。此处不详论。我们要说的是，文学作品中有联觉（一称"通感"）现象，而文学批评中也有联觉体验的移入。

"美"字是文学批评中运用较多的字眼，如从字源学角度来说，它是联觉体验的移入。许慎在《说文解字》中说："美，甘也。从羊从大，羊在六畜主给膳也。美与善同意。""甘"为味觉体验，"大"为视觉体验。可见"美"源于视觉和味觉体验。文论有许多概念和范畴是联觉体验的移入。如"温丽"：钟嵘《诗品》评古诗"文温以丽，意悲而远"，源于触觉和视觉体验。"清润"：钟嵘《诗品》评江祐"祐诗猗猗清润"，源于视觉和触觉体验。"细润"：方回《瀛奎律髓》卷十四"大历十才子以前诗格，壮丽悲感；元和之后，渐尚细润，愈出愈新"，源于视觉和触觉体验。"淡冷"：胡震亨《唐音癸签》卷七"详大历诸家风尚……写致取淡冷自送"，则源于味觉和触觉体验。

联觉体验源于人的自然本性。荀子《荀子·王霸》说："夫人之情，目欲綦色，耳欲綦声，口欲綦味，鼻欲綦臭，心欲綦佚。此五綦者，人情之所必不免也。"又《荀子·性恶》说："若夫目好色，耳好声，口好味，心好利，骨体肤理好愉佚，是皆生于人之情性者也。"人之本性即追求美好之物，联觉体验在文学批评中的移用，反映的是人们对文学整体美的追求，即所谓色香味俱全。宋大樽《茗香诗论》中的一段话较好地体现了这种审美追求：

> 或问："诗至靖节，色香臭味俱无，然乎？"曰："非也，此色香臭味之难可尽者，以极淡不易见耳……和气之流，必有色香臭味，云则五色而为庆，三色而成霄；露则结味成甘，结润而成膏。人养天和，其色香臭味亦发于自然。有《三百》之和，则有《三百》之色香臭味；有靖节之和，则有靖节之色香臭味。"

1981 年，诺贝尔生理学、医学奖获得者斯佩里关于"裂脑人"研究的最新成果，证实了人脑好比两套不同类型的信息加工控制系统，它们相辅相成，紧密配合，构成一个统一的控制系统。[①] 这样，人感受外界信息，就必然是系统的整体的。人感受到美的整体，就从整体上从各个方面反映它。视、听、嗅、味、触觉各个感官通过不同的渠道，把有关信息输送到大脑皮层，与脑中所储存的信息掺和在一起，就会融合成一个完整的立体的美的形象。

维柯认为，亚里士多德《论灵魂》中关于个别人所说的话也适用于整个人类："凡是不先进入感官的就不能进入理智。"[②] 席勒也说："凡是我们的感官在直接感觉中觉得舒服的东西都为温柔而灵活的心绪接受任何一种印象打开了大门。"[③] 可见，感觉是思想和理智的基础和前提。中国文论不仅由感官进入理智，而且始终保持着感官的体验性和鲜活性，有别于进入了理智阶段却断绝感官鲜活性的西方文论的抽象与玄虚。日本人笠原仲二说："对中国人原初的美意识的内容或本质，我们可以一言以蔽之，主要是某种对象所给予的肉体的、官能的愉快感。"[④] 可见，对于中国文论的直感性有不少人已有深刻认识。

---

① 钱学森主编：《关于思维科学》，上海人民出版社 1986 年版，第 366 页。

② ［意］维柯著，朱光潜译：《新科学》，商务印书馆 1989 年版，第 172 页。

③ ［德］席勒著，冯至、范大灿译：《审美教育书简》第二十二封信，北京大学出版社 1985 年版，第 111 页。

④ ［日］笠原仲二著，魏常海译：《古代中国人的美意识》，北京大学出版社 1987 年版，第 6 页。

第四章

实物文字与中国文论的具象性

　　维柯指出，最早的文字和语言是实物文字和手势语言。这是一种具象化的文字，是一种"绘声绘影"的语言。[①] 其思维是极富诗性特征和原始感觉的具象思维。以象形指事为主要特征的汉语言一直保持着"绘"的功能，既绘声绘影，又绘形绘象。在此基础上，形成华夏民族思维方式的具象性特征。我们拟从哲学基础、文学背景和理论特色三个方面来谈谈中国文论的具象性。

第一节　中国文论具象性的哲学基础

　　王弼《周易略例·明象》的"尽意莫若象"，说明先哲们已经认识到"尽意"之艰难，也逐步认识到依"象"是"尽意"的最佳途径。对于"象"的功能价值，涂光社先生有过精彩的论述。他说："'象'是鲜明可感的，能够给人直观的印象。它

---

　　① 维柯说，最早的诗"在某种意义上都是'实物'的诗"。用"姿势或实物"来表情达意，是"象形符号和象形文字的原则"，是"自然语言的原则"。（［意］维柯著，朱光潜译：《新科学》，商务印书馆1989年版，第122、124页。）列维—布留尔也说，在大多数原始社会中都存在"手势语言"，原始人甚至在"用手思维"。（［法］列维—布留尔著，丁由译：《原始思维》，商务印书馆1981年版，第153、155页。）

的内涵又是宽泛的，具有难以穷尽的特点，这就是它拥有的直观的鲜明性和抽象内涵的模糊性和可塑性。以'象'来概括复杂多变的事物现象，尤其是表述或者代指形而上的'道'的时候，其直观的内涵的鲜明性可以给观照者某种具有启示和导向意义的明确印象，其抽象内涵的模糊性和可塑性又避免了难以包容和界定的尴尬。"① 圣哲们凭依富于诗性的具象思维沟通了"道"和"器"，言"道"时不失"器"的具体鲜活，凭依"同声相应，同气相求"的相似性原则建构象喻关系。

一　原始部族普遍存在的象征思维

《周易·系辞上》说："天生神物，圣人则之。"谓圣人取象于天地万物，由此可见，取象思维起源之久远。从思维科学的角度来说，具象思维是原始思维的重要特征。维柯说，人类心灵有一个特点，"人对辽远的未知的事物，都根据已熟悉的近在手边的事物去进行判断"。"近在手边的事物"即我们所说的具象。最初的各民族用的是"实物文字"，如西徐亚国王伊丹图苏斯（Idanthyrsus）就是用五个实物当做文字回答了波斯大流士大帝的威胁。这五个实物文字就是一只蛙、一只鼠、一只鸟、一把犁和一支箭。最初的民族在哑口无言的时代所用的语言必然是从符号开始，"用姿势或实物"，与所表达的意思有某种联系。这种"姿势"或"实物"，即我们所说的具物。这种姿势或实物的文字，即象形文字。维柯指出，用象形文字来达意，是最初的民族的"一种共同的自然需要"。维柯还特别提到中国"经过了那样

---

① 涂光社：《有关思维方式民族特色的思考——倚重"象"与运用线条的双绝》，见徐中玉、郭豫适主编《古代文学理论研究》第 19 辑，华东师范大学出版社 2001 年版，第 57—58 页。

长的时间，现在还在用象形文字书写"，"中国人具有最精妙的才能，创造出许多精细惊人的事物"。维柯指出，远古人类无法把神的（宗教的）的力量抽象地表现出来，"于是就把它表现为具体的物质形式"。如"不会用抽象方式来表达统治，于是就用了'头'这个具体的词"。"用筋肉表示力量"，"拿着若干谷穗或稻草，或是用若干次收割动作来代表若干年岁"。用手代指权力，等等。这里"统治"、"力量"、"年岁"、"权力"等概念是抽象的，而"头"、"筋肉"、"谷穗"、"稻草"、"手"等则是具体的且习以为常的，维柯指出："在极端野蛮时期自然就有运用这种思维方式的必要。"①

关于原始思维的具象特点，列维—布留尔也指出："原始民族的语言永远是精确地按照事物和行动呈现在眼睛里和耳朵里的那种形式来表现关于它们的观念。这些语言有个共同倾向：它们不去描写感知着的主体所获得的印象，而去描写客体在空间中的形状、轮廓、位置、运动、动作方式，一句话，描写那种能够感知和描绘的东西。这些语言力求把它们想要表现的东西的可画的和可塑的因素结合起来。""在眼睛里和耳朵里的那种形式"即是具物的形象。列维—布留尔指出："在那时，手与脑是这样密切联系着，以致手实际上构成了脑的一部分。""说话离不开自己的手的帮助的原始人，也离不开手来思维。"原始思维用以表示人、物和行动的"会意符号"，差不多总是运动的描写，"它们表达的或者是四足动物、鸟、鱼等生物的姿势，或者是它们的习惯动作，或者是捕捉它们时的动作，或者是制造或使用什么东西时的动作，等等。例如，为了表示豪猪，就用手的动作准确地

---

① ［意］维柯著，朱光潜译：《新科学》，商务印书馆 1989 年版，第 84、99、124、198、218、272、319、387、409、558、454—455 页。

描写它掘土和抛土的奇怪方法、它的刺、它竖起自己的小耳朵时的姿态。为了表示水，会意符号表示出土人怎样喝水，怎样舔吸捧在手心窝里的水。为了表示项圈，就用双手做出圈住脖子并从后面锁住的姿势，如此等等"。据魏斯脱曼（D. Westermann）说，埃维人（Ewe）各部族的语言非常富有借助直接的声音说明所获得的印象的手段。这种丰富性来源于土人们的这样一种几乎是不可克制的倾向，即摹仿他们所闻所见的一切。总之，"摹仿他们感知的一切，借助一个或一些声音来描写这一切，首先是描写动作。但是，对于声音、气味、味觉和触觉印象，也有这样的声音图画的摹仿或声音再现"。塔斯马尼亚人（Tasmanians）没有表现抽象概念的词，他们虽然对每种灌木、橡胶树都有专门的称呼，但他们没有"树"这个词。"他们不能抽象地表现硬的、软的、热的、冷的、圆的、长的、短的等等性质。为了表示'硬的'，他们说：像石头一样；表示'长的'就说像大腿；'圆的'就说像月亮、像球一样，如此等等。"在俾士麦岛，没有名称来表示颜色。颜色永远是按下面的方式来指出的：把谈到的这个东西与另一个东西比较，这另一个东西的颜色被看成是一种标准。例如，他们说：这个东西看起来像乌鸦。那么"kotkot（乌鸦）这个词是用来表示黑的。所有黑色的东西，特别是有光泽的黑色的东西都叫 kotkot"。① 表示各种形状、颜色、温度和软硬的概念是抽象的，但用来表示他们的"石头"、"大腿"、"月亮"、"球"、"乌鸦"等则是习以为常的具物，有具体形象的特点。这样就实现了抽象的具体化，这就是原始思维的具象化过程。

---

① ［法］列维—布留尔著，丁由译：《原始思维》，商务印书馆 1981 年版，第150、154—158、164 页。

列维—布留尔曾引盖捷特著作 ［A. Gatsvhet, *The Klamath Indians of Southwestern Oregon*，p. 98（1898）］ 中的一句话说："我们力求准确清楚地说，印第安人则力求如画一般地说；我们分类，他们则个别化。"① 我们这些现代"文明人"多概念、逻辑思维，而原始土著人则是一种绘声绘影、绘形绘象、具体生动的具象思维。由此可见，具象思维是人类最初的重要思维之一。持续至今，当然也是最古久的思维方式之一。

具象思维除具象性特征外，还有象征性特征。18 世纪德国哲学家黑格尔称"象征"是"艺术前的艺术"，并认为它主要起源于东方，经过许多转变、改革和调和，才达到理想的真正的实现，即古典艺术。② 黑格尔的观点是西方中心主义的产物，其观点不尽完善。后来的文化人类学证明，象征思维是所有远古民族共同的思维特性。维柯指出，在英雄政体产生时，交通神麦库利（Mercury）就用象征神兆的神杖把法律送交造反的家人们。"希腊人用翅膀象征英雄制度。"他也注意到，"在中国人中间龙也是民政权力的象征"。③ 列维—布留尔也说，从原逻辑思维的观点来看，由于神秘的互渗，"一个实体可以是另一个实体的象征"。这是因为"互渗的同一"，"鹿是希库里，或者是玉蜀黍，或者是羽毛，如同波罗罗人是金刚鹦哥一样，如同图腾崇拜集团的一般成员都是自己的图腾一样"。"由于互渗的作用，鹰的羽毛也赋有了鹰本身所赋有的那些神秘属性，而鹿的整个身体也赋

① ［法］列维—布留尔著，丁由译：《原始思维》，商务印书馆 1981 年版，第 161 页。

② ［德］黑格尔著，朱光潜译：《美学》第二卷，商务印书馆 1979 年版，第 9 页。

③ ［意］维柯著，朱光潜译：《新科学》，商务印书馆 1989 年版，第 332、333、340 页。

有了鹿尾所赋有的那些神秘属性；由于互渗的作用，鹿也变成了与鹰的羽毛或者希库里同一的东西。"[1] 列维—斯特劳斯在《野性的思维》一书中有"图腾分类的逻辑"一章，专门探讨了土著人在生物和自然现象方面丰富的象征系统。如："多贡人把植物分成二十二个主科，其中一些又继续分成十一个子类。排成适当顺序的二十二个科被分成两个系列，其中一个系列由奇数诸科组成，另一个系列由偶数诸科组成。在象征单个生殖的前一类中，称作阳与阴的植物分别同雨季与旱季相联系；在象征成对生殖的后一类中，同一关系颠倒了过来。每一种又分属三个属：树、丛、草。最后，每一个科对应着身体的一个部分，一种技能，一种社会阶段和一种制度。"又如在整个北美洲，艾属植物有女性、月亮、黑夜等含义，而其变种则有男性、太阳、白天的含义。婆罗洲的伊班人使某种啄木鸟具有一种象征作用，因为他们认为这种鸟的叫声含有一种"胜利"感和庄严的告诫声调。[2]可见，象征思维是原始部族的普遍思维。

类似的文化现象在我国的典籍中随处可见，前辈学者也有许多精深的研究，敏泽先生在其《中国美学思想史》中谈道：

> 在我国早期的典籍中，关于图腾崇拜的记载是相当广泛的。不仅《山海经》中有大量记载，如"其状如鱼而人面"、"龙身而人面"、"其神状皆鸟身而龙首"、"其状如人面而龙身"、"其神状虎身而九尾，人面而虎爪"，而且也广泛地见于其他典籍，如"有蚩氏兄弟八十一人，并兽身人

---

① ［法］列维—布留尔著，丁由译：《原始思维》，商务印书馆 1981 年版，第119 页。

② ［法］列维—斯特劳斯著，李幼蒸译：《野性的思维》，商务印书馆 1987 年版，第 48、56、66 页。

语"。"天命玄鸟，降而生商"。庖牺氏、女娲氏、神农氏、夏后氏、蛇身人面，牛首虎鼻。"禹长颈鸟喙"。"古者黄帝四面"……即使在中国今日的姓氏（如马、龙、牛、羊、猪、鸟、蛇、风及山、水、云、沙，等等）中，也仍然保存着原始图腾崇拜的遗迹。而图腾崇拜中，在文化和美学史上最重要的，便是对中华民族意识的形成起着标志作用的图腾崇拜。

图腾是个符号，它代表着某种特殊的意义。所以图腾崇拜的思维方式是一种象征思维。郑元者指出，"图腾具有神圣的神话意义，它象征地表示着图腾祖先和关于他们的故事的个别情节"，而"图腾意识或观念是最早的艺术活动的深刻动机，艺术起源于图腾这种原始宗教观念"[1]。由此，原始艺术的象征思维便在情理之中了。

二　圣人设卦观象

"圣人设卦观象"语出《周易·系辞上》，是说"圣人"（伏羲）通过观察天地万物的纷繁现象了解事情的奥妙和运作方式，然后以能够体现其吉凶和变化规律的卦象概括之。从哲学上看，具象思维要解决的是"道"与"器"的关系问题。《周易·系辞》说："形而上者谓之道，形而下者谓之器。"据范寿康先生解释，道是指尚未成形的阴阳的原理，器是指已经按象而成形的万物，由道至器就是宇宙万物的发展历程的全部。[2] 象是宇宙万有的原形。象具体化了以后，方才产生出有形的万物。器就是

---

①　郑元者：《图腾美学与现代人类》，学林出版社 1992 年版，第 47—48 页。
②　范寿康：《中国哲学史通论》，三联书店 1983 年版，第 33—34 页。

具体的物，（所谓形乃谓之器）就是感官能够具体知道的万物。所以道不可见，阴阳也不可见，象可见而无形，器可见并有形。既然道生万物，那么尽管道不可见，人们仍然可以通过可见的万象去体道、悟道。

《老子》在表达"道"的方式上即开其端绪，"道"在老子看来是这样的："道冲，而用之或不盈。渊兮，似万物之宗。""湛兮，似或存。"（四章）"视之不见，名曰微；听之不闻，名曰希；搏之不得，名曰夷。""是谓无状之状，无物之象，是谓惚恍。""迎之不见其首，随之不见其后。"（十四章）"道之为物，惟恍惟惚。惚兮恍兮，其中有象；恍兮惚兮，其中有物；窈兮冥兮，其中有精。""自古及今，其名不去，以阅众甫。"（二十一章）"有物混成，先天地生。寂兮寥兮！独立不改。"（二十五章）在老子看来，宇宙的本体为"大"、为"道"、为"一"，是恍惚幽冥，无形无声的，超越时间也超越空间。老子又名之曰"谷神"、"虚"、"无"，似乎道是无法认识、无从把握的。有意思的是，老子没有就此打住，而是用了大量具象化的言说让人们去领悟道的本质，去体会道的特性："上善若水。水善利万物而不争，处众人之所恶，故几于道。"（八章）"夫唯不可识，故强为之容：豫焉，若冬涉川，犹兮，若畏四邻，俨兮，其若容，涣兮，若冰之将释，敦兮，其若朴，旷兮，其若谷，混兮，其若浊。"（十五章）"譬道之在天下，犹川谷之于江海。"（三十二章）"大道泛兮，其可左右。"（三十四章）"天之道，其犹张弓欤？"（七十七章）等等。老子用人们常见的事物来比道，从身边的事物的特性去领悟道的特性。可见具象化思维不是一个昧生化的过程，而是一个亲近化的过程。取喻于人们熟知的事物，本来难以把握的东西虽不可言传也大致不难意会了。

《周易》是考察我们民族思维方式的最好材料，其具象、象征思维的特点尤其明显。如前所说，《周易》已认识到了"道"与"器"的不同。其中所谓"天下之理"、"天地之道"、"神明之德"、"万物之情"云云是形而上的"道"。如何说清这些"道"呢，《周易》采用了"卦象"的方法。在《周易》的卦形符号体系中，"阳"用"——"表示，"阴"用"— —"表示。八卦、六十四卦就是以这两种一连一断的阴阳符号重叠组合而成的。"阳"与"阴"的象征范围至为广泛，两者可以分别代指自然界或人类社会中的一切对立的物象，如天地、男女、昼夜、炎凉、上下、胜负、君臣、夫妻等。《系辞上传》以"一阴一阳之谓道"，精练地概括《易》理本质。八卦各有一定的卦形、卦名、象征物。八卦的象征物分别为天、地、雷、风、水、火、山、泽，对应的各卦分别为乾、坤、震、巽、坎、离、艮、兑。八卦又各具特定的象征意义。这种思维方式，恰如黑格尔所道出的："个别自然事物，特别是河海山岳星辰之类基元事物，不是以它们的零散的直接存在的面貌而为人所认识，而是上升为观念，观念的功能就获得一种绝对普遍存在的形式。"[1] 八卦实质就是我们祖先化具体事物为观念功能"绝对普遍存在"的八种形式。

儒家的哲学是一种实践哲学，但也有许多思想范畴属于心理情感和精神境界，如仁、礼、义、忠、信、亲、庄、敬、恭等，这些思想范畴一般也比较难以把握。《论语》中为了说清楚这些思想范畴，也常用具象化的方法来比喻。如："子曰：人而无信，不知其可也。大车无輗，小车无軏，其何以行之哉？"（《为政》）车子是人们习以为常的事物，以之比"信"，具体生动。"夫道，窅然难言哉！"（《庄子·知北游》）哲学和宗教大多讲

---

① ［德］黑格尔著，朱光潜译：《美学》第二卷，商务印书馆 1979 年版，第 23 页。

的是抽象的世界观和深奥的人生哲理，一般难以被人理解和接受。但哲人们大多注意自己的言说方式，通过巧妙的言说使抽象的道理变得具体生动。深奥的思想变得浅白易晓。特别是具象化手段备受青睐。《墨子·小取》中有段话值得我们注意：

> ……辟也者，举也物而以明之也。侔也者，比辞而俱行也。援也者，曰：子然，我奚独不可以然也。推也者，以其所不取之，同于其所取者，予之也。是犹谓也者同也，吾岂谓也者异也。

这里的"辟"、"侔"、"援"、"推"等是几种不同的言说方式。其中"辟"，据任继愈说是譬喻，"即借用具体的事或具体的物以说明一件事或某个道理，这是辩论中常用的方法"①，亦即具象思维和言说的方式。具象化是中国古代哲学和宗教的重要思维和言说方式。庄子用兔蹄、鱼筌两个具物来论述得意忘言的命题。禅宗公案有许多禅机：问："如何是佛？"曰："碌砖"。问："如何是道？"曰："木头。"佛法禅理如果用演绎、辩证的传达肯定要千言万语，且越说越糊涂。但用一平常习见之事物"碌砖、木头"，则禅理禅趣尽在其中，就看听者有无悟性。用日常习见之事物说禅论道是禅师们常有的话头。宋明理学所讲之理也是形而上的范畴，不是一句两句说得清的。周敦颐用"窗草不除"这一日常场景，点出理通万物的道理。

古代哲人面对天地宇宙时，总是用身边事身边物去比照去体味其中的玄奥之理。刘勰说，人们可以通过"象天地"去"效

---

① 郭绍虞等编：《中国历代文论选》第一卷，上海古籍出版社 1979 年版，第 27 页。

鬼神",通过"参物序"来"制人伦"(《文心雕龙·宗经篇》)。具象思维沟通了道与器,通过易写之器消除了"道之难摹"的窘境。钱钟书说:"理颐义玄,说理陈义者取譬于近,假象于实,以为研几探微之律逮,释民所谓权宜方便也。"[1] 说得也是这一意思。

三　以类万物之情

"同声相应,同气相求"语出《易传·乾文言传》,它道出了圣人演《周易》的基本原则即类推原则,也即相似性原则。这是富有原始意味和诗性感觉的思维方式。列维—斯特劳斯指出,野性的思维"在诸项之间建立的关系绝大多数情况下都或者依据邻近性,或者依据类似性"。[2]"邻近性"用中国古人的话来说,即"近取诸身,远取诸物",后文我们将详述。而"类似性"用中国古人的话来说,即"同声相应,同气相求。"这反映了中国古人天人同构、"人与天一"(《庄子·山木》)的思想。人天不二,万物混同,主体与客体不分你我,天、地、人相通而无碍。天有阴阳,人也有阴阳,人有喜怒哀乐,天有四时变迁。这一思想在典籍中随处可见,这里举几个例子。

《老子》多次以水喻道,因为老子体悟到水与道有相似性:"上善若水。水善利万物而不争,处众人之所恶,故几于道。"(《老子》第八章)"天下莫柔弱于水,而攻坚强者莫之能胜,以其无以易之。"(《老子》第七十八章)老子认为水"几于道"。用庄子的话来说:"水之性,不杂而清,莫动则平;郁闭而不

---

[1] 钱钟书:《管锥编》第一卷,中华书局1986年版,第11页。
[2] [法]列维—斯特劳斯著,李幼蒸译:《野性的思维》,商务印书馆1987年版,第74页。

流，亦不能清；天德之象也。"（《庄子·刻意》）离道家核心范畴"道"最近的概念恐怕就是水了。陕西楼观台老子讲经处"上善若水"的刻石，赋予水最完美的生存特性：水无形，所以能"君子不器"；水不择细流污流，所以能浩瀚成海；可为冰、为气，既能变化而又不离其本性；水之恒可以滴水穿石；水至柔，所以抽刀难断；水性向低而能聚势，所以"高峡出平湖"，有一泻千里的浩浩荡荡……总之，中国人的最佳活法便是向水学习。水给人类许多生存智慧的启示。所以在道家看来，水与道异质而同构。"上善若水"于是成为具象思维方式的经典表述。

《周易·系辞上》说："易与天地准"，"与天地相似"。所以观天文、察地理则知天地之道，万物之理。又说："广大配天地，变通配四时，阴阳之义配日月，易简之善配至德。"道之广大、变通、阴阳与天地、四时、日月相配比，两者有类似之处。按照《易传》的看法，圣人"作八卦，以通神明之德，以类万物之情"，"其称名也小，其取类也大"。八卦的象征意义相当广泛，然而其间又顺理成章，条理井然。之所以能如此，关键在于《易传》作者据八卦之象"以类万物之情"，紧紧把握"类"概念而灵活运用之。《易传》作者依据"方以类聚，物以群分"（《系辞上传》），"同声相应，同气相求……各从其类"（《乾文言传》）的原则认定：凡物与物之间声气相投（相通、相应）者为"同类"，例如：春，龙抬头，雷震，物动草萌。由此，春、雷、龙、动可统统归入"震"卦一类。凡功能相同者为"同类"，例如：君为一国之主，父为一家之长，首为一身之统领。由此，君、父、首可统而归入"乾"卦一类。凡事物之动态属性或静态属性相同者为同类，例如：天行健，马行亦健，所以天和马可归入"乾"卦一类。在《易传》看来，"八卦而小成"，然而"引而伸之，触类而长之，天下之能事毕矣"（《系辞上传》)。根据相似类推原则，八卦之象是完全可以象征天下万物的。

《淮南子·精神训》把人与天地全面地对应比拟为："头之圆也象天，足之方也象地。天有四时、五行、九解、三百六十六日，人亦有四支、五藏、九窍、三百六十六书。"[①] 董仲舒更是提出"天有阴阳，人亦有阴阳"，"物以类应之而动"的观点，都是一种天人同构的思想。中国文献里"七尺之形而备六合之理"的记载尤为繁多，钱钟书先生早就曾举例《列子·仲尼》："取足于身，游之至也；求备于物，游之不至也。"《注》："人虽七尺之形，而天地之理备矣。故首圆足方，取象二仪；鼻隆口窊，比象山谷；肌肉连于土壤，血脉属于川渎，温蒸同乎炎火，气息不异风云。内观诸色，靡有一物不备。"按张湛所注：……自是相传旧说。《文子·十守》："头圆象天，足方象地；天有四时、五行、九曜、三百六十日，人有四肢、五藏、三百六十节；天有风雨寒暑，人有取与喜怒；胆为云，肺为气，脾为风，肾为雨，肝为雷"；《意林》卷五引《邹子》："形体骨肉，当地之厚也，有孔窍血脉，当川谷也"……[②]将世界人格化，是原始思维的重要特点。维柯指出，"由于人类心灵的不确定性，每逢堕在无知的场合，人就把他自己当做权衡一切事物的标准"，"人们就把自己的本性移加到那些事物上去"，如说"磁石爱铁"。"在一切语种里大部分涉及无生命的事物的表达方式都是用人体及其部分以及人的感觉和情欲的隐喻来形成的。"如用"首"来表达顶或开始，用"额"或"肩"来表达一座山的部位，针和土豆都可以有"眼"，"心"代表中央，"脚"代表终点或底，天或

---

① 何宁：《淮南子集释》，中华书局1998年版，第507页。

② 钱钟书：《管锥编》卷三，中华书局1979年版，第505—506页。

海"微笑",风"吹",波浪"呜咽",物体在重压下"呻吟"……这样,"人通过理解一切事物变成一切事物","人把自己变成整个世界了"。① 卡西尔考察世界各地神话,作过如此的"人格化"描述:在北欧日耳曼民族的神话中,世界由巨人耶米尔的躯体所形成:耶米尔的肉体形成地球,他的血液形成喧哮的大海,他的骨骼形成山脉,他的毛发形成树木,他的颅骨形成苍穹。②

基于天人同构的思想,刘勰在《文心雕龙·原道篇》中提出人文与天文相通的观点:"文之为德","与天地并生",人文与天文"旁通而无滞,日用而不匮"。这样,人文与天文之间就有了可比性,借天文可以言说人文,中国文论的具象思维即在情理之中。这种主客不分的思维是诗性的而不是逻辑的理性的,极富于原始思维特征。维柯说:"人类思想的次序是先观察事物的类似来表达自己,后来才用这些类似来证明。而证明又首先援引事例,只要有一个类似点就行,最后才归纳,归纳要有更多的类似点。"此处,"援引事例"可理解为具象思维,而"类似"则是相似性了。维柯特别多次强调,原始民族用的符号和实物,"和他们想要表达的观念有些自然联系"。③ 如用三枝麦穗或三次挥动镰刀来表示三年,是因为麦子每年收获一次的缘故。

列维—布留尔则用"互渗律"来解释事物之间的联系。人与人之间、人与物之间、物与物之间都存在"神秘的互渗":

---

① [意] 维柯著,朱光潜译:《新科学》,商务印书馆 1989 年版,第 98、114、200、201 页。

② [德] 罗卜特·卡西尔著,黄龙保、周振保译:《神话思维》,中国社会科学出版社 1992 年版,第 62 页。

③ [意] 维柯著,朱光潜译:《新科学》,商务印书馆 1989 年版,第 78、198、215、210、220 页。

"原始人的思维在把客体呈现给他自己时，它是呈现了比这客体更多的东西：他的思维掌握了客体，同时被客体掌握。思维和客体交融，它不仅在意识形态的意义上而且也在物质的和神秘的意义上与客体互渗。这个思维不仅想象着客体，而且还体验着它。"原始人以多种多样的形式来想象"互渗"：如接触、转移、感应、远距离作用，等等。①

列维—斯特劳斯也发现原始部族把生物和自然现象加以分类，借助的是"一种庞大的对应系统把生物和自然现象加以分类"，而"分类的基本原则决不可能预先假定"，但通过人种志的研究，还是可以发现其中的某种联系。如艾属植物有女性、月亮、黑夜等含义，因为主要用于治疗痛经和难产。龟类由于长寿、金属由于坚硬而各有其象征作用。②

《周易·系辞上》说："圣人有以见天下之颐，而拟诸其形容，象其物宜，是故谓之象。"先人创造文化时模拟天地万物的特点很明显。在一些记载原始歌舞的典籍中，我们不难看到模仿自然的特点。如《尚书·尧典》中"击石拊石，百兽率舞"即是对自然百兽的模拟。中国古代文献里关于原始舞蹈的最完整的描述当数《吕氏春秋·古乐篇》所载"葛天氏之乐"：

> 三人操牛尾，投足以歌八阕：一曰载民，二曰玄鸟，三曰遂草木，四曰奋五谷，五曰敬天常，六曰达帝功，七曰依地德，八曰总禽兽之极。

---

① [法]列维—布留尔著，丁由译：《原始思维》，商务印书馆1981年版，第70、429页。

② [法]列维—斯特劳斯著，李幼蒸译：《野性的思维》，商务印书馆1987年版，第49、56、69页。

杨荫浏在《中国古代音乐史稿》中解释这八首祭祀歌舞的含义时说:"第一首《载民》是歌颂负载人民的地面;第二首《玄鸟》是歌颂黑色的鸟——黑色的鸟是一种作为氏族标志的图腾;第三首《遂草木》是祝草木顺利地生长;第四首《奋五谷》是祝五种谷物繁盛地生长;第五首《敬天常》是述说他们尊重自然规律的心愿;第六首《达帝功》是述说他们有充分发挥天帝的功能的愿望;第七首《依地德》是述说他们要依照地面气候变化的情形进行工作;第八首《总禽兽之极》是说明他们的总的目的是要使鸟兽繁殖达到最高限度。"上述解释表明歌舞中传达了先民们的原始宗教意识,即对天地、祖先、生殖的崇拜。舞蹈在模拟天地万物上的特点也很明显的。《说文·外部》收录的"舞"字取象于羽类,个中透露了古代舞饰的消息,其模仿功能也是题中之意。古代诗、乐、舞三位一体,诗歌的象形求似性也就在情理之中了。

与中国古代天人合一、天人同构、主客不分的思想不同,西方现代哲学认为,人是有理智有情感的,而天地万物是纯客观的存在,大自然是人类征服的对象,这是一种主客对立的思维。反映到艺术上,中国人主张心师造化,用一颗活泼的心去体悟世间万物,因为世间万物像人一样有情有义,草木有情,山水有意。西方人则主张摹仿自然,柏拉图《理想国》第十章说:摹仿就是被动地、忠实地复制外部世界。就像木匠造床,他是"自然创造者"。① 这样,艺术是人为的,主客处于对立分离状态。主客没有可比之处,更无法类比。这似乎也可说明西方文论少具象思维的原因。德国现代哲学家海德格尔曾提出过一个"此在"的概念,他的目的是要借此对西方哲学中主客分离的哲学观念提出批评,

---

① 伍蠡甫:《西方文论选》上卷,上海译文出版社 1979 年版,第 30—40 页。

因为"此在"（人）在海德格尔看来，在本质上根本离不开世界，在自本自根上就与这个世界处于牵挂之中。① 这样，西方现代主义哲学家似乎在逃离理性主义的框框，吸取原始思维的非理性的因子。② 这种思维方式在中国古人那里是司空见惯的。

第二节　中国文论具象性的文学背景

《周易·系辞上》说："圣人有以见天下之赜，而拟诸其形容，象其物宜，是故谓之象。"说圣人发现天下幽深难见的道理，就把它比拟成具体的形象容貌，用来象征特定事物的适宜的意义。这一思维路径极富原始感觉和诗性意味。列维—斯特劳斯说，野性的思维是"一种具体性逻辑"。"这种逻辑是定性性质的，它能借助行为及形象来运演。"③ 幽妙的文思文心借助具体可感的器物而生动鲜活。比兴手法是具象思维的常用手法，本体和喻体之间不求貌同，正由神合。④

----

① 海德格尔说："可是，尽管这个前提（指把'主客体关系'设为前提）就其事实性而言是不容指摘的，它还是而且恰恰因此是个不祥的前提，假如人们听凭它的存在论上的必要性尤其是它的存在论意义留在晦暗之中的话。""在主张认识是'主客体关系'的做法中，'真理'却空空如也。主体和客体并不对应着此在和世界。"（［德］海德格尔著，郜元宝译：《人，诗意地安居》，广西师范大学出版社 2000 年版，第 8 页。）

② 正如道格拉斯·凯尔纳所说："海德格尔致力于摧毁西方形而上学史，呼唤一种新的思维模式和关系模式，以拒斥西方思维模式，寻求与存在的更'本真'（primordial）的关系。"（［美］道格拉斯·凯尔纳、斯蒂文·贝斯特著，张志斌译：《后现代理论》，中央编译出版社 2004 年版，第 28—29 页。）

③ ［法］列维—斯特劳斯著，李幼蒸译：《野性的思维》，商务印书馆 1987 年版，第 45、117 页。

④ 关于比兴的原始感觉，胡晓明指出："比兴之起源，乃是一种由宗教而俗世化的过程。最早可追溯到原始巫术思维方式，鸟兽草木是神性的存在，诱导人心通往神意世界。"（胡晓明：《中国诗学之精神》，江西人民出版社 1990 年版，第 37 页。）

一　荷马式的比喻

刘熙载在《艺概·诗概》中说："山之精神写不出，以烟霞写之，春之精神写不出，以草树写之。故诗无气象，则精神亦无所寓矣。""山之精神""、"春之精神"，是幽妙情思，难于摹定，借助"烟霞""、"草树"之类具物，则有所寓矣，这里道出文学中的具象手法的运用。

古希腊《荷马史诗》即运用大量的具象，维柯在《新科学》中说：

> 斯卡里格在他的《诗学》里发现到荷马的全部比喻都是从野兽和野蛮事物中取来的，就感到愤怒。但是纵使我们承认荷马有必要用这类野蛮事物，以便本来就野蛮粗俗的听众更好地理解，他在这方面确实是成功了，他的那些比喻确是高妙无比的，可是这当然不是受过哲学熏陶和开化过的心灵所应有的特征。①

上面所说的比喻即我们这里所谈的具象思维，文学史家称之为"荷马式的比喻"。荷马大量使用比喻加强气氛，使人物的性格更加突出。他把隐约出现的山影比喻成"一个牛皮的盾牌"，把众多和强大的敌人比喻成"像春天出现的花叶一样茂盛"。他在描写俄底修斯攻击求婚者说："求婚子弟们心里充满恐惧，在堂上乱窜，有如一群牛犊在白昼最长的春季被营营的牛虻追刺驱赶。"求婚者的尸体堆放在一起，荷马又描写说："就像捕鱼的人用多孔的渔网打鱼，从灰蓝的海中把鱼捞到弯弯海岸上，在沙

---

① 〔意〕维柯著，朱光潜译：《新科学》，商务印书馆1989年版，第441—442页。

滩上堆在一起。"① 维柯认为荷马在这方面是成功的，这些比喻"是高妙无比的"。维柯又指出，这种手法"当然不是受过哲学熏陶和开化过的心灵所应有的特征"。这似有贬斥之义，但从另一方面，我们也可以领略到具象化手法起源之辽远及浓厚的原始意味和诗性特征。

从中国的文学实践看，具象思维有更丰厚的土壤。最早的《诗经》有许多草木鸟兽即是作为具象而存在的。谢榛《四溟诗话》卷二云："予尝考之《三百篇》，'赋'七百二十，'兴'三百七十，'比'一百一十。"而比、兴的思维即具象思维，它们都依托具体物象来进行。《诗三百》如古希腊《荷马史诗》一样，其中的比、兴也是一种"荷马式的比喻"。比、兴把抽象事理具象化，内在情感外物化，赋予个体情感一种审美形态，这就是具象思维，就是创造意境，创造诗美。比如《周南·汉广》，写一樵夫爱上了一位美丽姑娘，但却得不到她，因而总是不能忘怀。首章即连用四比：

> 南有乔木，不可休息。汉有游女，不可求思。
> 汉之广矣，不可泳思。江之永矣，不可方思。

从所爱高不可攀，说到想求亦难成功，长歌浩叹，不能自己。抽象的感情，具象化了；失望的神态，审美化了。再如《桧风·隰有苌楚》：

> 隰有苌楚，猗傩其枝。（二章"华"、三章"实"）

---

① 罗念生编：《古希腊罗马文学作品选》，北京出版社 1988 年版，第 19、20、22 页。

桃之沃沃，乐子之无知。（二章"家"、三章"室"）

桃树开花结果，鲜嫩而有光泽，这是一幅令人神往的景象。但仅仅是一幅画面吗？显然不是！因为诗人已经通过"因物喻志"，在眼前的美景中融进了一种厌世的感情，使形象和情感融为一体。同"比"相比，"兴"似乎更富有形象性，更能创造意境，创造诗美。比如《周南·关雎》，欲写所思之"女"，先以雎鸠起兴。雎鸠天性温顺，可比淑女之娴静；雎鸠乃"河洲"常见之鸟，可使人联想起常来河边采荇之女；"关关"乃雎鸠雌雄唱和之音，可起"君子"思"逑"之情；雎鸠乃自然之鸟尚知求偶，人有匹配之思当是天经地义。"兴"意如此丰富、巧妙、深远，真可谓文尽而意长。《邶风·燕燕》是我国最早的送别诗。前三章均以"燕燕于飞"起兴，然后才写到"远送"、"之子"、"泣涕如雨"。兴句不独点明送别时间（春天），更重要的是用春燕的自由和乐："差池其羽"、"颉之颃之"、"上下其音"，反衬出主人公生离死别的悲苦。寓情于景，巧妙生动，所以朱熹《朱子语类》说："譬如画工一般，直是写得他精神出。"

楚辞中的比、兴，在联想性与比喻象征性上同《诗经》是一致的。"鸟飞反故乡兮，狐死必首丘"（《哀郢》），是通过正比联想，比说自己的"冀壹反之何时"、"何日夜而忘之"；"伯乐既没，骥焉程兮"（《怀沙》），是通过反比联想，比说"世溷浊莫吾知"；"悲回风之摇蕙兮，心冤结而内伤"（《悲回风》）、"悲哉，秋之为气也"（《九辩》），则是触景生情，以秋风之摇落草木象征自己恶劣的处境和忧伤的心情。而《离骚》中的比、兴则有着丰富的或明或暗的象喻意义，十分耐人寻味。正如古人有云："愤世嫉邪意，寄在草木中。"（梅尧臣《答韩三子华、韩五持国、韩六玉汝见赠述诗》）

深于比兴，深于取象，不独为《诗经》、《楚辞》所专有，更是先秦文章的一大特质。这一点清人章学诚早已指出：

> 战国之文，深于比兴，即其深于取象也。《庄》、《列》之寓言也，则触蛮可以立国，蕉鹿可以听讼。《离骚》之抒情也，则帝阙可上九天，鬼情可察九地。他若纵横驰说之士，飞箝捭阖之流，徒蛇引虎之营谋，桃梗土偶之问答，愈出愈奇，不可思议。（《文史通义·易教上》）

继承先秦文学深于取象的特点，后世的文学作品尤其是诗歌也善于取譬连类，托物寄兴。如自从屈原采用"香草美人"的象征手法之后，这一香草美人意象构成了一个复杂而巧妙的象征系统，使得诗歌蕴藉而生动。动植物在后世诗文中大量地成为象征意象。如闻一多先生曾根据先秦典籍如《周易》、《左传》、《管子》、《诗经》等关于"鱼"字的考释，指出以"鱼"代替"匹配"和"情侣"。① 古代大量的咏物诗中，梅、兰、菊、竹、松是几种最常见的物象。正如元代韦居安《梅磵诗话》卷下所云："梅格高韵胜，诗人见之吟咏多矣。""植物中惟竹挺高节，抱贞心，故君子比德于竹焉，古今赋咏者不一。"诗人们将有限的内在的精神品格，借这些物象升华为永恒的无限的诗美存在，故深于取象成为中国文学的一大特点。

二 贵在离形得似

郭绍虞《诗品集解》释《二十四诗品》"形容"一品中"离形得似，庶几斯人"时说："总结形容之妙，贵在离形得似。

---

① 闻一多：《闻一多全集》第一集，三联书店1982年版，第119—125页。

离形，不求貌同；得似，正由神合。能如是，庶几为形容高手矣。"具象比拟不是随意取象，本体和喻体之间要有某种妙合之处。"离形得似"，即神似，也即具物之形与文思之神的妙合。①

古代文学创作常有"形似"之求，如晋宋诗坛多模山范水之作，尤以"形似"为贵。钟嵘《诗品》评张协"巧构形似之言"，评谢灵运"故尚巧似"。在理论批评界，陆机《文赋》云："体有万殊，物无一量，纷纭挥霍，形难为状"，"虽离方而遁员，期穷形而尽相。"所谓"形难为状"、"期穷形而尽相"，即以"形似"为自己的审美追求。上引钟嵘《诗品》中所谓"巧构形似，""贵尚形似"，且置张协、谢灵运为一品，都透露出钟嵘尚巧似的审美情趣。沈约在《宋书·谢灵运传论》中说，"巧为形似之言"和"气质为体"两种文风"并标能擅美，独映当时，是以一世文士，各相慕习"。刘勰在《文心雕龙·物色篇》中也说："自近代以来，文贵形似，窥情风景之上，钻貌草木之中。吟咏所发，志惟深远，体物为妙，功在密附。故巧言切状，如印之印泥，不加雕刻，而曲写毫芥。"可见，到刘勰的时代，这种"如印之印泥，不加雕削"的形似文风依然主导着时代审美风尚。

"神似论"的提出，跟形神关系的探讨有关系。早在先秦，哲学家即已围绕形神关系展开讨论。魏晋南北朝时期，哲学界围绕着"形灭神不灭"的问题展开了激烈的争论。伴随着人的觉醒和文的自觉，艺术家开始自觉地将哲学领域中的形神引入艺术领域，其标志则是顾恺之在人物画领域提出传神论。

儒家的山水比德，是一种具象思维的言说方式。孔子说："智者乐水，仁者乐山。智者动，仁者静，智者乐，仁者寿。"

----

① 关于"神"的原始感觉和诗性特质，本书"万物有灵与中国文论的生命模式"一节有详论。

（《论语·雍也》）《尚书大传》、《韩诗外传》、《说苑》、《荀子》等书对孔子"智者乐水，仁者乐山"的思想作了发挥，竭力寻找智者、仁者与山水之间的某种"神似"。这对诗文理论中具象思维的神似论言说有启示作用。如刘向《说苑·杂言》在解释"智者何以乐水"时说：

> 泉源溃溃，不释昼夜，其似力者；循理而行，不遗小间，其似持平者；动而之下，其似有礼者；赴千仞之壑而不疑，其似勇者；障防而清，其似知命者；不清以入，鲜洁而出，其似善化者；众人取平，品类以正，万物得之则生，失之则死，其似有德者；淑淑渊渊，深不可测，其似圣者；通润天地之间，国家以成，是知之所以乐水也。

人与山水虽异质而神同，是神似把两者联系起来。文学和山水之间也本无瓜葛，但在文学家看来，文学和山水虽异质而同妙，所以，中国文论中有许多以山水喻文的言说，尤其以水喻文的言说更多。可以毫不夸张地说，关于水的基本术语，大致都可以在文学艺术批评术语中找到。以水喻文，反映了古代作家对自然美的追求，对行云流水、天地运化之妙境的向往，反映了文学家们把自己的生命活动与山川自然、天地万物之运行相呼应、相沟通的思想。同声相应，同气相求，在中国文论家看来，山水之德与文学之道相近相通，有某种奇妙的"神似"。正如明代著名文学家袁宏道所言："文心与水机，一种而异形。"（《文漪堂记》卷二）文与水，形虽异而心机同。①

---

① 关于中国文论"以水喻文"，详见拙文《文学如水——中国文论"以水喻文"批评》（《理论月刊》2004 年第 7 期）。

在诗文理论中，"神似"的提出是建立在反对"文贵形似"理论基础之上的。司空图《二十四诗品》说"超以象外，得其环中"，"脱有形似，握手已违"。他还专辟"形容"一品：

> 绝伫灵素，少迴清真。如觅水影，如写阳春。风云变态，花草精神。海之波澜，山之嶙峋。俱似大道，妙契同尘。离形得似，庶几斯人。

"形容"一品重在说明诗境的描写应以传神为高，而不以形似为妙。水之影、春之景、风云变幻无穷的神态、花草蓬勃强旺的生机、海水汹涌澎湃之波涛、山峦绵延起伏之壮阔，无不是自然之本身，无不充满活泼泼的生命力，无不是"道"之精神的体现。所以只有极力保存对象的神气质素，巧妙地符合"道"的精神，才能脱略形迹而神情毕露，成为诗中之妙境。郭绍虞《诗品集解》释"俱似"两句云：

> 上所云云，言形容不可以形迹求，亦不可以强力致，必不即不离，妙合同尘之旨，才称合拍，故云"俱似大道"。《老子》："和其光，同其尘，湛兮似或存。"言以生之至杂而无不同，则于万物无所异矣。圣人之道如是而后全，则湛然常存矣。

司空图的《二十四诗品》还多提及"神"这一重要概念："空潭泻春，古镜照神"（《洗炼》），"行神如空，行气如虹"（《劲健》），"神存富贵，始轻黄金"（《绮丽》），"神出古异，淡不可收"（《清奇》），"匪神之灵，匪机之微"（《超诣》），"超超神明，返返冥无"（《流动》），等等。他还专辟"精神"

一品，可见其对传万物之神、脱略形似而求神似的推重。

　　苏轼高度评价司空图"离形得似"的观念，他本着"诗画本一律"的基本理念，把绘画领域"贵神似"的思想推广到诗文领域："论画以形似，见与儿童邻。赋诗必此诗，定非知诗人。诗画本一律，天工与清新。"（《书鄢陵王主簿所画折枝二首》）后世评诗论诗多称引此诗，借以阐明自己重"神"的诗学主张。在一而再、再而三的称引、解读过程中，人们对诗学之神的认识，也得以逐步深化。如明代杨慎《升庵诗话》卷十二评此诗云："言画贵神，诗贵韵也。然其言有偏，非至论也。晁以道和公诗云：'画写物外形，要物形不改。诗传画外意，贵有画中态。'其论如为定，盖欲以补坡公之未备也。"胡应麟对苏轼"赋诗必此诗，定非知诗人"颇有心得，称"独二语得三昧"："今于登临则必名其泉，燕集必纪其园林，寄赠则必传其姓氏，其所谓田庄牙人、点鬼簿、粘皮骨者，汉、唐人何尝如此？最诗家下乘小道。"（《诗薮·内篇》卷五）他认为刻意求似是"粘皮骨者"，是"下乘小道"。

　　明清以降，诗论家们对诗学之神更是津津乐道。翻开明清诗话，随处可见"神"这个字眼："神理"、"神气"、"神采"、"传神"、"精神"、"神魂"……如明代安磐在《颐山诗话》中说："思入乎渺忽，神恍乎有无，情极乎真到，才尽乎形声，工夺乎造化者，诗之妙也。"王士祯更独标"神韵"说，在理论上更自觉地追求"无迹而神"的审美创造。如董其昌提出："文要神会。"（《画禅室随笔》卷三《评文》）方拱乾说："作诗如写照，贵在得神。"（周亮工《尺牍新钞》二集录方拱乾《与田雪龛》）郑燮说："写其神，写其生，不构成局。"（《郑板桥集》补遗）谢榛《四溟诗话》卷二说："诗无神气，犹绘日月而无光彩。"赵执信《谈龙录》说："气味神采，非可涂饰而至。"薛雪

《一瓢诗话》说："诗神诗旨，跃然纸上"……不胜枚举。

我们以杜诗的解读为例，在许多明清诗论家们看来，杜诗堪称神品，时时有传神之笔，"有神往神来，不知而自至之妙"（陆时雍《诗镜总论》）。如杜甫的《画鹰》一诗没有出现一个"神"，却在再创造中运用传神之笔，诗人情思受画上之鹰感发，画鹰变成诗人心中真实的雄鹰。浦起龙对此大加赞赏："掇身侧目，此以真鹰拟画，又是贴身写；堪摘可呼，此从画鹰见真，又是饰色写。结则意以真鹰气概期之，乘风思奋之心。嫉恶如仇之志，一齐揭示。"（《读杜心解》卷三之一）金圣叹读此诗，则特别指出诗里传神写照的佳句："世人恒言传神写照，夫传神、写照乃二事也。只如此诗，'掇身'句是传神。'侧目'句是写照，传神要在远望中出，写照要在细看中出。不尔，便不知颊上三毛，如何添得也。"（《杜诗解》卷一）沈德潜《诗说晬语》也说："其法全在不粘画上发论，如题画马画鹰，必说到真马真鹰，多从真马真鹰开出议论，后人可以为式。"对杜甫的神来之笔大加赞赏。[①] 传神就是要准确地捕捉事物典型的形象特征，传写出事物独特的风姿、精神和气韵。从诸家对杜甫的《画鹰》一诗的解读我们可知，重传神、尚神似成为明清许多诗论家的普遍的审美旨趣。关于形神、心物之关系，王夫之有深刻论述：

> 两间生物之妙，正以神形合一，得神于形，而形无非神者，为人物而异鬼神，若独有恍惚，则聪明去其耳目矣。（《唐诗评选》卷三杜甫《废畦》）

---

① 又顾嗣立《寒厅诗话》："老杜〈画鹰〉诗……唯以写画鹰，便见生色。"沈德潜《说诗晬语》："唐以前未见题画诗，开此体者老杜也。其法全在不粘画上发论。如题画马画鹰，必说到真马真鹰，多从真马真鹰开出议论，后人可以为式。"

情景名为二，而实不可离。神于诗者，妙合无垠。巧者则有情中景，景中情。（《姜斋诗话》卷二）

情景虽有在心在物之分，而景生情，情生景，哀乐之触，荣悴之迎，互藏其宅。（《诗绎》）

在王夫之看来，妙在神形合一、心物互藏其宅，巧在情中景、景中情、妙合无垠。此"神"即主体之神，此"形"即客体具物之形。此"情"即作者之心目，此"景"即天壤之景物。神与形、情与景的契合是诗的最高境界。这样，几个世纪以来的心物、形神理论，在王夫之这里作了一个很完满的总结。

三 万象之中义类同者尽入比兴

《论语·阳货》："诗可以兴。"孔安国注曰："引譬连类。"人心与自然物象相触相通，引而伸之，周流无滞。具象思维所用手法是赋比兴，关于赋比兴的含义，历来说法颇多。前人各自从不同角度来解释赋比兴，有的视赋比兴为美刺讽喻的诗歌体制，有的从审美效果上谈论赋比兴，不同的角度，观点自然不尽相同。正像朱自清所说："说《诗》的你说你的，我说我的，越说越糊涂。"[①] 我们无意参与关于"赋比兴"之定义的争论，只是从思维方式的角度来阐明赋比兴所包含的是一种具象思维的特征。作为借物言志抒情的赋比兴，或者说，作为具象思维的赋比兴，主要有以下几家解释较为切当：

郑众注《周礼》时说："比者，比方于物也，兴者，托事于物。"（郑玄《周礼·春官·大师》注引）宋代胡寅《致李叔易书》载李仲蒙之语说："索物以托情，谓之比；触物以起情，谓

---

① 朱自清：《诗言志辨》，华东师范大学出版社1996年版，第49页。

之兴；叙物以言情，谓之赋。"朱熹《诗集传》说："赋者，敷陈其事而直言之也。""比者，以彼物比此物也。""兴者，先言他物以引起所咏之辞也。"王应麟《困学纪闻》说："叙物以言情，谓之赋，情尽物也；索物以托情，谓之比，情附物也；触物以起情，谓之兴，物动情也。"钱钟书在征引诸家观点时，认为李仲蒙的话"颇有胜义"①。赋是借物以赋，兴是借物以兴，比是借物以比，赋比兴皆为借外物以抒情说理叙事。以上所引诸说有一个共同点，即把赋比兴归之于"托物"，无论言情、托情、还是起情，都要凭借"物"，即都要有具体物象作为中介。无此"物"，则不知对何赋，不知为何兴，也不知以何比。可见，就思维方式而言，赋比兴是一种具象思维。

赋比兴作为具象思维的手法，借物以言志抒情，通神明之德，类万物之情，富于原始思维特征和诗性感觉。赋、比、兴植根于原始感性生活的沃土中，与原始的巫术宗教祭祀活动和歌、乐、舞艺术综合体有密切的关联。"赋"之本义当从贡赋制求之。而中国古代贡赋制又是源于贡物王祭的"赋牺牲"古制。这从《国语》、《楚辞》、《礼记·月令》及《吕氏春秋》等典籍的记载可以得到证明。"比"字的本体实为原始舞蹈的象形。从存世岩画及陶器、青铜器上的舞蹈形象和符号可以断定，比字所象形的原始舞蹈当有两类：一是男女双人舞，一是集体拉手舞。前者与上古生殖崇拜、春秋时期祭祀活动密切相关；后者与氏族内公共仪式、大事及氏族间结盟集会等难以分开。二者实际上又常常融合在一起，都表现了"紧密"的本义。《周易·比卦》正是这一文化智慧的理性总结："彖曰：比，吉也；比，辅也，下顺从也。"《说文解字》："兴，起也，从舁同。同，同力也。"

---

① 钱钟书：《管锥篇》，中华书局 1979 年版，第 1 册，第 63 页。

"舁，共举也。从臼廾。"可以想象原始先民共举一硕大之"牺牲"盘，伴以歌、乐、舞，明显为一种娱神行为。盘状物正是沟通神人，协于上下，以承天意之媒介。故"兴"的原始功能，与"象"相通，即所谓"八音克谐，神人以和"，"夔典乐，神人以和，祖考来格"（《尚书·尧典》）。所以我们说，赋、比、兴作为祭祀活动，都与原始乐、舞有关，与沟通人神的宗教祭祀活动相联系。① 沟通人神，是整个原始文化的基本特质。赋比兴沟通天地万物，打破人神界线，以己度物，将世界人格化。用维柯的话来说，"它使无生命的事物显得具有感觉和情欲"。② 原始人类的一种基本思维方式，那就是一种前逻辑的、主客体不分的思维类型。在原始人的心目中，人与万物并没有本质的区别，它们都有同样的生命、性别、情感，是同一的，因而，对客观外物都以我之情感、我之生命去感知。

古人早就认识到《诗》的比兴与《易》象之间的关系。陈骙《文则》中说："《易》之有象，以尽其意；诗之有比，以达其情。文之作，可无喻乎？"以《易》之象、《诗》之比兴，来强调文应当多用比喻。章学诚《文史通义·易教下》中，反复论说了"《易》象通于《诗》之比兴"，认为《易》象"与《诗》之比兴，尤为表里"，并举例说："雎鸠之于好逑，樛木之于贞淑，甚而熊蛇之于男女，象之通于《诗》也。"《易》与《诗》相通之处，确实不少，《易》中的某些卦辞，放在《诗》中亦无愧色，如《中孚》九二："鸣鹤在阴，其子和之，我有好爵，吾与尔靡之"；《屯》六二："屯如邅如，乘马班如，匪寇，

---

① 参见青岛大学刘怀荣教授主持的国家社科基金项目《赋、比、兴与中国诗学体系研究》（批准号为01CZW005）内容简介，资料来源于全国哲学社会科学规划办公室（网址：http//www. npopss-cn. gov. cn）。

② ［意］维柯著，朱光潜译：《新科学》，商务印书馆1989年版，第200页。

婚媾"，等等，都可以说是优美的诗篇。

对赋、比、兴进行了全面论述和探讨的是刘勰。《文心雕龙·诠赋篇》中说："赋者，铺也；铺采摛文，体物写志也。"在《比兴篇》中，他解释比兴说："故比者，附也；兴者，起也。附理者切类以指事，起情者依微以拟议。"《比兴篇》着重分析了《关雎》、《鹊巢》中的比兴，指出："关雎有别，故后妃方德；尸鸠贞一，故夫人象义。义取其贞，无疑于夷禽；德贵其别，不嫌于鸷鸟。"《毛传》认为《关雎》是赞美后妃之德，古人认为鸤鸠有专一之德，故诗中取此义来兴起，并不因为是禽鸟而不用，这样就能"称名也小，取类也大"，又因为"比显而兴隐"，"明而未融"，读者难于理解其含义，"故发注而后见也"，所以在《毛传》中，对用"兴"的地方，都加以注明。刘勰对"比"的具体用法，阐说更详："夫比之为义，取类不常：或喻于声，或方于貌，或拟于心，或譬于事"，他又举前人作品中的"比声之类"、"比貌之类"、"以物比理"、"以声比心"、"比响比辩"、"以容比物"的具体的例子，来说明比的用法。我们不能把比仅仅看成一种语言修辞技巧，一种一般的表现方法。因为要打比方，就必须通过类比联想或反比联想，引进比喻客体，"写物以附意"，所谓"金锡以喻明德，珪璋以譬秀民，螟蛉以类教诲，蜩螗以写号呼，浣衣以拟心忧，席卷以方志固"是也。刘勰反复强调本体和喻体之间要有"契合之处"，也即前面所说的"神似之处"。刘勰所谓的"切象"、"比类"、"切至"、"合"、"拟容取心"即此义。本体和喻体之间如有"契合之处"，那么"物虽胡越，合则肝胆"；反之，"若刻鹄类鹜，则无所取焉"。

唐代皎然《诗式》也强调取象取义要有"类同者"："取象曰比，取义曰兴，义即象下之意。凡禽鱼、草木、人物、名数，万象之中义类同者，尽入比兴。"认为无论什么事物，只要是义类有相同之处，就可以用作比兴。

对于赋、比、兴在作品中的作用，不同学者有不同观点。有的强调三者并重，不能偏废。著名的如钟嵘《诗品·序》中所说：

> 故诗有三义焉：一曰兴，二曰比，三曰赋。文已尽而意有余，兴也；因物喻志，比也；直书其事，寓言写物，赋也。宏斯三义，酌而用之，干之以风力，润之以丹彩，使味之者无极，闻之者动心，是诗之至也。若专用比兴，患有意深，意深则词踬。若但用赋体，患在意浮，意浮则文散，嬉成流移，文无止泊，有芜漫之累矣。

钟嵘对三者作出了新的解释。他释赋、比是对其手法进行阐述，而释兴又是从其艺术效果方面而言，角度显然不同，体例不够一致。但他认为无论是描写事物，还是表达情志，都应当形象鲜明，含义深长，耐人寻味。他强调三种手法，应当根据具体情况，统一考虑，综合使用，不可偏废。因为无论是偏于比兴，还是偏于赋，都会产生毛病，影响诗歌的艺术表现。清代潘德舆《养一斋诗话》卷十说："大抵诗知赋而不知比兴，则切直而乏味；知比兴而不知赋，则婉曲而无骨：三纬所以不可缺一。"这段话显然同钟嵘所言一致。更多的论者，则更强调比兴。吴乔认为："诗之失比兴，非细故也。比兴是虚句、活句，赋是死句。有比兴则实句变为活句，无比兴则实句变成死句。"认为用比兴，易于虚、活，当然正确，但说"赋是死句"则未免过当。他还说："唐诗有意，而托比兴以杂出之，其词微而婉，如人而衣冠。宋诗亦有意，惟赋而少比兴，其词径以直，如人而赤体。"(《围炉诗话》卷一)认为宋诗不如唐诗,就在于只用赋而"少比兴"。不少论者都有这种观点。潘德舆也说:"唐以前比兴多,宋以来赋多,故韵味迥殊。"(《养一斋诗话》卷一)有些论者更强调兴。许多诗论家都认识到"兴"最能体现诗的艺术特征。李重华说:"兴之为义,是诗家大半得力处。无端说一件鸟兽草木,不明指天时而天时恍在其中,不显言地境而地境宛在其中,且不实说人事已隐约流露其中。故有兴而诗之神理全具也。"(《贞一斋诗说》)离开了"兴",诗的神理就是残缺不全的。古代诗学中对"兴"的论述非常多,与"兴"连缀的词也不少,如"兴寄"、"兴象"、"兴会"、"兴味"、"兴趣"、"感兴"、"托兴"、"情兴",等等,这也从一个侧面说明了古典诗学对"兴"的重视。赋、比、兴的运用要视具体的情形而定,不过一般地说,如果只是直言而无比兴,那就不容易成为好作品,因为比,尤其是兴,更能充分体现诗的美学特征。即以意象而论,用赋直陈,意容易深入、突出,但象则不容易鲜明、生动;而用比兴,则意寓象中,因象而意明,使人思而得之,有一唱三叹之妙。

中国文论中许多用"如、若、犹、似、譬"等词的句子,其手法是比,其思维即是具象思维。《文心雕龙》中这样的例子颇多,如《声律篇》有"若夫宫商大和,譬诸吹籥;翻回取均,颇似调瑟";《章句篇》有"章句在篇,如茧之抽绪";《总术篇》有"是以执术驭篇,似善弈之穷数;弃术任心,如博塞之邀遇",等等。后世文论中的具象表达多用这种句式。具象思维的另一种句式是所谓"对喻"、"平行的譬喻"。① 先说喻体,后说本体。在《文心雕龙》中,这种的句子也多,如《通变篇》

---

① 朱自清:《诗言志辨》,华东师范大学出版社1996年版,第56页。

"练青濯绛，必归蓝蒨，矫讹翻浅，还宗经诰"；《丽辞篇》"体植必两，辞动有配"；《指瑕篇》"丹青初炳而后渝，文章岁久而弥光"，等等。这种句式的手法似也可理解为兴体。中国文论中的具象思维还有一种句式，既无系动词，也不是对喻，而纯是具象画面的呈现。如司空图《二十四诗品》即多此句式，朱自清《诗言志辨》说其"集形似语之大成"，意即集具象之大成。在文论中运用比兴手法，文论家们把文论当作品来创作，力图使之更形象、更生动、更富于诗性。抽象的变成具体的，呆板的变成富于灵性的。在中国人看来，文学不是抽象玄虚之学，而是有声有色、有形有态、有滋有味、有气有温的，是可看、可听、可闻、可尝、可触、可摸的灵性物。

第三节　中国文论具象性的理论特色

"神用象通"语出《文心雕龙·神思篇》，说神思与物象接触，因而感通。根源于原始文化的具象思维渗透到中国哲学、语言文字和文学创作的深层结构，而依托于这些门类的文学批评大量运用具象思维则是自然而然的了。《文心雕龙·神思篇》中说："思理为妙"，文心文理是深隐幽妙的，文论家们有时难以用准确的语言表达这种深隐幽妙的文心文理，而借助具体物象则可以"沿隐以至显，因内而符外"（《文心雕龙·体性篇》）。正如沈德潜所言："事难显陈，理难言罄，每托物连类以形之；郁情欲舒，天机随触，每借物引怀以抒之……其言浅，其情深也。"（《说诗晬语》）"托物"、"借物"即具象思维，它可使难言难显之事理显现抒发出来。如谢榛的《四溟诗话》中有这样一段话：

熟读初唐、盛唐诸家所作，有雄浑如大海奔涛，秀拔如孤峰峭壁，壮丽如层楼叠阁，古雅如瑶瑟朱弦，老健如朔漠横雕，清逸如九皋鸣鹤，明净如乱山积雪，高远如长空片云，芳润如露蕙春兰，奇绝如鲸波蜃气，此见诸家所养之同也。

其中"雄浑"、"秀拔"等十个词空灵幽妙，难以把握，而后面相应的十个具体物象则质实生动，让人们较好地去体味前面所说的作品境界，这是具象思维的妙处。中国文论的取象有"近取诸身、远取诸物"二途，建构在"物象"基础上的"兴象说"、"意象说"构成有民族特征的象征理论。

一 近取诸身，远取诸物，而诗道成焉

《周易》云："近取诸身、远取诸物。"说古代圣人取象有远近二途，我们这里借来说明中国文论取象之二途。近取诸身是"生命之喻"，以人拟文。远取诸物中"远"其实也是相对人自身而言，其物也是身边事物、眼前情景。在中国文论中，"日月叠璧"是具象，"山川焕绮"是具象，甚至"傍及万品"，动物植物皆可成具象。这些都是人们习以为常，并非稀罕之物。粗略来分，古人取象大致有三个向度：一为自然，二则人自身，三曰人工。与之相关，同时也体现出不同的人文精神和文学观念。

中华文化是一种农业文化，中国古代先民在长期农耕生产的过程中，在遵守春耕秋收的节气、日出而作日入而息的过程中，逐渐形成与大自然相依相存的文化心态。人的一切活动及其结果都要合乎这个自然节律，自然而然，无为而治。文学，作为人的一项重要活动，当然要巧夺天工。文德与天道合一，所谓"文之为德"，"与天地并生"（《文心雕龙·原道篇》）。艺术家们要

得"江山之助"(《文心雕龙·物色篇》),投身于大千世界山山水水之中,从山高水低、日耀星繁、鱼跃鸢飞、草长花盛中获得灵气和创作的冲动。"登山则情满于山,观海则意溢于海,我才之多少,将与风云而并驱矣。"(《文心雕龙·神思篇》)天地日月、山川万物给人们无尽的创作灵感和思想启迪,给文学创作带来无限活力和灵性。古人云:"走万里路,读万卷书。"其中"走万里路"就包含着对山川万物的投入和对其灵气的吸纳。中国文论的许多用词,即取法自然万物,如《文心雕龙》中的几个例子:"是以汉饮博士,而雄集乎堂;晋策秀才,而麋兴于前。"(《文心雕龙·议对篇》)"既驰金相,亦运木讷。"(《文心雕龙·书记篇》)"若夫镕铸经典之范,翔集子史之术。"(《文心雕龙·风骨篇》)"自献帝播迁,文学蓬转。"(《文心雕龙·时序篇》)"并体貌英逸,故俊才云蒸。"(《文心雕龙·时序篇》)以上几例中的"雄集"、"麋兴"、"金相"、"木讷"、"翔集"、"蓬转"、"云蒸"等词语,单从词源学的角度来说,就是一幕幕大自然真实场景的写照:飞禽走兽,草青木秀、水流云飞……是人们日常生活之中抬头不见低头见的场景。从中,我们可以感受到汉民族的思维与天地一起律动的脉搏。

有感于天道与文道合一,自然的节拍与文学的节律合符,文论家们常以山川日月、花红草绿、鸢飞鱼跃等自然气象来比作文学。如:"其为文用,譬征鸟之使翼也。"(《文心雕龙·风骨篇》)"故论文之方,譬诸草木,根干丽土而同性,臭味晞阳而异品矣。"(《文心雕龙·通变篇》)"绿林野屋,落日气清"、"海风碧云,夜渚月明"之沉著,"载瞻星气,载歌幽人。流水今日,明月前身"之洗炼(《二十四诗品》),等等。天地之间,斗转星移、风云变幻、山高水长、春华秋实,本是天造地设、自然神妙的旋律。文论家以日月星辰、山川草木比文学,自有一种

原始思维与中国文论的诗性智慧

"法天贵真"的人文意蕴和文学精神。历代文论家推崇行云流水、自然流畅的艺术之境，这是山川万物对文论家们的启示。刘勰认为"机好矢直，涧曲湍回"有"自然之趣"，"激水不漪，槁木无阴"是"自然之势"，"文章，如斯而已"（《文心雕龙·定势篇》）。李白推崇"自然去雕饰"的诗艺，是从"清水出芙蓉"天然景象中感悟出来的。心到口到，无需刻意以求，文学中的这种自然状态是合乎天地万物的本性的。包恢说："诗家者流以汪洋淡泊为高，其体有似造化之未发者，有似造化已发者，而皆归于自然，不知所以然而然也。"（《答傅当可论诗》，《敝帚稿略》卷二）沈德潜也说："然所谓法者，行所不得不行，止所不得不止……试看天地间水流云在，月到风来，何处著得死法。"（《说诗晬语》）山川万物自然而然，因其自然性的充分展示而近于道，故以自然之道为本体的文则必然以山川万物之自然性来标举艺术风格。这里，文学与万物齐一，文学性与自然性无二。

人生天地间，如白驹过隙，而天地万物相对来说则是永恒久远的。年年如此，月月如此。面对自然万物，人们常常生发出"自然永恒，人事不永"的感慨。"年年岁岁花相似，岁岁年年人不同"，"今人不见古时月，今月曾经照古人"，就透露其中信息。作为"不朽之事业"的文学与山川日月在永恒久远的特点上有了共同之处。人们常常把文学尤其是优秀的作家作品比作山河日月，说他们与山河同在，与日月同辉："故子夏欢书，昭昭若日月之明，离离如星辰之行，言昭灼也。"（《文心雕龙·宗经篇》）"若离骚者……虽与日月争光可也。"（《文心雕龙·辨骚篇》）"屈平词赋悬日月，楚王台榭空山丘。"（李白《江上吟》）"尔曹身与名俱灭，不废江河万古流。"（杜甫《戏为六绝句》）"江山万古潮阳笔，合在元龙百尺楼。"（元好问《论诗绝句三十首》）把文学比做千古江山和恒久之日月，流露出的是文论者对自然永恒的企羡和对生命短暂的感伤。

把文学艺术作品比喻为人体，是中国文论更常见、更普遍的比喻。陶明濬《诗说杂记》卷七解释严羽《沧浪诗话》时就说："以诗章与人身体相为比拟……近取诸身，远取诸物，而诗道成焉。"早在 20 世纪 30 年代钱钟书就提出了这个问题。他在《中国固有的文学批评的一个特点》①一文中指出，中国古代文学批评有"把文章通盘的人化或生命化"、"把文章看成我们自己同类的活人"的特点。这样的例子很多，如《文心雕龙·体性篇》中说："辞为肤根，志实骨髓。"清代王铎《文丹》说："文有神、有魂、有魄、有窍、有脉、有筋、有膝理、有骨、有髓。"（《拟山园初集》）又如中国文论的许多概念范畴如风骨、形神、筋骨、主脑、诗眼、气骨、格力、肌理、血脉、精神、血肉、眉目、皮毛等，评论中所用肥、瘦、病、健、壮、弱等术语，都是一种把文学艺术人化的隐喻。以人拟文从文化背景上看，其所接受的影响是多方面的。如古代的中医理论，汉代以后的相术和人物品评等。以人拟文反映了中国古代传统的美学思想，即推崇生机勃勃、灵动自由、神气远出的生命形式，要求文学艺术应具有和生命的运动相似相通的形式，把艺术形式视为一种具有内在生命力的有机动态整体。这与西方的某些理论有暗合之处。黑格尔以"生气灌注"（full of vitality）来表述美与人的心灵的联系。文学是人学也一直是西方文学的主旋律。艺术最高的境界是一种有机和谐、尽善尽美的统一，这是中西方共通的古老的美学原则。②文学的生命之喻

---

① 原载 1937 年《文学杂志》第 1 卷第 4 期。

② 参见吴承学《生命之喻——论中国古代关于文学艺术人化的批评》，《文学评论》1994 年第 1 期。

最富于原始意味和诗性特征，原始思维的一大特点即人们"把自己当做衡量宇宙的标准"，"把自己的本性"移加到自然事物上去。①

宫室居所是人们生活居住的地方，人们再熟悉不过了，所以也常常用来比拟文学。有一个成语"登堂入室"，用在文学艺术上，指某人的艺术造诣所达程度。这个成语出自《论语·子张》："子贡曰：譬之宫墙，赐之墙也及肩，窥见室家之好。夫子之墙数仞，不得其门而入，不见宗庙之美，百宫之富。"后世文论常引此作比来谈论文学，如："如孔氏之门用赋也，则贾谊登堂，相如入室矣。"（班固《汉书·艺文志·诗赋略论》）；"故孔氏之门如用诗，则公干升堂，思王入室，景阳、潘、陆，自可坐于廊庑之间矣。"（钟嵘《诗品》评曹植语）；"抑愈所谓望孔子之门墙而不入于其宫者，焉足以知是且邪？"（韩愈《答李诩书》）。登堂者固然可喜，入室者则更佳，但终究是步人后尘，至多并驾齐驱、旗鼓相当，没有超越创新的气象。

宫室居所为人工所造，非天造地设之物。以宫室居所喻文，体现了人们在自然美之外对人工美的探求。建造宫室居所，要讲结构布局，遣词造句也要讲究篇章结构。于是，源于房屋构造的"结构"、"布局"、"间架"等词成为中国文论的重要术语。在文论家们看来，写文章就像建造房屋："若筑室之须基构。"（《文心雕龙·附会篇》）"凡作一部大书，如匠石之营宫室，必先具结构于胸中，孰为厅堂，孰为卧室，孰为书斋灶厩，一一布置停当，然后可以兴工。"（佚名《儒林外史四评》）清代李渔在《闲情偶寄·词曲部》中甚至标出"结构第一"，以示重视。关于戏曲的结构，李渔以"工师之建宅"作比喻，把工师建造房

---

① ［意］维柯著，朱光潜译：《新科学》，商务印书馆 1989 年版，第 114 页。

屋的整套程序和理论都用来说明戏曲结构的重要。

　　大千世界，具物万千，无论是日月星辰还是山川草木，无论是身体宫室还是珍珠宝玉，都是人们身边的习以为常的具物。这是一种富于诗性特征的把握文学的思维方式，有别于欧洲人进入所谓"文明社会"后的抽象的概念思维方式。正如列维—布留尔所说："欧洲人差不多是不假思索地利用抽象思维，但在原始人那里，思维、语言则差不多只具有具体的性质。""我们的思维首先是'概念的'思维，而原始人的思维则根本不是这样的。"① 具象和抽象只是人类两种不同的思维方式，并无先进落后之分。列维—斯特劳斯将原始思维称之为"野性的思维"，正如植物有"野生"和"园植"两大类，思维方式也可以分为"野性的"与"园植的"两大类。因此，原始人类以幻想性、具象性、混沌性为特征的神话思维，与文明人类以现实性、抽象性、分析性特征的理性思维，便各司其职并行不悖，相互渗透相得益彰，而并无高下优劣文野精粗之分。具象和抽象思维都是人类思维方式中科学的合理的存在，"存在着两种不同的科学思维方式……一条紧邻着感性直观，另一条则远离着感性直观。"② 任何一个民族也都不是单纯的具象或纯粹的抽象，只是以某方面为主或为其主要特色罢了。欧洲人喜抽象，但也有人多用具象，尽管已成为嘲讽的对象。钱钟书说："西洋柏格森说理最喜取象设譬，罗素尝嘲讽之，谓其书中道及生命时，比喻纷繁，古今诗人，无堪伦偶。而柏格森自言，喻夥象殊，则妙悟胜义不至为一

---

　　① ［法］列维—布留尔著，丁由译：《原始思维》，商务印书馆1981年版，第414页。

　　② ［法］列维—斯特劳斯著，李幼蒸译：《野性的思维》，商务印书馆1987年版，第5、20—21页。

喻一象之所专攘而僭夺。"① 黑格尔虽然肯定比喻有生动性、形象性的特点，但他认为"这种形象化的方式很容易流于矫揉造作，过分雕凿乃至文字游戏。"② 中国文论以具象为其特色，也出现了像刘勰《文心雕龙》、叶燮《原诗》这样逻辑性很强的文论著作。

比喻具象的言说方式，自有生动形象易于理解易于接受的优势。但其不足也是显而易见的。最初怀疑比兴的作用的是钟嵘。《诗品·序》中说："若专用比兴，则患在意深；意深则词踬。"同时刘勰论兴，也说是："明而未融，故发注而后见。"（《文心雕龙·比兴篇》）具象思维因其主要手法即比兴，所以也有类似缺点。毕竟文思是文思，具物是具物，两者类似但并不相等。刘勰说"形器易征"、"文情难鉴"（《文心雕龙·知音篇》），更何况具物有多种意义指向，不同的接受者，因其体味的深浅不同，理解的角度不同而会有不同的理解。同是庐山，"横看成岭侧成峰，远近高低各不同"，这也是诗性文论的应有之义。

二　兴象不可思议执著

明代许学夷《诗源辩体》卷十六评唐代孟浩然诗"兴象玲珑，风神超迈"，以"兴象"论诗是诗论家的一大喜好。"兴象"之"象"主要由"兴"决定。"兴象"作为一个理论范畴，还是唐代才有的事，而"兴"这一概念产生就久远得多。前面谈"比兴"时已说过，"兴"与图腾牺牲、巫觋歌舞有关，有沟通人神之意，有浓厚的原始意味和诗性特征。汉代郑众、齐梁刘勰、唐代

---

① 钱钟书：《管锥篇》第一卷，中华书局 1986 年版，第 14 页。
② ［德］黑格尔著，朱光潜译：《美学》第二卷，商务印书馆 1979 年版，第129 页。

孔颖达、宋代李仲蒙、罗大经、朱熹、清代陈奂对"兴"都有解释，大概不离"触物起情"之义。也即"兴"是由外物感发而引起强烈的主观反映，这使得它实际上具有心物交融、主客合一的理论特质。刘勰《文心雕龙·物色篇》说："情往似赠，兴来如答。"署名贾岛的《二南密旨》说："外感于物，内动于情，情不可遏，故曰兴。"都道出"兴"之主客交融的特点。

"兴象"在唐代成为一个理论范畴。殷璠在《河岳英灵集·序》中说："挈瓶庸受之流……攻异端，妄穿凿，理则不足，言常有余，都无兴象，但贵轻艳。"在批评作家作品时，殷璠常用"兴象"一词：如评陶翰："既多兴象，复备风骨。"评孟浩然："至如众山遥对酒，孤屿共题诗，无论兴象，兼复故实。"殷璠所谓兴象，大抵指自然景物和诗人由此而引起的感受。以兴象见长的诗人，大抵擅长描写山水田园等自然景物，如常建、孟浩然等均是。殷璠之后，兴象成为历代人每每论及的重要范畴。如明代胡应麟《诗薮》云："作诗大要不过二端，体格声调，兴象风神而已。""兴象风神"已成为一项重要的作诗原则。

古人论"兴象"之特征大致有三[①]：其一，兴象自然。关于兴象浑沦、自然天工，宋人杨万里在《答建康府大军库监门徐达书》中所说的一段话很有意义："我初无意于作是诗，而是物、是事适然触乎我，我之意亦适然感乎是物、是事。触先焉，感随焉，而是诗出焉，我何与焉，天也！斯之谓兴。""适然"而兴的结果是自然凑泊，了无牵挂。古代诗论认为"象"是情起之时的自然呈现，或是情与景、意与象偶然触发时的"相生

---

① 余虹先生说："古人所论'兴象'之特征大致有三"：1. 兴象天然；2. 兴象弥深；3. 兴象精微。（余虹：《中国文论与西方诗学》，三联书店1999年版，第184页。）此处从其说。

相融，化成一片"（朱庭珍《筱园诗话》卷一），或是"其造语天然浑成，兴象不可思议执著"（方东树《昭昧詹言》卷五），或谓"兴象玲珑，句意深婉，天工可见，无迹可寻。"（胡应麟《诗薮·内编》卷六）。

其二，兴象深隐。兴象之象有别于比象之象，主要是"兴象"所寄之情意深而隐，蒙眬含混，恍恍惚惚，常在似是而非、似非而是之间。兴象玲珑之境是情不知所起，一往情深之境；是不知何者为我，何者为物，不知庄子是蝴蝶还是蝴蝶是庄子的混沌之境；是情不知所向，不知是因情及景，还是因景生情的迷茫之境。刘勰《文心雕龙·比兴篇》云："比显而兴隐。"纪昀说："在心为志，发言为诗，古之风人特自寓其悲愉，旁抒其美刺而已，心灵百变，物色万端，逢所感触，遂生寄托，寄托既远，兴象弥深，于是缘情之什，渐化为文章。"（纪昀《鹤街诗稿·序》，《纪文达公文集》卷九）朱庭珍《筱园诗话》中把兴象玲珑、寄托深远作为创作追求的目标："盖兴象玲珑，意趣活泼，寄托深远，风韵泠然，故能高踞题颠，不落蹊径，超超玄著，耿耿元精，独探真际于个中，流清音于弦外，空诸所有，妙合天籁。"

其三，兴象微妙。兴象既然寄托遥深，自然高妙精微，可意会不可言传，如镜中之花、水中之月。翁方纲注重诗的"兴象互相感受"（翁方纲《石洲诗话》卷十六）。方东树则追求诗歌"兴象超远，浑然元气"（方东树《昭昧詹言》卷十六）。继唐皎然"兴取象下之意"说，不少人提出"兴在象外"的命题。不同的是，他们提出这一命题的角度不一样。大致有三个角度：（一）是从隐与秀的角度。冯班这样说："诗有活句，隐秀之词也。直叙事理，或有词无意，死句也。隐者，兴在象外，言尽而意不尽也；秀者，章中迫出之词，意象生动者也。"（《严氏纠谬》，《钝吟杂录》卷五）冯班从隐与秀的角度来说"兴在象外"。以隐秀论文，始于刘勰。《文心雕龙·隐秀篇》说："隐也者，文外之重旨者也。秀也者，篇中之独拔者也。"其中"隐"已有寄托之意。黄侃《文心雕龙札记》正是从这个角度来谈隐秀："然隐秀之原，存乎神思。意有所寄，言所不追，理具文中，神余象表，由隐生焉；意有所重，明以单辞，超越常音，独标苕颖，则秀生焉。"颇有胜义。清人章学诚说："《易》之象也，诗之兴也，变化而不可穷物矣。"在这里，象和兴都有变化而不可穷物之妙，也即都有"隐"的特点。所以朱自清在《诗言志辨》中说："言外之义，我们可以叫做兴象。"（二）是从诗味的角度。方东树《昭昧詹言》卷十八有："诗重比兴，比但以物相比，兴则因物感触，言在此而义寄于彼……解此则言外有余味而不尽于句中。又有兴而兼比者，亦终取兴不取比也。若夫兴在象外，则虽比而亦兴。然则，兴最诗之要用也。"方东树认为兴象"言在此而义寄于彼"，"言外有余味而不尽于句中"，所以"兴最诗之要用"。这是说"兴在象外"有诗味。（三）是从情与景的角度。清代学者朱庭珍说："夫律诗千态百变，诚不外情景虚实二端。然在大作乎，则一以贯之，无情景虚实可执也。写景，或情在景中，或情在景外。写情，或情中有景，或景从情生。断未有无情之景，无景之情也。又或不必言情而情更深，不必写景而景毕现，相生相融，化成一片。情即是景，景即是情，如镜花水月，空明掩映，活泼玲珑，其兴象精微之妙，在人神契，何可执形迹分乎？"（朱庭珍《筱园诗话》卷一）无论是情在景中还是景在情中，只要情景相生、相融，则兴象精微之妙自不待言。

兴象之自然、深隐、微妙的特点，俨然带有上古先民沟通人神的精神遗留。在原始先民们看来，天地混同，万物神通，人神相通自然而然。而在后人看来，其沟通之途径则又不免高深莫测、神秘幽妙。在这个意义上我们说，兴象具有浓厚的原始感觉和诗性特征。

三 夫诗贵意象透莹

司空图在《二十四诗品·缜密》中提出："是有真迹，如不可知；意象欲出，造化已奇。"意即艺术构思活动中一旦形成"意象"，那时令诗人诗兴大发的自然景致顿时变得奇妙无比，而此中奥妙在于："意象"中的"造化"融合了人情味，自然真正人化了。许多学者认为，意象是一个舶来品，是20世纪初到20年代意象主义（imagism）运动在西方兴起后的产物。国内学者谈到"意象"往往就离不开"image"，认为是从西方输进来的。敏泽先生认为这是一个历史的误会："意象是我国古代美学思想中的一个专用的术语……关于意象的理论，我国古代美学中早有丰富而精辟的论述。"①敏泽先生认为中国的意象论有两个历史的源头：《周易》和《庄子》。说中国的意象论是土著产品，这个观点很有见地。但推其源头只到《周易》和《庄子》止，却有待商榷。我们前面说过，取象思维（其中包括意象思维）是原始思维的重要特征。所以进入"文明时代"的《周易》和《庄子》从理论上来说也只是意象论的流而不是源。当然，在存世文献中，《周易》和《庄子》是较早的。《周易·系辞上》有一段话："子曰：'书不尽言，言不尽意'。然则圣人之意，其不可见乎？子曰：'圣人立象以尽意，设卦以尽情伪，系辞焉以尽其言。'"这段话是说，言、意不能表达的，可由"象"来表达。

---

① 敏泽：《中国古典意象论》，见罗宗强《古代文学理论研究》，湖北教育出版社2002年版，第594页。

《系辞下》就言（辞）与象的关系说："其称名也小，其取类也大。其旨远，其辞文，其言曲而中，其事肆而隐。"也即说，《易》象有以小见大、以近见远、乘一总万的特点，很自然就具有象征性的特色。意象论的另一个源头是《庄子·外物》："筌者所以在鱼，得鱼而忘筌；蹄者所以在兔，得兔而忘蹄；言者所以在意，得意而忘言。"《庄子》认为"言"是手段，"意"是目的。其舍"言"求"意"对后世艺术求含蓄、求韵味的思想产生很大影响。

诗歌创作中自觉地运用象征性意象是从屈原开始的，《橘颂》是典型的一例。《古诗十九首》充满象征之趣，离别、思念、功名、富贵、生之欢乐、死之悲哀等人生观念，都在种种对应物如"浮云蔽白日"、"郁郁园中柳"、"青青陵上柏"、"秋蝉鸣树间"、"冉冉孤生竹"、"白杨何萧萧"等空间和时间的意象中表现出来。胡应麟在《诗薮》中说："古诗之妙，专求意象。"近年来学界关于意象的讨论较多，有的学者把物象和意象相混用，这是不恰当的。意象是由不同的意和象结合而成，意象形成的关键是人的意识的作用。我们同意蒋寅先生的看法，自然物象"作为意象的功能是进入一个诗歌语境"，也即处于"一种陈述状态中才实现的"。① 如"明月"是古典诗词用得较多的意象，月亮本身只是物象，只有在各种情境中被观照、被表现的月亮才是意象。裴斐说得好："客观存在的月亮只有一个，诗中出现的月亮千变万化。物象有限，意象无穷。"② 又如杜甫《绝句》："两个黄鹂鸣翠柳，一行白鹭上青天。窗含西岭千秋雪，门泊东

---

① 蒋寅：《古典诗学的现代诠释》，中华书局 2003 年版，第 19 页。
② 裴斐：《意象思维刍议》，《诗缘情辨》，四川文艺出版社 1986 年版，第 109页。

吴万里船。"照流行的用法，将名物指称为意象，前两句就包含了黄鹂、翠柳、白鹭、青天四个意象。实际上是"两个黄鹂鸣翠柳"这个完整的画面才是一个意象，而作者的感觉和意趣也融入其间。同理，"一行白鹭"也只是在数量限定的名词，付之"上青天"的动作，才构成一个意象。马致远小令《秋思》，"枯藤"、"老树"、"昏鸦"虽都有修饰关系，也只能和"小桥流水人家，古道西风瘦马"一样看做一个意象，而不是三组九个意象。

"意象"一词，第一次见于王充的《论衡·乱龙篇》，但不是一个文论概念。刘勰《文心雕龙·神思篇》有："然后使玄解之宰，寻声律而定墨；独照之匠，窥意象而运斤。"按刘勰使用的骈偶句法，以"意象"对"声律"，与我国文论史后期所说的"意象"或西方所谓的"image"含义并不相同，其含义要广泛得多。但从《文心雕龙》的一些论述中我们可以推断，刘勰已有"意象"理论方面的思想。如《文心雕龙·物色篇》中说："物色虽繁，而析辞尚简；使味飘飘而轻举，情晔晔而更新。"《神思篇》中还说"神与物游"。这些都有主观精神与客观交融的理论思想。

唐朝开元年间，书法理论家张怀瓘在论书法艺术时直接运用了"意象"一词："仆今所制，不师古法。控文墨之妙有，索万物之元精。以筋骨立形，以神情润色。虽迹在尘壤而志出云霄。灵变无常，务于飞动……探彼意象，如此规模。"[1] 中国的书法艺术，从其本质就是意象的艺术。作为书法艺术家，可以对那些原型物象倾注主观感情，使之有个人主观情意的渗透。

---

[1] 北京大学哲学系美学教研室：《中国美学史资料选编》上卷，中华书局1980年版，第256页。

大约与张怀瓘同时，王昌龄在《诗格》中也引进了"意象"一词："诗有三格：一曰生思。久用精思，未契意象，力疲智竭，放安神思，心偶照境，率然而生。二曰感思。寻味前言，吟讽古制，感而生思。三曰取思。搜求于象，心入于境，神会于物，因心而得。""取思"承"生思"而来，诗人将主观精神投入自己的审美对象之中，所谓"神会于物，因心而得"，恰如黑格尔所说的，诗凭自己的"精神活动的主体性"，去对事物作"内心的观照"。①

到了明代以后，茶陵派的首领李东阳，前后七子中的王廷相、何景明、王世贞、李攀龙、谢榛、胡应麟以至清代的钱谦益、沈德潜、李重华、薛雪、朱承爵、方东树等，都曾以意象论诗。下面择其有代表的几家谈一谈。

明前七子之一的王廷相在《与郭价夫学士论诗书》中有这样一段话：

> 夫诗贵意象透莹，不喜事实黏著，古谓水中之月，镜中之影，可以目睹，难以实求是也。《三百篇》比兴杂出，意在辞表，《离骚》引喻借论，不露本情……斯皆包韫本根，标显色相，鸿材之妙拟，哲匠之冥造也。若夫子美《北征》之篇，昌黎《南山》之作，玉川《月蚀》之词，微之《阳城》之什，漫铺繁叙，填事变实，言多趁帖，情出辐辏，此则诗人之变体，骚坛之旁轨也……嗟呼，言征实则寡余味，情直致而难动物也。故示以意象，使人思而咀之，感而契之，邈哉深矣，此诗之大致也（《王氏家藏

---

① ［德］黑格尔著，朱光潜译：《美学》第三卷（下），商务印书馆 1979 年版，第 187 页。

書》卷二十八）。

　　这里关于意象的看法，很明显是吸收了严羽《沧浪诗话》中的镜花水月的观点。严羽说诗的妙处在于一种难以捉摸，不能究实的性质。之后，"镜花水月"成为诗论史上一个常见的象喻。王廷相对严羽的观点作了进一步发挥。他首先强调诗的意象不宜过于质实和直露，不宜"言征实"和"情直致"，反对诗歌缺少比兴，强调诗的意象要蕴藉含蓄，旨远寄深，耐人寻味，也即要富于暗示性和象征性。这种观点无疑是正确的。但要注意，不能把这个标准当作好诗的唯一标准。否则会走向评价误区。如王廷相认为《北征》这样的诗史名篇都非正体，而是诗坛的"变体"和"旁轨"，则是有失偏颇的。王廷相关于意象的另一个重要观点是，诗歌意象要有现实物质基础，认为它来自现实生活："凡是形象之属，生动之物，靡不综摄为我材品"；同时又认为它也可以虚构："摆脱形模，凌虚结构。"（《王氏家藏书》卷二十八）

　　与王廷相持类似观点的是李东阳，他通过对温庭筠《早行》中的名句"鸡声茅店月，人迹板桥霜"这两句名诗的分析说：

　　　　不但知其能道羁愁野况于言意之表，不知二句中不用一二闲字，止提掇出紧关物色字样，而音韵铿锵，意象具足，始为难得。若强排硬叠，不论其字面的清浊，音韵之谐舛，而云我能写景用事，岂可哉！

　　"鸡声茅店月，人迹板桥霜"是温庭筠《早行》诗的颔联。全联全用代表典型景物的名词组合而成，"状难写之景，如在目前"。而且突出了"早行"的特点，"见道路辛苦，羁旅愁思"

（欧阳修《六一诗话》）。我们前面谈及物象与意象的区别。这两句诗中"鸡声"、"茅店"、"月"、"人迹"、"板桥"、"霜"都只是名词提示的简单的物象，根本没有意义，只有几个视觉表象融合而成的复合体才具有了意象的性质。

"意"与"象"的关系是这一时期关于意象讨论较多的话题。意象虽是一个完整的概念，但从它诞生那天起，就有客观的"象"和主观的"意"两方面的内容。何景明说："意象应曰合，意象乖曰离，是故乾坤之卦，体天地之撰，意象尽矣。"谢榛在《四溟诗话》卷一中也从意与象的关系方面对产生于晚唐五代的《金针诗格》提出意见，不赞成它的"内意"、"外意"之分：

> 《金针诗格》曰："内意欲尽其理，外意欲尽其象。内外涵蓄，方入诗格。若子美'旌旗日暖龙蛇动，宫殿风微燕雀高'是也。"此固上乘之论，殆非盛唐之法。且如贾至、王维、岑参诸联，皆非内意，谓之不入诗格，可乎？

谢榛不赞成"内意"、"外意"之分，跟我们区分物象和意象的观点是相符的。总之，意象的问题在这时已被普遍地重视和注意。

除意象论外，中国古代还有不少以意境论诗论文。所谓"意境"，叶朗先生认为"就是超越具体的、有限的物象、事件、场景，进入无限的时间和空间，从而对整个人生、历史、宇宙获得一种哲理性的感受和领悟。"① 叶朗先生还指出，"意境"是"意象"中最富有形而上意味的一种类型。可见，"意境"说也

---

① 叶朗：《说意境》，《再说意境》，选自罗宗强编《古代文学理论研究》，湖北教育出版社 2002 年版，第 556 页。

是一种有意味的象征理论，不过它已超越了形而下的具体物象了。

　　总之，无论是兴象，还是意象，都讲究主观之情意与客观之物象的相契相融，这跟传统的天人合一思想，跟原始诗性思维主客不分、万物与我为一的观念是一脉相承的。正是基于这种原始感觉和诗性情怀，诗人们才能取外在之"象"兴内在之情，借客观之"象"达主观之意，才能托内在之情于外在之"象"，融主观之意于客观之"象"。换言之，外在客观之"象"与内在主观之情意是一而二、二而一，互为表里，不分你我，相通相协。这一诗性智慧，在有主客严格区分的传统西方理论界是难以产生的。兴象说和意象说构成中国古代以具象思维为基础的有民族特色的象征理论。

第五章

中国文论思维的其他特点

中国文论的诗性智慧，一如中国文化博大精深。基于整体性、直觉性和具象性的推原、偶对和生命化也是其重要特点。文论的推原既是在探文论之源也是在寻文化之根；文论的偶对是仰观俯察、近取诸身的生活体验的自然生成；文论的生命化则是万物有灵、以己度物之观念的生动体现。

第一节　寻根问祖与中国文论的推原性

刘勰《文心雕龙》有"文出五经"之说，刘勰认为，五经为后世各式文体的"首"、"源"、"本"、"端"、"根"，又说："并穷高以树表，极远以启疆，所以百家腾跃，终入环内者。"追究各式文体至于一极远之根本处，历溯渊源，树高立表，寻根振叶，这是中国文论的推原性。这一特征极富原始感觉和诗性特征，也是一种富于人文关怀的文化情怀。

一　渊哉铄乎，群言之祖

"渊哉铄乎，群言之祖"语出《文心雕龙·宗经篇》，本义是慨叹五经之源远流长。我们这里借以表示，推原思维源流广远。远至人文之滥觞处。广至百家经典，文化各个层面。总之，追根溯源是人类普遍的人文情怀。

人类学家指出，敬祖守宗是远古人类的重要思维特点。列维—布留尔指出，原始部族在制作某些物品方面"准确地按照他们之前的历代祖先那样来制作这些物品"。[①] 寻根问祖是中国文化的基本特色。人类学之父泰勒说："在中国，正如任何人都知道的，祖先崇拜是国家的主要宗教。"[②] 汉字"祖"的初文为"且"，近世有些学者在研究了甲骨文的字形后，提出了一种影响较大的意见，即"且实牡器之象形。"[③] 牡器，即男性生殖器。视牡器为祖先，把生命之源追溯至父系，是父系氏族社会以来男子地位的反映。其中尽管有男女不平等的意思在，但就其思维方式而言，追溯生命之源即为一种推原思维。《礼记·大传》云："尊祖，故敬宗；敬宗，尊祖之义也。"又云："人道亲亲也，亲亲故尊祖，尊祖故敬宗，敬宗故收族。"尊祖敬宗为中国人生活之大礼，拜祖孝宗是中国许多节日活动中的一项重要内容。此风此俗祖孙相因，代代相传，形成中国文化的恒久传统。中国人视父系为祖，而有的民族则视母亲的子宫为人的故乡。[④] 就其思维而言，都为一种推原思维。

中国人的推原思维在一些文化典籍中表现得是很明显的。先说道家典籍。据叶舒宪统计，老子的五千言中"归"字出现 11 次，典型的措辞有："归根"和"复归"两种。《道德经》中

① [法] 列维—布留尔著，丁由译：《原始思维》，商务印书馆 1981 年版，第 32 页。

② [英] 爱德华·泰勒著，连树声译：《原始文化》，广西师范大学出版社 2005 年版，第 501 页。

③ 刘达临：《中国古代性文化》，宁夏人民出版社 1993 年版，第 42 页。

④ 如南非洛维杜人所说："理想是返回老家，因为永远不可能返回的唯一的地方是子宫……"（[法] 列维—斯特劳斯著，李幼蒸译：《野性的思维》，商务印书馆 1987 年版，第 180 页。）

"复"字共出现 15 次。在《庄子》中,"反"字共出现 88 次,其中用于归返之义的占了大多数。"归"字共计 33 次,如《山木篇》中的"复归于朴"与《知北游》中"欲复归根"。庄子亦善于用"复"字来表现回归主题,总计出现了 50 次。① 老庄所谓"反"、"归"、"复",即返回"天地之始"、"万物之母"(《道德经》第一章)、"天地之根"(《道德经》第四章),是"反其真"(《庄子·秋水篇》)。返回万物的起始处、根本处,才能"得本以知末,不舍本以逐末","守母以存子,崇本以举末"(王弼注《道德经》第三十八章、第五十二章语)。老庄还认为,"复守其母"(《道德经》第五十二章)、返朴归宗是万事万物的发展规律,亦即老子所谓"夫物云云,各复归其根"(《道德经》第十六章)、"反(返)者道之动"(《道德经》第四十章)。老庄"归"、"反"、"复"的思想,是在追溯万物之宗、之母、之始,就思维方式而言是推原思想。其揭示的万物周行不殆、反复终始的规律,近似宗教史学家所谓的"永恒回归"(eternal return)。

儒家经典中的推原思想也甚为明显。《周易·系辞上》曰:"原始反终,故知死生之说。"《周易·系辞下》曰:"易之为书也,原始要终,以为质也。"可见推原思想是《周易》一书的思想主脉之一。如《周易·象传》"大哉乾元,万物资始",推及万物之元始。又如《周易·系辞上》"易有太极,是生两仪",即推及万物之本根为"太极"。《周易·系辞上》曰:"探赜索隐,钩深致远。"这些表述,就其思维方式而言,显然是推原思维。《论语》中说:"慎终追远,民德归焉。""追远"是孔子提

---

① 叶舒宪:《庄子的文化解析——前古典与后现代的视界融合》,湖北人民出版社 1997 年版,第 42—44 页。

炼出来的人生思想、人文精神之一：抱本反始，追思生命的原初源头。孔子又说："周监于二代，郁郁乎文哉！吾从周。"又说："述而不作，信而好古。"从周好古，从思维而言，也是在追述古代礼制，也是在推原。《论语》中有这样一段话：

> 子张问："十世可知也？"子曰："殷因于夏礼，所损益，可知也；周因于殷礼，所损益，可知也。其或继周者，虽百世，可知也。"

子张问将来十代的事，是向前看。孔子的思路是向后看，主张"观往知来"，而"观往"即在"推原"。

古典诗文中有一大情怀主脉，即思乡恋土情结。从《诗经》中的"黍离之悲"到《古诗十九首》中游子"还顾望旧乡"，从王粲"虽信美而非吾土"的喟叹到《春江花月夜》"谁家今夜扁舟子"的人生考问，从贺知章"少小离家老大回"的感伤到苏轼"有田不归如江水"的宦海沉浮……陈陈相因、代代相续的是中国人的乡土情怀。故乡，那是我们生命的起点，那里有母爱，有亲情，有孩童时期纯真的友情和天真的快乐……游子们历经生活的艰辛和宦海沉浮之后，念念不忘的是故乡的温馨，魂牵梦绕的是故乡的纯美。而就其思维方式而言，则是在追寻人生的心灵历程，是在探求人生的美好之源、快乐之源，是用文学的形式在"探原"。

二　振叶寻根，观澜索源

《文心雕龙·序志篇》云："振叶以寻根，观澜而索源。"传统文化、哲学、文学有着深厚的"推原思想"积淀，以此为思想基础和智慧背景的中国文论，其浓厚的寻根意识和强烈的溯源欲望则自在情理之中了。这一思维路向富于诗性特征。维柯认为，人之本性即在于"所回忆到的历史要一直追溯到世界本身的起源"，学者们"要把他们本行职业所研究的那种智慧推源到最显出智慧的那个来源"。① 中国文论品诗论文，往往"务先大体，鉴必穷源"（《文心雕龙·总术篇》）。探文学之本及天地之大道，溯文体之源到炎黄古世，论作家作品每每谈及其所学有自、传承有源，作诗话词话也往往跟宗学祖，一呼百应，代代相传，俨然形成中国文论一股寻根穷源的思想主脉。

中国文论中进行文学本源探讨较深入的，前有《文心雕龙·原道篇》，后有清代叶燮的《原诗》。两者穷究诗文之道，都追至天地之德、万物之理。《文心雕龙·原道篇》云，文之为德，"与天地并生"，日月叠璧、山川焕绮，"傍及万品，动植皆文"。云霞雕色、草木贲华、林籁结响、泉石激韵，"形立则章成"，"声发则文生"。人生天地间，"为五行之秀，实天地之心。心生而言立，言立而文明"，是"自然之道"。刘勰认为，"言之文也，天地之心哉"，又说"观天文以极变，察人文以成化"，"天文"与"人文"互文见义，形异而理通。这样，刘勰所"原"之道，是诗文之本根，是天地之大道。清人叶燮原诗之道亦云："盖自有天地以来，古今世运气数，递变迁以相禅。古云'天道十年一变。'此理也，亦势也，无事无物不然，宁独诗之一道固而不变乎？"此论亦视"诗道"通于"天道"。

古代文化溯文体之源似以挚虞的《文章流别论》为开端，它论述到的文体有颂、赋、诗、七、箴、铭、诔、哀辞、哀策、对问、碑铭诸类。在论述各体文章时，都说明其性质和起源。如

① ［意］维柯著，朱光潜译：《新科学》，商务印书馆1989年版，第92、137页。

论颂云："颂，诗之美者也。古者圣帝明王功成治定而颂声兴……昔班固为《安丰戴侯颂》、史岑为《出师颂》、《和熹邓后颂》，与《鲁颂》体意相类……"后来刘勰《文心雕龙》上半部论各种文体，标举"原始以表末"（《文心雕龙·序志篇》）的寻根纲领，注意探寻各体文章的诗性之源。如《明诗篇》开篇即云："大舜云：诗言志，歌永言。圣谟所析，义已明矣。"落笔即把诗歌之源远追至上古那个诗乐不分的诗性时代，刘勰又举葛天氏乐辞和大唐之歌作为上古时代有诗歌的证据。除诗之外，刘勰把其他文体的诗性之源也尽量追溯至太古三代之时。如追乐府之根，他说："钧天九奏，既其上帝；葛天八阕，爰乃皇时。"（《乐府篇》）溯颂赞之源，他说："昔帝喾之世，咸墨为颂，以歌九韶。"（《颂赞篇》）探祝盟之源，他说："昔伊耆始蜡，以祭八神。""昔在三王，诅盟不及，时有要誓，结言而退。"（《祝盟篇》）讨铭箴之本，他叹曰："斯文之兴，盛于三代。"（《铭箴篇》）他如诔碑、哀吊、史传、诏策、封禅、章表、奏启、议对、书记等诸多文体，刘勰探讨其根源，都追溯到夏商以前，也即人类进入所谓文明社会以前。那是一个天地浑沌、天人合一的诗性时代。根源于这一诗性时代的各种文体，本然地具有诗性特征。

论作家作品之传承渊源，也是中国文论的热点话头。钟嵘的《诗品》是其中突出者。明代谢榛《四溟诗话》说："钟嵘《诗品》，专论源流。"胡应麟《少室山房笔丛·华阳博议上》亦云："钟嵘之《诗品》，历溯渊源。"追溯诗歌源起，所谓"推其文体"，是钟嵘《诗品》品诗论诗的重要理路。如关于五言诗的源头，钟嵘认为，昔《南风》之辞、《卿云》之颂及夏歌、楚谣，"虽诗体未全，然是五言之滥觞也"。品评作家，钟嵘首先即指出其源头。以上品为例，评古诗曰"其体源出于《国风》"；评李陵"其源出于《楚辞》";评曹植"其源出于《国风》";评刘桢"其源出于《古诗》";评王粲"其源出于李陵";评阮籍"其源出于《小雅》";评陆机"其源出于陈思";评潘岳"其源出于仲宣";评张协"其源出于王粲";评左思"其源出于公干";评谢灵运"其源出于陈思"。中品、下品诗人钟嵘亦作如是评。说某人源自某人,靠的是感觉,结论难免牵强,故《四库提要》评《诗品》说:"惟其论某人源出某人,若一一亲见其师承者,则不免附会耳。"我们这里仅就其思维方式而言,这种品评方式是一种推原思维。杜甫的人格魅力和艺术造诣为后人所景仰,后世学杜者甚多。许多诗论家都注意到这个问题,在评品诗家诗作时往往溯源其人格精神和艺术根基至于杜甫。仅就北、南宋而言,后人评王安石、黄庭坚、陈与义、陆游、文天祥等人的诗风,往往从杜甫身上找渊源。如元人刘将孙为《王荆公诗笺注》作序,将王安石誉为"东京之子美"。刘应时《颐庵居士集》卷一《读放翁剑南集》中说:"放翁前身少陵老,胸中如觉天地小。"都是这一思维路向。明代胡应麟《诗薮》中说:"宋学陈子昂者朱元晦,学杜者王介甫、苏子瞻、黄鲁直、陈无己、陈去非、杨廷秀……"清代王士禛《带经堂诗话》卷一也说:"宋明以来,诗人学杜子美者多矣,予谓退之得杜神,子瞻得杜气,鲁直得杜意,献吉得杜体,郑继之得杜骨,它如李义山、陈无己、陆务观、袁海叟辈又其次也,陈简斋最下。"以上论述观点未必十全十美,我们不能一一细论,但就他们的思维方式而言,确是一种推原思维,即推各家诗艺渊源至杜甫。品诗论诗,必究其渊源,已成古代诗论的思维定式。

就中国文论本身的体式来说,制作者也往往跟宗学祖,一呼百应。这里且略举论诗诗和诗话两种体式以说明之。论诗绝句是具有鲜明的民族特色的诗歌理论形式。以诗歌的形式去品评作家作品和揭示诗歌创作规律，言简意赅，蕴涵丰富。这种理论体式滥觞于杜甫《戏为六绝句》，杜甫的论诗绝句涉及内容广泛，有对重要作家的评介，有对前代文学遗产的鲜明态度，有对不良文风的贬斥……内容上的广泛包容性和形式上的简约诗意化，对后代有一定的范式作用。论诗绝句，中经宋代戴复古、金元时期元好问等人，到清代则蔚为大观。这些论诗绝句宗杜学杜的意识甚明。以清代为例，有不少绝句的题目即标明此意，如柳商贤《拟杜戏为六绝句》、陈书《效少陵戏为六绝句六韵》等即是。①学习和模拟论诗绝句的创始人，从其思维路向而言，即是推原思维。中国文论另一重要体式诗话的情况也是如此。诗话体式始于欧阳修的《六一诗话》，这种理论样式内容和形式上不拘一格，正合古代文人士大夫的性情所好。风气一开，随从者甚众。据我们统计，郭绍虞《宋诗话考》收有宋代诗话 130 多种。② 而清代诗话则更多，据蒋寅考察，"综合现有的材料，仅见存书目和亡佚待访书目，已得书 1469 种，清诗话的总数超过 1500 种是没有问题的"。③ 如此众多的诗话著作，都是学欧阳修，所以从体式渊源的角度来说，也是不断回到《六一诗话》，是思维上不断自觉不自觉的推原。

三　超超神明，返返冥无

"超超神明，返返冥无"语出司空图《二十四诗品》，谓"流动"是"反（返）者道之动"，是不断地在返回玄妙幽冥、灵动虚无之境。我们此处指中国文论的推原思维，是不断地追求

①　见郭绍虞、钱钟联、王遽常编《万首论诗绝句》，人民文学出版社 1991 年版。

②　郭绍虞：《宋诗话考》，中华书局 1979 年版。

③　蒋寅：《清诗话考》，中华书局 2005 年版，第 4 页。

本原，坚守本性；是不断地依经树则，树正门立高志；是返回过去，也是走向未来。这是一个富于人类文化学意味的文论命题。

维柯说："各种制度的自然本性不过是它们在某些时期以某些方式产生出来了。时期和方式是什么样，产生的制度也就是什么样。而不能是另样的。"又说："各种制度的不可分割的特性必然是由于它们产生的方式，所以根据这些特性，我们就可以断定他们的本性或产生情况是这样而不是另样的。"① 维柯似乎是说，事物的本性是它的起源。由此，我们也可以说，要理解事物的本性最佳且必经的途径是推原，即回到事物的滥觞处。刘勰《文心雕龙》正是本着这样的理路去把握各类文体的本源和本性的。如《诔碑篇》先追叙最早的铭诔之文："周世盛德，有铭诔之文。大夫之材，临丧能诔。"由此，得出诔文的一大本性是"累其德行，旌之不朽"。又根据"周虽有诔，未被于士"的特点得出诔文的另一大本性是"贱不诔贵，幼不诔长"。刘勰是从诔文产生之日的特点来分析其本性的。又碑文亦如此，"上古帝皇，纪号封禅，树石埤岳"，故碑文生。由此可见，碑文之原初意义即在"同乎不朽"，其叙事及文辞的特点则是"该而要"，"雅而泽"。《檄移篇》说："昔有虞始戒于国，夏后初誓于军，殷誓军门之外，周将交刃而誓之。"这是檄文产生的原初形式，由此决定了檄文的自然本性："威让之令"，"文告之辞"，"即檄之本源也。"对其他文体，刘勰也是从这一理路去探讨其各自的自然本义的。

从本源角度把握和坚守文体的自然本性，是中国文论的一贯理路。如对于诗之自然本性，众多诗学论述即作如是观。一般认为，诗之源在《诗三百》，如叶燮《原诗》开篇即云："诗始于

---

① ［意］维柯著，朱光潜译：《新科学》，商务印书馆 1989 年版，第 19、21、105页。

三百篇."由此,《诗三百》的自然本性"风、雅、颂、赋、比、兴"则成为诗歌的普遍法则。张海鹏《围炉诗话序》说:"六义之奥,风骚之旨,导积石溯昆仑矣。"毛先舒《诗辩坻》卷一也说:"诗学流派,各有专家,要其鼻祖,归源风雅。"众多诗论家正是本着诗之六义这个标杆去品论诗,如钟嵘《诗品序》云:"故诗有三义焉;一曰兴,二曰比,三曰赋……宏斯三义,酌而用之,干之以风力,润之以丹采,使味之者无极,闻之者动心,是诗之圣也。"又如叶燮《原诗》曰:"今就三百篇言之,风有正风,有变风;雅有正雅,有变雅。风雅已不能不由正而变,吾夫子亦不能伸正而诎变也明矣。"钟嵘和叶燮尽管从《诗三百》得到的启示不同,但他们都是以《诗三百》为诗之源,并以此源之自然本性当做诗歌的普遍法则去评诗论诗。正如潘德舆《养一斋诗话》卷一所云:"'言志'、'无邪'之旨,权度也。权度立,而物之轻重长短不得遁矣;'言志'、'无邪'之旨立,而诗之美恶不得遁矣。"作为众诗之源的《诗三百》,其艺其旨亦为众诗之权度。从诗歌本源角度去把握和坚守诗歌的本质,沈德潜《说诗晬语》卷上一段话可作代表:

> 诗之为道,可以理性情,善伦物,感鬼神,设教邦国,应对诸侯,用如此其重也。秦、汉以来,乐府代兴;六代继之,流衍靡曼。至有唐而声律日工,托兴渐失,徒视为嘲风雪,弄花草,游历燕衍之具,而诗教远矣。学者但知尊唐而不上究其源,犹望者指鱼背为海岸,而不自悟其见之小也。今虽不能竟越三唐之格,然必优柔渐渍,仰溯风雅,诗道始尊。

"理性情,善伦物,感鬼神,设教邦国,应对诸侯",是诗歌滥觞之初的自然本性，沈德潜经"究其源"，"仰溯风雅"的推原思维而尊之为"诗教"、"诗道"，并以此诗教、诗道来评论历代诗。

中国文论的推原思维不仅是不断地追求本源，坚守本性，也是不断地依经树则，树正门立高志。在文论家们看来，源是正、是雅、是本色，流则是变、是俗，是相色。所以源是正宗，是经典，是"恒久之至道，不刊之鸿教"，无论情理或文辞都是千秋万代学习的楷模，所谓"义既极乎性情，辞亦匠于文理"（《文心雕龙·宗经篇》）。依经树则，立正门树高标是中国文论谈学习对象时贯有的思维定式。中国文学发展过程中，经典作品的示范意义非同一般。人们的创作与阅读往往并不以某种理论为指导，而是参照某一经典作品进行创作和阅读。从后世文论来说，对经典的鼓吹和膜拜，也反映理论的守旧有余而创新不足。严羽《沧浪诗话·诗辨》开篇即如是说：

> 夫学诗者以识为主：入门须正，立志须高；以汉、魏、晋、盛唐为师，不作开元、天宝以下人物。若自生退屈，即有下劣诗魔入其肺腑之间；由立志之不高也。行有未至，可加工力；路头一差，愈骛愈远；由入门之不正也。故曰：学其上，仅得其中；学其中，斯为下矣。又曰：见过于师，仅堪传授；见与师齐，减师半德也。工夫须从上做下，不可从下做上……此乃从顶上做来，谓之向上一路……

严羽言之再三的即立正门树高标。在中国文论史上，何为正门何为高标呢？其实各人有别，各派有异。如韩愈自谓："非三代两汉之书不敢观，非圣人之志不敢存。"（《答李翊书》）宋代江西以杜甫为旗帜。明代前七子主张"文必秦汉，诗必盛唐"。

而晚清宋诗派则推崇苏黄为代表的宋诗。可见，在各家各派心目中，有各自的文祖诗宗，源流有自，所宗不同。但从其思维方式而言，则同是树标立表，是推原立宗。

中国文论中的推原思维很容易使人理解为复古守旧。在某种意义上，它有这方面的成分，这是毋庸讳言的。正如杜甫《戏为六绝句》所言："递相祖述复先谁？"叶燮《原诗·内篇》也说："互相祖述，此真诗运之厄。"但从另一方面来说，事物之滥觞期和原始处，往往也是生命力最强旺、原创力最充实的时期。维柯称原始社会是人类的童年时期，记忆力最强，想象力特别生动。按本性就是些崇高的诗人。① 中国的老子亦有类似表述，如"专气致柔，能婴儿乎。"（第十章）"我独泊兮，其未兆，如婴儿之未孩。"（第二十章）"常德不离，复归于婴儿。"（第二十八章）"圣人皆孩子。"（第四十九章）"含德之厚，比于赤子。"（第五十五章）在老子看来，婴孩至柔至弱，却常德不离，含厚德，最合天道，最富生机，未来充满无限可能。所以回到事物之滥觞处和本源处，即找回事物原初状态时的强旺生机和无限活力。海德格尔说："接近故乡就是接近万乐之源。故乡最玄奥、最美丽之处恰恰在于这种对本源的接近，绝非其他。所以，惟有在故土才可亲近本源，这乃是命中注定的。""诗人的天职是还乡，还乡使故土成为亲近本源之处。"② 任何人、任何事物都不可能回到历史的原点，哲人们对世界的原初状态的留恋，是对其精神的留恋，是对其生机和希望的留恋。回到过去，是为了更好地面向未来。中国文论中的推原思维也只能作如是解。回到文学的滥觞处即回到有强旺

---

① ［意］维柯著；朱光潜译：《新科学》，商务印书馆 1989 年版，第 115、121 页。

② ［德］海德格尔著，郜元宝译：《人，诗意地安居》，广西师范大学出版社 2000 年版，第 69 页。

生机和无限原创力的文学状态。推原过去，是为了推动未来。明人钟惺对这一点见解颇深。他和谭元春共同编辑《诗归》，影响很大。他在《诗归·序》中说，"选古人诗，而命曰《诗归》"，"以古人为归也"。所以此"归"即我们所说的"推原"。钟惺说他要归的是古之精神："精神者，不能不同者也，然其变无穷也。""正吾与古人精神，远近前后于此中。"又说"求古人真诗"，亦即求古诗之真精神。钟惺特别指出，他编《诗归》是为了"接后人之心目"，亦即为了诗歌的未来："引古人之精神，以接后人心目，使其心目有所止焉，如是而已矣。"这亦是对中国文论推原思维之精神实质的最精妙概括。冯天瑜先生说："向元典精神寻求解决现实问题的处方，是中国古人的一种思维定式。"① 中国文论中的推原，也是要从经典中吸取文学的真生命真精神，以求解文学现实问题的途径。

第二节　支体必双与中国文论的偶对

《文心雕龙·丽辞篇》说："造化赋形，支体必双。"作为天地之英、五行之秀的人类，生来即有两只眼、两只手、两只脚……成双成对，纯是天工。由这种"近取诸身"的仰观俯察体验推而广之，则形成万物有双、万事有对的观念。这是一种富于原始感觉和诗性体验的思维方式。以之论文，则是中国文论"自然成对"、"辞动有配"的对偶思维。

一　神理为用，事不孤立

"神理为用，事不孤立"语出《文心雕龙·丽辞篇》。对偶

---

① 冯天瑜：《中华元典精神》，上海人民出版社 1994 年版，第 377 页。

一般容易仅仅理解为一种修辞方式，但我们认为，对偶不仅是一种修辞方式，更是一种思维方式，因为这是人类的天然本性，是人类思维的习惯和定式，其中有刘勰所说的"神理"在。

有科学家指出，生物的双偶对称性是物理规律使然。由于万有引力的作用，活的生物必须使他们的器官和重量对称地置于中心轴上。[①] 近来又有学者研究人类基因和人性的关系，指出："基因在操纵人类的行为"，"人性中的动物性（人的本性）是基因本性的表达"，"人性中的文化性（人的习性）也是一幕一幕地由基因的习性所编导，不断地继承与创新。"[②] 如果这个观点成立的话，那么人的本性和习性（当然也包括思维方式）就可以从生物学的角度给予科学的解释。大家知道，2003 年 4 月 14 日，由美、英、德、法、中、日等六个国家科学家合作研究的"人类基因图谱计划"宣布全部完成。这一大突破被誉为生物界的"登月"壮举，对人类自身的了解因此迈进了一大步。基因是由 DNA 大分子构成，而 DNA 的结构则呈现双螺旋形。这个双螺旋像是一个长形阶梯，围绕着一个主轴，向右盘旋而成为一个双链螺旋。双螺旋形即为一个对称结构，所以我们可以说，对偶是人类生命的基本分子基因的本性之一。如果基因操纵人性，则人性中对偶思维的本性则是情理之中的事了。

当然，古人是不知道万有引力和基因的，但可以肯定的是，先人们在按照自己的本性生产和生活。他们的生产活动和生活方式包括艺术创造是他们本性的自然流露。为此，我们可以从人类的生产活动和生活方式包括艺术创造中反观人类的本性。美国学

---

① ［美］西奥·兰著，刘真福、盛季译：《人类两性比较》，中国广播电视出版社 1991 年版，第 8—9 页。

② 孔宪铎：《基因与人性——生命科学与社会学理论的分析》，《文史哲》2004 年第 4 期。

者弗朗兹·博厄斯（Franz Boas）在考察原始人类遗留的艺术品时指出："自古至今，一切民族的艺术品中均可看到多种特征，其中之一即是对偶。即使在最简单的装饰艺术的造型里，也可看到对称的形态。"至于艺术品中多对偶特征的原因，弗朗兹·博厄斯认为很难探索，他认为跟人体生理结构有关："对称造型的使用何以如此广泛，其原因很难探索。人体的生理结构决定了手臂的对称运动。左右两臂很自然地以对称的方式运动，这种运动的方式不仅对称而且富有节奏。"弗朗兹·博厄斯又说："横向对称多于纵向对称的原因，很可能是由于人本身没有上下对称的动作——手臂按照一定节奏上下移动除外，也可能是由于自然界鲜见上下对称的形象。"① 维柯则是从人之本性来认识人的活动和思维方式的，他说，人类心灵的特点就是"把他自己当作权衡一切事物的标准"②。用恩斯特·卡西尔的话来说，就是"人成了宇宙的中心"。③ 如前所说，人为万物之灵，是天地间最完美的生命体。单从外形来看，人体即为完美的对称体，四肢八骸，两两相对。人惊叹于自己身体的完美对称的同时，也以是否对称作为是否完美的标准去以己度物。因此可以说，对偶是人性自然的和必然的要求。

这种对偶思维方式，在一般经验中，大都处于不自觉的隐蔽状态，如列维—斯特劳斯指出，人类各民族普遍具有二分结构，

---

① ［美］弗朗兹·博厄斯著，金辉译：《原始艺术》，上海文艺出版社 1989 年版，第 23、24、26 页。

② ［意］维柯著，朱光潜译：《新科学》，商务印书馆 1989 年版，第 98、201 页。

③ ［意］恩斯特·卡西尔著，甘阳译：《人论》，上海译文出版社 1985 年版，第 155 页。

"对称性是预先规定了的"①，不对称性是由人们制造的。

中国是世界文明古国之一，从近年来考古出来的先民艺术品中可以看出，华夏先民的对偶智慧源远流长。从裴李岗文化、仰韶文化、龙山文化、大汶口文化、马家窑文化、屈家岭文化、河姆渡文化、良渚文化、红山文化等文化遗址出土的陶器、玉器来看，无论是器物本身的整体构造，还是器物表面的图案花纹，其对偶结构是一望即知的。②李泽厚说这些陶器日益发展、种类众多的造型，日益成为这一时期审美—艺术中的核心，"人类不自觉地创造和培育了比较纯粹的美的形式和审美的形式感"。"劳动、生活和自然对象和广大世界中的节奏、韵律、对称、均衡、连续、间隔、重叠、单独、粗细、疏密、反复、交叉、错综、一致、变化、统一等种种形式规律，逐渐被自觉掌握和集中表现在这里"。③"不自觉地"即谓这些陶器形式美的形成是先民们天性的自然呈现，而"节奏、韵律、对称、均衡……"云云，则是对偶思维形式美的基本内涵。先民们凭其本性在劳动、生活中创造了这些"有意味的形式"。

对偶为美是先民们普遍的文化心理。这一点可以从古典诗词的常用意象可知一二。古典诗词中有些意象反复使用，代代相沿，历久弥新，其中积淀着深厚的民族文化心理。如泰勒所说，它们是一种"文化遗留"，我们"应当把这类事实的材料像历史知识的矿山一样作为开采的对象"。④在古典诗词中，

---

① [法]列维—斯特劳斯著，李幼蒸译：《野性的思维》，商务印书馆1987年版，第41页。

② 王仁湘、贾笑冰：《中国史前文化》，商务印书馆1998年版，第160—188页。

③ 李泽厚：《美的历程》，中国社会科学出版社1989年版，第26—27页。

④ [英]爱德华·泰勒著，连树声译：《原始文化》，广西师范大学出版社2005年版，第57页。

"双鸿鹄"、"双鲤鱼"、"连理枝"、"比翼鸟"、"并蒂莲"、"双飞蝶"、"双鸳鸯"、"双彩凤"等成双成对的自然物象常用来比夫妻的美满幸福,青年男女的情爱甜蜜或者是人们的美好祝愿。总之,是幸福之事、美好之物和甜蜜之情。而相反的是,"草虫鸣何悲,孤雁独南翔"(曹丕《杂诗》)、"孤鸿号外野,翔鸟鸣北林"(阮籍《咏怀诗》)、"片云天共远,永夜月同孤"(杜甫《江汉》)、"孤舟蓑笠翁,独钓寒江雪"(柳宗元《江雪》)、"缺月黄昏漏未央,一灯明灭照秋床"(王安石《葛溪驿》)、"千里孤坟,无处话凄凉"(苏轼《江城子》)等,或去国怀乡,或政治失意,或夫妻失伴,形单影只,孤苦伶仃,举目无亲,无援无助,处境凄凉,前路茫茫……总之,是悲惨之事、悲凉之境和悲苦之情。

对偶成双甚至成一种普遍的文化心理和广泛的艺术原则。这一点,前辈学者早有认识。朱光潜指出:"本来各种艺术都注重对称,几上的花瓶,门前的石兽,喜筵上的红蜡烛,以至于墓道旁的松柏都是成双成对。如果是奇零的,观者就不免觉得有些欠缺。图画、雕刻、建筑都是以对称为原则。音乐本来有纵而无横,但抑扬顿挫也往往寓排偶对仗的道理……"①

二 体植必两,辞动有配

《文心雕龙·丽辞篇》说:"体植必两,辞动有配。"对偶思维作为人类的自然本性和思维定式,广泛渗透于汉语言文学组织构造、哲学文化思想和文学艺术之中。和对偶思维本身是人性的自然外露一样,这些领域中的对偶思想和现象也是率然天成,不着人工的。

---

① 朱光潜:《诗论》,三联书店1984年版,第227—228页。

列维—布留尔说，原始人的语言是一种"绘声绘影"[①] 的语言，汉语言一直保持着这种"绘"的象形特征。又由于其所"绘"之形即大千世界本身有许多对称特点的事物，所以表示这些事物的象形文字呈对偶性质则是理所当然了。有学者统计，《说文》所录具有双偶对称性的单体文约 150 个。汉字的双偶合成性，真正的是复体字，其中又以二位会意字和一声一形的形声字为多。这是汉字字形结构的偶对性。在组词上，双音节的语词占绝对统治地位，充分体现了汉语构词的双偶性特征。[②] 语言文字是思维的外壳，汉语言的对偶性反映了汉民族偶对思维的普泛性。西方艺术也素重对称，为什么他们的诗文没有走上偶对的路呢？朱光潜认为这是由于中西文字的性质不同。中文字尽单音，词句易于整齐划一，西方单音字与多音字相错杂，意象尽管对称而语句却参差不齐，不易对称。西文的方法严密，不如中文字句构造可以自由排列颠倒。朱光潜举雪莱的诗以说明之：

Music，when soft voice die，

Vibrates in the memory；

Odours，when sweet violets sicken，

Live withen the sense then qicken.

诗句的意象尽管对称，但语句却参差不齐，这是由于语言的性质所致。朱光潜还进一步指出，文字的构造和习惯往往能影响思想。用排偶文既久，心中就于无形中养成一种排偶的习惯，以

---

① ［法］列维—布留尔著，丁由译：《原始思维》，商务印书馆 1981 年版，第 139、160 页。

② 王作新：《汉字结构系统与传统思维方式》，武汉出版社 1999 年版，第 141、142、153 页。

致观察事物都处处求对称，说到'青山'便不由你不想到'绿水'，说到'才子'便不由你不想到'佳人'。① 这一观点几近萨丕尔的"语言决定论"（linguistic determinism）了。

老子第一个把事物的偶对性上升为哲学的高度，认为宇宙间一切事物皆有正与反两个方面，彼此相反又相互依存："故有无相生，难易相成，长短相较，高下相倾，音声相和，前后相随。"（《道德经》第二章）老子举"有无"、"难易"、"长短"、"高下"、"音声"、"先后"六事为例，推而广之，则天地间万事万物都有矛盾的对立面，都是相对而言的，没有孤立无对的存在。

《周易·系辞上》云："一阴一阳之谓道。"其对立统一的思想也甚为鲜明。万事万物都统一于一根本处即"道"，即"太极"，但"太极"生两仪，两仪即"一阴一阳"。一阴一阳相摩相荡而化生万物，所以万事万物都是矛盾的统一体，都是相对的存在：

> 天尊地卑，乾坤定矣。卑高以陈，贵贱位矣。动静有常，刚柔断矣。方以类聚，物以群分，吉凶生矣。在天成象，在地成形，变化见矣。是故刚柔相摩，八卦相荡。鼓之以雷霆，润之以风雨，日月运行，一寒一暑。乾道成男，坤道成女……

所以万事相对而生、万物相对而立，是天地之大道，宇宙之本根。在圣人先哲那里，两两相对是万事万物的根本规律。

基于人之偶对的天性和万事万物之根本规律，早期诗文的偶

---

① 朱光潜：《诗论》，三联书店 1984 年版，第 228—229 页。

对现象已是顺理成章了。庞垲《诗义固说》上说："天地之道，一辟一翕；诗文之道，一开一合。"天地之道直启诗文之道，天地一辟一翕是自然之理，诗文一开一合亦非人力之功。维柯说："各族人民的这第一首歌是自然地从发音困难引起的"，"这就产生了最初的扬扬格"（一）（即英雄诗格）后来才出现了扬抑抑格（—VV）和抑扬格（V—）。① 而扬扬格即是一种偶对体式。所以，我们可以进一步说，诗之偶对是人之本性的自然呈现。国学大师刘师培在《论文杂论》中亦云："上古之时，未有诗歌，先有谣谚，然谣谚之音，多循天籁之自然。"移之以论早期诗文的偶对现象也完全正确。随着文人诗的出现，诗文的偶对现象才慢慢有意为之。如《古诗十九首》中的"胡马依北风，越鸟朝南枝"已有明显的人工痕迹。后来随着声律论的出现，偶对从自然生发到规范严整，其纯任天机的特点一步步消失。不过还是有许多诗文大家在规矩之内驰骋才华，创造出许多巧夺天工的诗文佳作。偶对本为人之本性，本为一种思维方式，到格律诗则流变为一种艺术手法。本为天性妙流，自然生发，后却流变为人工意求，本色顿消。我们也可以这样说，作为艺术手法的偶对隐含着思维的潜流，是偶对思维极端化的表现。②

　　中国文论本身也是文学作品，其中的言辞之美也是不言而喻的。其偶对之美可推原至诗学之祖《尚书·尧典》："直而温，

---

　　① ［意］维柯著，朱光潜译：《新科学》，商务书馆 1989 年版。

　　② 我们只是谈论偶对思维的自然生成，但并不主张唯偶成文、凡文皆偶。否则就成了清代阮元"比偶成文"说了。（阮元在《文言说》中主张"比偶"结构是使言成文的关键因素："凡偶，皆文也。于物两色相偶而交错，乃得名曰文，文即象其形也。"）对于阮元的偏激，余虹先生指出："这种历史原因（便于记忆口传）并不就是用韵比偶以使言成文的自明依据，更不是在历来条件下发生变化后的今天何以要用韵比偶以成文的理由。"（余虹：《中国文论与西方诗学》，三联书店 1999 年版，第 51 页。）

宽而栗，刚而无虐，简而无傲。诗言志，歌永言，声依永，律和声。"排偶形式，节奏明快，堪称文论偶对之祖。后世文论独立之后，有两类文体的文论颇具偶对之美。一类是骈体文论，以陆机的《文赋》和刘勰的《文心雕龙》为最。陆机《文赋》中"遵四时以叹逝，瞻万物而思纷，悲落叶于劲秋，喜柔条于芳春"、"谢朝华于已被，启夕秀于未振，观古今于须臾，抚四海于一瞬"、"石韫玉而山晖，水怀珠而川媚"，等等，情韵四溢又偶对工严。刘勰《文心雕龙·序志篇》说："古来文章，以雕缛成体"，一部《文心雕龙》，是用工严的四六文写成，极富文学言辞之美。放在中国文学史上，《文心雕龙》也堪称文学作品的上乘之作。如《物色篇》中的一段：

> 是以献岁发春，悦豫之情畅；滔滔孟夏，郁陶之心凝；天高气清，阴沈之志远；霰雪无垠，矜肃之虑深。岁有其物，物有其容；情以物迁，辞以情发。一叶且或迎意，虫声有足引心。况清风与明月同夜，白日与春林共朝哉！

这段文字一如刘勰《文心雕龙·丽辞篇》所说是"丽句与深采并流，偶意共逸韵俱发"。对一个没有古文论知识背景的人来说，绝对想不到这华彩亮丽的文字出自《文心雕龙》，还会以为是哪位山水大师的生花妙笔呢。中国文论另一类具有偶对之美的体式当然要数论诗诗了。论诗诗这一体式滥觞于杜甫《戏为六绝句》，中经金代元好问《论诗绝句三十首》，到清代则蔚为大观。郭绍虞、钱钟联、王遽常编有《万首论诗绝句》，全书四册计 1830 页，收有论诗绝句一万多首。这还仅仅是论诗绝句的数量，若加上其他体式的论诗诗，论诗诗将更为可观。论诗诗之美学高峰，我们以为司空图的《二十四诗品》当之无愧。二十四品即二十四首诗，精妙绝伦。中国文论本身体式、言辞之偶对之美，也说明偶对已不单纯是一种修辞，更是作为一种思维方式已渗透到文论家的头脑当中。他们在说文论理的同时也在有意无意地创造美的语言和体式。

我们还可以从中国文论常用的系列概念和范畴来认识其偶对思维。中国文论中有一系列两两相对的理论术语，诸如文与质、道与器、华与实、阴与阳、情与景、雅与俗、变与常、奇与正等即是，大量运用于诗文点评之中，表达了一种文质相待，华实相依的思想。我们且看几段文字，一是叶矫然《龙性堂诗话》中的一段话："晏子论乐曰：清浊、小大、短长、疾徐、哀乐、刚柔、迟速、高下、出入、周疏，以相济也，声音之道微如此。"晏子论乐有"清浊"等一系列两两相对又相济的概念，声音之道是如此微妙。有诗乐不分的传统作背景，叶矫然自然认为，诗文之道也应清浊、周疏相间，刚柔、迟速相济。另一段是朱庭珍《筱园诗话》卷四中的一段话：

> 诗人用笔，要提得空，放得下，转得快，入得透，出得轻；又要能刚能柔，能大能小，能正能奇，能使死者生，能使断者续，能使笨者灵，方尽用笔之妙。

这里的"刚柔"、"大小"、"正奇"、"死生"、"断续"、"笨灵"是两两相对却又相济、相克却又相生的概念术语。又如李梦阳在《再与何氏书》中说："古人之作，其法虽多端，大抵前疏者后必密，半阔者半必细，一实者必一虚，叠景者意必二。"一个文笔生动的诗文整体是这些看似矛盾的因素的完美统一，渗入这种观念的是"一阴一阳谓之道"的偶对思维。李梦阳在上文中还说："即如人身，以魄载魂，生有此体，即有此法也。"似乎点出诗文中的偶对思维是"近取诸身"的原始感觉的结果。叶燮《原诗》中有段话值得我们玩味,他以"陈熟、生新"为例,谈到有偶对关系的两个概念相互对待、相对而言的关系:

> 陈熟、生新,二者文义为对待。对待之义,自太极生两仪之后,无事无物不然。日月、寒暑、昼夜,以及人事之万有,生死贵贱,贫富高卑,上下短长,远近新旧,大小香臭,深浅明暗,种种两端,不可枚举。大约对待之两端,各有美有恶,非美恶有所偏于一者也……生熟、新旧二义,以凡事物参之,器用以商、周为宝。是旧胜新;美人以新知为佳,是新胜旧;肉食以熟为美者也,果食以生为美者也;反是则两恶。推之诗独不然乎?抒写胸襟,发挥景物,境皆独得,意自天成,能令人永言三叹,寻味不穷,忘其为熟,转益见新,无适而不可也。若五内空如,毫无寄托,以袭浮辞为熟,搜寻险怪为生;均风雅所摈。论文亦有顺逆二义,并可与参观发明矣。

叶燮说偶对与天地并生,且天地万事万物莫不有对。相对的两端互为条件,相对而立,在一定条件下可以相互转化。

无论是文论的体式,还是文论的概念、范畴的运用,这些都是一望即知,无需多言的。中国文论中更有一种言说,往往是两个作家或诗文现象相对而言、相比而出,如陶谢、李杜、唐宋诗等;甚而多个作家或诗文现象排比而言、排比而出。我们认为,这种言说更隐含着文论家们的偶对思维。如沈德潜在《古诗源》卷十中说:"陶诗合下自然,不可及处,在真在厚;谢诗追琢而返于自然,不可及处,在新在俊。千古并称,厥有由未。陶诗高处在不排,谢诗高处在排,所以终逊一筹。"沈德潜把陶诗、谢诗相比而言，相对而出，各自的特点、不可及处和高处一目了然。古今对李杜诗、唐宋诗的比较言说也是这一理路，例子随在而是，此不详举。这是两个作家或诗文现象相对而言、相比而出。又有多个作家或诗文现象排比而言、排比而出。这样的例子也很多，如徐增《而庵诗话》云："太白以气韵胜，子美以格律胜，摩诘以理趣胜。"方世举《兰丛诗话》"韩如出土鼎彝，土花剥蚀，青绿斑斓；孟如海外奇南，枯槁根株，幽香绿结；卢如脱砂灵璧，不假追琢，秀润天成；李如赵纲珊瑚，临风欲老，映日澄鲜"等即此类。无论是偶比还是排比，作家作品在同一审美视界中，相对而出，相比而成，相映生辉。在对比中最显作家个性特点和互相差异，这是对比的功能和妙处。正如方世举《兰丛诗话》所云："久对亦自有异。"从思维角度来说，文论家们是在"对待"中辨析对象或微或显之特质。张岱年称之为"对待观点"，或曰"对待思维"。[①] 我们称之为中国文论的"偶对思维"或"排偶思维"。

三　玉润双流，如彼珩珮

《文心雕龙·丽辞篇》说："玉润双流，如彼珩珮。"说的是丽辞的偶对之美。前面我们说，偶对是人之天性，在先哲们看来，偶对是万事万物的基本规律。文学作品中的偶对现象一开始也是自然生成，非人工有意为之。基于上述背景，我们对中国文论的偶对思维的理解就顺理成章了。大多数文论家认为，偶对要天工自然，不能过多人工雕琢；精妙的偶对有巧夺天工的美学意蕴。中国文论的偶对可以有两个大方面的理解，一是文论本身的

[①]　张岱年、成中英编：《中国思维偏向》，中国社会科学出版社 2003 年版，第8页。

偶对思维；二是文论家们的偶对思想。前面我们说了古文论批评文体本身的偶对思维，以下我们再说说中国文论家们关于偶对的思想。这方面的思维甚为丰富，观点主张也各有其说，有些意见不尽相同。但从总体来看，以下几点学者们应有共识：

（一）偶对是自然生成的。这一点本应不难理解，因为世界上先有诗，然后才有关于诗的格律（包括偶对规律）的总结，进而人们再以这些总结去对诗的创作进行要求。沈约《宋书·谢灵运传论》说的"高言妙句，音韵天成，皆暗与理合，匪由思至。"即为此意。对于这一点，刘勰也有深刻阐述，《文心雕龙·丽辞篇》说：

> 造化赋形，支体必双，神理为用，事不孤立。夫心生文辞，运裁百虑，高下相须，自然成对。唐虞之世，辞未极文，而皋陶赞云："罪疑惟轻，功疑惟重。"益陈谟云："满招损，谦受益。"岂营丽辞，率然对尔。易之文采，圣人之妙思也。序乾四德，则句句相衔；龙虎类感，则字字相俪；乾坤易简，则宛转相承；日月往来，则隔行悬合：虽句字或殊，而偶意一也。至于诗人偶章，大夫联辞，奇偶适变，不劳经营。

刘勰说，文之为德，"与天地并生"，而天地万物，日月叠璧，山川焕绮，"傍及万品，动植皆文"（《原道篇》）。又说，天造地设之万事万物，"支体必双"，"事不孤立"，而作为取法于天地间万事万物的性灵之物——"心生文辞"有"自然成对"的特点，就已是情理之中的自然之理了。这是刘勰这段话的第一层意思。其次，刘勰以圣人言辞为例，说明丽辞是自然生成而非人工着意之物。他说，像"罪疑惟轻，功疑惟重"、"满招损，谦受益"和易之系辞，都有"丽"的特点，是"圣人之妙思"，或"句句相衔"，或"字字相俪"，或"宛转相承"，或"隔行悬合"。但这些圣人妙言，并非有意营构，而是"率然对尔"，亦即冲口而出，自然生成的。就是后来的早期文人创作，也是"奇偶适变，不劳经营"，亦即因情因景而生，非人着意经营构造而成。清代王寿昌《小清华园诗谈》卷下有一段话，颇得偶对要义：

> 佳句自来难得有偶……皆系兴会所至，偶然而得。强欲偶之，虽费尽苦思，终不能敌，是盖有不可以力争者。然贾浪仙"鸟从井口出"，积累至数年，始得"人自岳阳来"之对。戴叔伦偶得句云"夕阳山外山"，欲以"尘世梦中梦"对之，殊不惬意。偶对郊外，时春雨初霁，行潦纵横，忽得"春水渡旁渡"之对。是知物莫不有偶，亦由人无恒心耳。倘有偶得佳句而不能属对者，宜题于清雅幽浩之处，庭轩花竹之间，常玩味而讽咏之，久之必有悠然来会者。

这段话强调"物莫不有偶"，"佳句难得有偶"，偶对是"偶然而得，而非人力强为之"，不过末尾说到"常玩味而讽咏之"，此亦为"人力强为之"耳，似前后自相矛盾了。从王寿昌主要意思来看，他反复强调"兴会"、"偶然"、"忽"等，还是把握住了偶对乃自然生成的要义的。朱光潜说："由'自然艺术'到'人为艺术'，由民间诗到文人诗，由浑厚纯朴至精妍新巧，都是进化的自然趋势，不易以人力促进，也不易以人力阻止。""声律这样大的运动必定有一个进化的自然轨迹做基础，决不能像妇人缠小脚，是由少数人的幻想和癖嗜所推广成的风气。"[1]

---

① 朱光潜：《诗论》，三联书店1984年版，第223页。

237

第五章 ◆ 中国文论思维的其他特点

朱光潜的意见和中国文论的主要精神是一脉相承的。

（二）偶对有精妙工整之整齐美及抑扬顿挫之节奏美。说起格律，人们往往以沈约的《宋书·谢灵运传》为先导，所谓"夫五色相宜，八音协畅，由乎玄黄律吕，各适物宜，欲使宫羽相变，低昂互节，若前有浮声，则后须切响。一简之内，音韵尽殊；两句之中，轻重悉异，妙达此旨，始可言文。"沈约这些主张，实即讲究诗歌格律，追求节奏和谐之美。所以，人们往往推沈约为格律之鼻祖。我们认为，格律之说要早得很，《尚书·尧典》就有"声依永，律和声，八音克谐，无相夺伦"。如此，《尚书·尧典》既是诗学之祖，也是格律说之祖。① 《尚书·尧典》就指出了声律之和谐之美。由于有上古诗、乐、舞不分的巫风巫俗为背景，《尚书·尧典》的这一段论述富于原始感觉和诗性意味。② 由此我们也可知，对于以节奏和谐为基本内涵的"声律"的要求是远古先民们就有的原始感觉和近乎"本能"的追求，是人类诗性向往的自然流露。后世的诗学，人们从总结声律到严格要求声律，只是这种诗性向往在诗歌艺术这一富于人文意味的领域中的自然外现而已。

偶对是声律论的一项重要内容，偶对之美亦是格律之美的应有之义。作为自然生成的偶对，《诗经》中大量运用双声、叠韵，就有音韵铿锵之美。李重华《贞一斋诗说·诗谈杂录》说："以某所见，叠韵如两玉相扣，取其铿锵；双声如贯珠相联，取

---

① 清人王士禛已点出这一层信息："《尚书》云：'诗言志，歌永言，声依永，律和声。'此千古言诗之妙谛真诠也。故知志非言不行，言非诗不彰，祖诸此矣。"（《师友诗传录》）

② 张杰先生指出："'诗言志'说最初是作为一个巫术文化命题而提出的。""舜帝所提出的这种通过巫术仪式来求得人与自然相通相合的希望与要求，是中国原始巫术仪式的一个最基本的主题。"（张杰：《心灵之约》，武汉大学出版社2001年版，第53—55页。）即指出《尚书·尧典》中的这段话的原始诗性特征。

其宛转。"偶对之美更多地体现在近体诗上。谢榛《四溟诗话》卷一说："凡作近体,诵要好,听要好,观要好,讲要好。诵之行云流水,听之金声玉振,观之明霞散绮,讲之独茧抽丝。此诗家四关,使一关未过,则非佳句矣。"所谓"诵要好,听要好,观要好,讲要好",实即绝句之精妙工整美和抑扬顿挫之节奏美。节奏美是"诵"、"听"、"讲"的范畴,工整美是"观"的范畴。近体偶对之美,如以一字概括,即以"工"为美。"工"在古代诗论中有精工、善于等义,大量用于评诗论诗,成为诗学中的一个重要概念。如叶梦得《石林诗话》卷下:"诗语固忌用巧太过、然缘情体物,自有天然工巧,虽巧而不见刻削之痕。老杜'细雨鱼儿出,微风燕子斜',此十字,殆无一字虚设。"又如胡应麟《诗薮·外编》卷四云:"沈宋之精工。""工"美虽不见刻削之痕,但究自人力,终不可过分求之,非大家妙手不能为。如杜甫工于七律,李白则工于绝句,皆巧夺天工,得后人推赏。《诗薮·内编》卷六云:"杜之律,李之绝,皆天神诣。"

诗歌有音韵铿锵之节奏美,其他文体也力求偶对之美。《文心雕龙》所谈文体中诗、赋、颂、铭、章表等诸多文体都有偶对之美。如章表就要求"引义比事,必得其偶"(《文心雕龙·章表篇》)。

(三)偶对要以自然、情韵为美,拘于形式,不顾情韵的偶对是受人批评的。严羽《沧浪诗话·诗评》云:"唐人七言律诗,当以崔颢《黄鹤楼》为第一。"从格律要求来说,律诗的颔联和颈联应为对偶。崔颢《黄鹤楼》一诗颈联"晴川历历汉阳树,芳草萋萋鹦鹉洲"无疑对仗工整,但颔联"黄鹤一去不复返,白云千载空悠悠"却并不工严。虽如此,严羽仍推之为唐律第一,可见严羽并不严守规律。此诗亦古亦律,大巧若拙,气格雄健,寄情高远,推之为唐人七律压卷,足见严羽识力。胡应鳞《诗薮》说:"律诗大要,体格声调,兴象风神而已。"许学夷《诗源辩体》亦云:"唐人律诗以兴象为主,以风神为宗。"严羽正是推崇《黄鹤楼》的兴象玲珑、风神自然,而不是格律工严。

格律诗的格式虽在沈、宋时就定了下来,但后人难以全面遵守。直到清初王士禛作《律诗定体》,律格成为谱式。格律是诗歌创作实践的总结,自有其内在的审美规律,但以之为清规戒律则无疑限制了诗情的发挥。徐增《而庵说唐诗》说:"诗之约束人者,莫若律也。"中国诗歌越发展到后期,人们对格律的要求越呆板,就越限制诗歌发展,当然批评指责声就越多。此举两例。王夫之论诗,主张因景因情,即景会心,所以反对偶对格律也反对拘泥形式。他在《姜斋诗话》卷下说:

> 对偶有极巧者,亦是偶然凑手,如"金吾"、"玉漏"、"寻常"、"七十"之类,初不以此碍于理趣,求巧则适足取笑而已。贾岛诗"高人烧药罢,下马此林间"。以"下马"对"高人",噫!是何言与!

极巧之对,是自然生成,即"偶然凑手",亦富理趣,如一味求对求偶,苦吟高手如贾岛也难免闹笑话。钱泳《履园谭诗》则从人之本性、天分来谈格律:

> 余尝论诗无格律,视古人诗即为格,诗之中节者即为律。诗言志也,志人人殊,诗亦人人殊,各有天分,各有出笔,如云之行、水之流,未可以格律拘也。故韩、杜不能强作王、孟,温、李不能强其作韦、柳,如松柏之性,傲雪凌霜;桃李之姿,开花结实。岂能强松柏之开花,逼桃李之傲

雪哉？《尚书》曰："声依永，律和声。"

钱泳认为，诗之格律限制人之个性发扬，见识颇为深刻。前面我们说过，偶对是人之本性，为此，偶对才成为一种思维方式。但偶对又不能当金科玉律，死守格律就是"强松柏之开花，逼桃李之傲雪"，是写不出行云流水的诗来的。源于人之本性的偶对思维，在古今中外各种艺术的审美诉求中都有所呈现。具体化为一种艺术手法时，在中国的近体诗中得以极端体现。中国文论中的偶对思维突出，其偶对思想也丰富，值得我们进一步探讨。

第三节 万物有灵与中国文论的生命模式

关于中国文论生命化的问题，其实并不是什么新鲜话题。20世纪 30 年代，钱钟书先生在《中国固有的文学批评的一个特点》一文中就指出，中国古代文学批评有"把文章通盘的人化或生命化"、"把文章看成我们自己同类的活人"的特点。他还指出："人化文评不过是移情作用发达到最高点的产物。"① 钱先生没有探寻现象的历史源头。半个世纪以后，吴承学先生对这个问题又作了充分地展开和精彩的论述。他说："文学批评中的'生命之喻'，从哲学上看，是受了中国古代'近取诸身、远取诸物'（《周易·系辞上》）的象征性思维方式影响而产生的，以人拟文正是'近取诸身'的自然而然的结果；从文化背景上看，生命之喻所接受的影响是多方面的，如古代的中医理论、汉代以

---

① 本文原载 1937 年《文学杂志》第 1 卷第 4 期。此处转引自周振甫等编《〈谈艺录〉读本》附录，上海教育出版社 1992 年版，第 391—404 页。

后的相术和人物品评等。"① 放在人类学的视野中，我们认为，中医、相术、人物品评都是人类社会文化发展的"流"而不是"源"。我们应从更远处去探根寻源。人类文化学研究表明，原始思维的重要特征就是世界万物的人格化。在人类儿童时代，万物皆有灵，这是诗性地把握世界和领悟世界的生动方式，也是后来的文学生命化的真正源头。只有把握住了这一源头，我们才能真正理解文学生命化的本质特征。

一　以己度物、万物有灵

19 世纪兴起的人类学，使人们对原始人类的精神文化现象有了越来越深入的认识。万物有灵，就是被众多人类学家讨论过的原始人类的精神现象之一。被称为"人类学之父"的英国人类学家爱德华·泰勒在其代表作《原始文化》中从第十一章至第十七章用了共七章的篇幅来讨论万物有灵观（animism）。泰勒认为，作为灵魂和精灵普遍信仰的万物有灵观，是原始人类的最显著的特点。他说，万物有灵观是原始人的"哲学基础"。"我们看来没有生命的物象，例如，河流、石头、树木、武器，等等，蒙昧人却认为是活生生的有理智的生物，他们跟它们谈话，崇拜它们，甚至由于它们所作的恶而惩罚它们。""每一块土地、每一座山岳、每一面峭壁、每一条河流、每一条小溪、每一眼泉水、每一棵树木以及世上的一切，其中都容有特殊的精灵。"泰勒进一步指出："在原始宗教里，物品被看作是赋有像人一样的生命的。"即万物都打上了人的烙印，有像人一样的情感生命活动。泰勒说："人如此经常地把人的形象、人的情欲、人的本质

---

① 吴承学：《生命之喻——论中国古代关于文学艺术人化的批评》，《文学评论》1994 年第 1 期。

妄加到自己的神的身上，因而我们能够称它为与人同性同形之神，与人同感同欲之神，最终是与人同体之神。""人是神的典型、原型。"①

与泰勒不谋而合的是，意大利的维柯在探讨各民族的共同本性时，发现"把自己当作权衡一切的标准"是人类的共有本性。他说，诗性思维"就是赋予感觉和情欲于本无感觉的事物。儿童的特点就在把无生命的事物拿到手里，戏与它们交谈，仿佛它们就是些有生命的人"。这是一种"以己度物的方式"。②

法国的列维—布留尔虽然反对用"万物有灵"这个词，但在他描述原始思维的特征时，观点实际上与泰勒很相似。"我们不能在原始人的集体表象中发现任何东西是死的、静止的、无生命的。有足够的证据证明，所有的存在物和所有的客体，甚至非生物、无机物，甚至人的手制作的东西，都被原始人想象成能够完成最多种多样的行动并能受到这些行动的影响。""到处存在着生命和力量的本原。"③ 这一点跟我们中国的先民们的世界观相似。在我们的先民们看来，宇宙万物处于一个生生不息、相生相续的生命系统之中。《易·系辞上》说："生生之谓易。"《系辞下》说："天地之大德曰生。"又说："天地氤氲，万物化醇；男女构精，万物化生。"德国的恩斯特·卡西尔也认为，在原始人"关于自然与生命的概念中，所有这些区别都被一种更强烈的情感湮没了。他们深深地相信，有一种基本的不可磨灭的生命

① ［英］爱德华·泰勒著，连树声译：《原始文化》，广西师范大学出版社2005 年版，第 390、519、553、599、600 页。

② ［意］维柯著，朱光潜译：《新科学》，商务印书馆 1989 年版，第 98、114、115、181、200 页。

③ ［法］列维—布留尔著，丁由译：《原始思维》，商务印书馆 1981 年版，第94—95 页。

一体化（solidarity of life）沟通了多种多样形形色色的个别生命形式"。万事万物都是活泼泼的生命有机体。原始人有"对生命统一体的坚定信仰"。人类生活在一个"生命的社会"之中。同时，人类在理解和表达宇宙万物时，是以自己为中心，"人成了宇宙的中心。用普罗塔哥拉的名言来说就是：'人是万物的尺度，是存在的事物存在的尺度，也是不存在的事物不存在的尺度。'"[①] 在中国的先民们看来，人也是世界的中心，如《说文》云："人，天地之性最贵者也。"《礼记·礼运篇》："人者，其天地之德，阴阳之交，鬼神之食，五行之秀气也。"又曰："人者，天地之心也，五行之端也，食味别声被色而生者也。"《文心雕龙·原道篇》亦谓人"为五行之秀，实天地之心"。泰勒、维柯、列维—布留尔、恩斯特·卡西尔等关于原始人认为万物有灵、人类以己度物的观点，得到现代儿童心理学的验证。瑞士的皮亚杰经过数十年的实验研究，在他的经典著作《发生认识论原理》中说："在儿童的原始宇宙里是没有永久的客体的。""在建构的过程中，在空间领域里，以及在不同的知觉范围内，婴儿把每一件事物都与自己的身体关联起来，好像自己的身体就是宇宙的中心一样——但却是一个不能意识其自身的中心。换句话说，儿童最早的活动既显示出主体和客体之间完全没有分化，也显示出一种根本的自身中心化。"[②] 中西文化的不约而同，进一步证明人类有着相同的"本性"。在人类的儿童时代，各族人民有着相同的诗性思维。

万物有灵，宇宙万物都是活泼泼的生命体。这在现代所谓的

---

① ［德］恩斯特·卡西尔著，甘阳译：《人论》，上海译文出版社 1985 年版，第 135、155 页。

② ［瑞士］皮亚杰著，王宪钿等译：《发生认识论原理》，商务印书馆 1981 年版，第 22—23 页。

文明人眼中，是荒唐可笑之事。但在诗性思维中，这是宇宙万物的本质，是不容争辩的事实。在中国文学中，常常有一些"无理而有情"的言说，如《庄子》中有蜩与学鸠对话，"不知周之梦为蝴蝶与，蝴蝶之梦为周与"，庄周知鱼之乐等"谬悠之说、荒唐之言、无端崖之辞"；杜甫有"感时花溅泪，恨别鸟惊心"的名句；欧阳修有"泪眼问花花不语"等。宇宙万物，花鸟草虫，一飞一走，一动一植，皆是生机妙流的生命体，皆是有情有义之存在。它们如人一样，能说能笑，有爱有恨。这是富于诗性特征的中国文学的生动表达。这些言说，如仅仅从"无理而有情"来解释怕是说不通了。在诗性思维看来，这种表达，既有情也有理。在这一点上，我们古人比今天的理论家们要通达灵动得多：

> 《冷斋夜话》云："丁晋公'草解忘忧忧底事，花能含笑笑何人'，不若东坡'花如识面尝含笑，鸟不知名时自呼'。然丁诗本取唐人涂振《雷塘》诗：'花忆所为犹自笑，草如无道更应荒。'《毛诗》：'焉得谖草？'释者认为谖草可以解人之忧耳。令丁诗乃以草忧底事，何邪？然善论诗者，不当如此"。（见吴开《优古堂诗话》）

《冷斋夜话》为宋代释惠洪撰，在作者看来，善解诗者，应情通万物，花草可以如人一样，亦有其忧亦有其笑。视物如己，心物一体，正是中国文论的诗性智慧之所在。

二　诗如人身，巫医不分

张谦宜在《絸斋诗谈》卷三云："身既老矣，始知诗如人身，自顶至踵，百骸千窍，气血俱畅，才有不相入处，便成病痛。"陆时雍《诗镜总论》比谢玄晖诗"如洞庭美人，芙蓉衣而翠羽旗，绝非世间物色"。又比汉代梁地歌谣如"绝代之佳人"。吴雷发《说诗管蒯》称："山谷谓俗不可医。余谓好诗乃是俗人之药。"承续着悠远厚重的诗性文化，中国文论视文学为人身，有头有足，有皮有骨，有血有肉，有神有脉，活脱脱一个生机盎然的生命体，其中也透露出远古时代巫医不分的诗性烙印。我们可以从概念术语、整体言说和人类学渊源等方面来讨论这个问题。

先说中国文论的概念术语。吴承学指出："可以毫不夸张地说，关于人体的基本术语，大致都可以在文学艺术批评术语中找到。"① 我们试从人身从头到脚四肢百骸的顺序来举例说明，如头脑的隐喻：主脑、首联；人眼的隐喻：诗眼、眉目；皮毛的隐喻：皮相、肤根、肌肤；骨架的隐喻：风骨、筋骨、气骨、骨髓；血肉的隐喻：血脉、血肉、肌理；人体状况的隐喻：精神、老、嫩、肥、瘦、病、瘘、健、壮、弱、死、活、生，等等。这些都是把文学艺术人化的隐喻，用维柯的话来说，就是"用人体及其各部分以及用人的感觉和情欲的隐喻来形成的"。②

建立在基本概念和术语人化基础之上的中国文论的整体言说，更能反映中国文论把文学生命化的倾向。中国文论在整体描述文学时，犹如在描述一个生机勃勃的大活人，如颜之推《颜氏家训·文章》云："文章当以理致为心贤，气调为筋骨，事义为皮肤，华丽为冠冕。"《文心雕龙·附会篇》云："夫才童学文，宜正体制。必以情志为神明，事义为骨髓，辞采为肌肤，宫

① 吴承学：《生命之喻——论中国古代关于文学艺术人化的批评》，《文学评论》1994 年第 1 期。
② ［意］维柯著，朱光潜译：《新科学》，商务印书馆 1989 年版，第 200 页。

商为声气。"《体性篇》中也说:"辞为肤根,志实骨髓。"杨载《诗法家数》中说:"句中要有字眼,或腰、或膝、或足,无一定之处。"读这些文论,我们能生动地感受到,在中国文论家们心中,文学是多么富于生机的灵性物。如此视文,方才真正把握住了文学作为人学的精髓;如此视文,方才真正地把握住了文学与生生不息的大千世界血肉相连的真谛;如此视文,方才真正承继了千百万年以前人类就有的"不知何者为我,何者为物"、"物我一体"的诗性智慧。

文学的生命化受中医的影响是显而易见的。但如果进一步追问,则我们仍可把源头追溯到遥远的原始社会。因为在原始社会,巫医合而为一,巫即医,医也是巫。泰勒认为,在原始社会里,生病即中魔,即鬼附身,"身体的各个部分——额、胸、胃、足等——属于各种不同的神,这些神派给它们不同的痛苦和病症"。而要医治疾病,"驱除精灵是反对疾病的最好方法",即通过实施各种巫术。泰勒特别提到中国,他说:"一般的巫术手段在中国是很普遍的,其中主要是巫婆。"后来巫术逐渐被现代医学所取代,"中魔论是低级文化的产物,它被高级的医学逐渐代替了"。"生物病理学也逐渐占据了万物有灵观的病理学的地位。"①

列维—布留尔也指出,在原始社会,"疾病永远被认为是由各种各样的神灵引起的"。"正是关于疾病的神秘观念才引起了采用神秘手段来治病和驱走病魔的需要。"即占卜和各种巫术。"如果说经常把医生与巫师混为一谈,那是由于莫利(mori)(药)的概念非常模糊。莫利不仅是治病的药草,而且还是各种

---

① [英]爱德华·泰勒著,连树声译:《原始文化》,广西师范大学出版社2005年版,第506—507、513—514、518页。

巫术手段，其中也包括改变人的意志的手段。"①

巫医不分，在古代中国也很明显，这一点不难在古代文献中找到记载。《论语·子路》有："南人有言曰：'人而无恒，不可以作巫医。'"韩愈《师说》中也有"巫医乐师百工之人"的句子。②巫是古代称能以舞降神的人。《国语·楚下》"在男曰觋，在女曰巫。"古有"巫史"，"巫臣"之官，地位颇高。巫后来分化，一支专事装神弄鬼之事，是为巫蛊；一支即治病救人，中医即源于此。由于中医关乎人的性命安危，对人的思想自然产生很大影响。中医学上的许多术语，在中国文论中广泛使用，如脉、病、关格等。

"脉"本指人或动物的血管。中医诊病叫诊脉、把脉。文学如人身，是一个生命体，自然也有脉。在中国文论中，我们不难看到这一术语：有义脉："义脉不流，则偏枯文体"（《文心雕龙·附会篇》）；有语脉："《阆中歌》，辞致峭丽，语脉新奇，句清而体好"（张表臣《珊瑚钩诗话》卷二）；有文脉："文脉贯通，意无断续，整然可观"（杨载《诗法家数》）；有血脉："须要血脉贯通"（杨载《诗法家数》）、"血脉欲贯通"（同上）、"有以血脉论者"（范德机《木天禁语》）等。血脉是人的生命线，也是文章的生命线，所以要求文章血脉贯通，不能堵塞，否则，在人，是有病之人；在文，则是有病之文。

病是医学常用字眼，中国文论中也常用。范德机《木天禁语》里说："古今论著，类多言病而不处方，是以沉痼少有疗

---

① ［法］列维—布留尔著，丁由译：《原始思维》，商务印书馆 1981 年版，第 256、262 页。

② 林惠祥说，在原始社会"各处的'巫师'（doctor-magician）的法术常佐以真的药剂，并且巫师与药剂师也很常为同一人"。（林惠祥：《文化人类学》，商务印书馆 1991 年版，第 62 页。）

日，雅道无复彰时。"吴可《藏海诗话》中有所谓"有形病"和"无形病"一说："凡可以指摘镌改者，有形病也。混然不可指摘，不受镌改者，无形病，不可医也。"陆时雍《诗镜总论》一言以蔽之，概括了晋人的种种病症："士衡病靡，太冲病憔，安仁病浮，二张病塞。语曰：'情生于文，文生于情'，此言可以药晋人之病。"如此，晋人普遍犯病，好在还有药可救。毛先舒《诗辨坻》卷一云："瘵者，病也。望之肤立，按之无脉，如呻吟之音，虽长逾促，谓之细甚，是曰诗瘵。"此是论有病之诗，亦是论有病之人。

"关格"在中医指阴阳失和之症。《素问·脉要精微说》："阴阳不相应，病名曰关格。"《灵枢经·脉度》："阴阳俱盛，不得相营，故曰关格。关格者，不得尽期而死矣。"文学也主张阴阳调和、中和之美，否则也是不治之症。王夫之《姜斋诗话》说："至若晚唐饾凑，宋人支离，俱令生气顿绝。'承恩不在貌，教妾若为容。风暖鸟声碎，日高花影重。'医家名为关格，死不治。"

中医还有许多术语直接引入中国文论，此不赘。对中国文论影响更大的是中医的思维方式，如整体思维、感觉思维等。吴承学说："古代文学批评也受古代医学思维方式……的影响。"中医讲："望而知之"，"中国古代文学批评对批评对象也常常是望而知之的"。[①] 此言甚是。

汉代以后的相术和人物品评，固然对中国文论的生命化影响很深。但如果追究相术和人物品评的渊源，那也不是汉代才有的事，而是原始文化浸染的结果。相术源于原始社会就有的占卜之

---

① 吴承学：《生命之喻——论中国古代关于文学艺术人化的批评》，《文学评论》1994 年第 1 期。

术。泰勒说，原始人的占卜术中就有"手相术"："按照手掌的线条来探求'幸福线'和'生命线'……按照指甲上的黑点来预言忧伤和死亡。"① 列维—布留尔也说，在原始社会，"没有什么风俗比占卜的风俗更普遍的了"。② 在中国古代占卜之术也很盛行。《书·召诰》云："成王在丰，欲宅洛邑，使召公先相宅。"《传》云："相所居而卜之。"相，即占视。古代有所谓"相人"，即观察人的形貌以占测其命运。《左传·文元年》云："王使内史叔服来会葬。公孙叔闻其能相人也，见其二子焉。"③相人之术，即后代之相术。《三国志·魏·朱建平传》："善相术，于闾巷之间，效验非一。"所以说，相术对中国文论的影响，从其根源来说，还不如说是占卜之术对中国文论的影响。从一个人的长相可以测其命运，在中国文论中，从一个人的长相则可以测其文风。如《文心雕龙·时序篇》说曹丕、曹植兄弟俩一个"妙善辞赋"，一个"下笔琳琅"，这是说他们的文才。又说兄弟俩"体貌英逸"。刘勰似有意点出其中长相与文风的关系。陆时雍《诗镜总论》说："凡骨峭者音清，骨劲者音越，骨弱者音庳，骨微者音细，骨粗者音豪，骨秀者音冽，声音出风格矣。"此处"骨"指骨相，不同的骨相，有不同的文风，以相貌取文，说到底是"文如其人"的偏激，自有其不合理之处，但在诗性思维中，这是合情合理的。

---

① ［英］爱德华·泰勒著，连树声译：《原始文化》，广西师范大学出版社2005 年版，第103 页。

② ［法］列维—布留尔著，丁由译：《原始思维》，商务印书馆1981 年版，第280 页。

③ 《史记》中有许多此类事例，如《范雎蔡泽列传》中说蔡泽早年"从唐举相"。《淮阴侯列传》中说齐人蒯通以相人之术说韩信："贵贱在于骨法，忧喜在于容色……"这些都说明相术在中国古代的盛行。

三 生气远出，不着死灰

司空图《二十四诗品·精神》云："生气远出，不着死灰。"中国文论中文学的生命化体现的文学观念，一是整体观，在整体思维一节我们已经说过；二是对生命活力、勃勃生机的向往。我们这里说说第二个方面。黄子云《野鸿诗的》喜以"精、气、神"论诗："导引之术，曰精气神，诗之理亦然。"又说："从摇扬而得者，其诗也神；从锤炼而得者，其诗也精；从鼓盪而得者，其诗也有气。""导引之术"为中医之养生术，人之生命力无非表现为精、气、神，文之生机亦无非表现为精、气、神。下面我们就说说中国文论中精、气、神的原始感觉和诗性特征。

先说"气"。泰勒说："呼吸的动作是活着的高级动物所特有的。呼吸的停止跟生命的停止是如此紧密一致，以至于人们很自然地习惯于把呼吸跟生命或灵魂看做是一个东西。""呼吸气息逐渐过渡到用来表示'生命、灵魂、智慧、动物'。"① 在中国，"断气"也可表示生命的结束。在中国文论中，气是作家、作品的生命体征。由"气"构成的概念有：血气、刚气、柔气、阳气、阴气、体气、生气等。《典论·论文》就有"文以气为主"的著名观点。历代以气论文者不计其数，大致都指作家、作品的生命体征。② 如叶燮《原诗》中说：

---

① ［英］爱德华·泰勒著，连树声译：《原始文化》，广西师范大学出版社2005年版，第353—354页。

② "气"是极富原始感觉的词语，至于什么是气呢？又很难说清楚。列维—布留尔说这类词语时说："以要求严格确定的、有一定内涵和外延的概念的逻辑思维的观点看来，实际上是可以提出这样的问题的。但原逻辑的推理并不感到有这个需要，尤其是谈到那些既具体的又是非常一般的集体表象。"如"瓦康"一词即是如此。列维—布留尔说："瓦康乃是一种神秘的东西，任何东西可以视情况与它互渗和不与它互渗。""可以把瓦康比之为一种循行于一切存在物中并作为一切生物的生命和力量的神秘本原的流质。"（［法］列维—布留尔著，丁由译：《原始思维》，商务印书馆1981年版，第280页。）中国的"气"也是这类词语，也可作如是解。

　　文章者，所以表天地万物之情状也。然具是三者，又有
总而持之，条而贯之者，曰气。事、理、情之所以为用，气
为用也。譬之一草一木，其能发生者，理也。其既发生，则
事也，既发生之后，夭娇滋植，情状万千，咸有自得之趣，
则情也。苟无气以行之，能若是乎？又如合抱之木，百尺千
霄，纤叶微柯以万计，同时而发，无有丝毫异同，是气之为
也。苟断其根，则气尽而立萎，此时理、事、情俱无从施
矣。吾故曰：三者借气而行者也。

　　一草一木，根断则气断，气断则立萎。文章也如此，也要有
"气鼓行于其间"。

　　精，古指生成万物的灵气。《庄子·在宥》："吾欲取天地之
精，以佐五谷，以养民人。"这是一个富于原始智慧和诗性精神
的理念。泰勒指出，原始人把"灵魂或精灵都看做是生命之
源。"他举例说："在俄勒冈河（Oregon River）沿岸的萨利什部
族的印第安人把精灵看做是跟生命的主宰不同的东西，它能在病
人完全不觉察的短暂时期离开肉体。但是为了避免死亡的后果，
精灵应当尽可能快地回来，因此，巫医就以隆重的形式使它通过
病人的头回到原处。"[①] 在原始人看来，一草一木，一飞一走都
有"精"；"在棍棒、石头、武器、船、食物、服装、装饰品及
其他物品中有特别的灵魂。"[②] 在中国文论中，精和神常合在一
起，称"精神"，下面来说"神"。

---

　　① ［英］爱德华·泰勒著，连树声译：《原始文化》，广西师范大学出版社
2005 年版，第 357 页。
　　② 同上书，第 389 页。

神，原意指"天神、神灵"。《周礼·春官·大司乐》："以祀天神。"也指人死后的魂灵，后又指事理玄妙神奇。这也是一个极富诗性特征的理念。泰勒指出，原始人类"其头脑中充满了关于灵魂、恶魔和天神的最生动的概念"。① 对神的崇拜是他们的基本宗教。神的观念在中国古代太普遍了，连孔夫子也说："祭神如神在。"在中国文论中，我们常看到诸如"下笔如有神"、"如有神助"、"无迹而神"之类的赞叹，不难看出其中原始思维的烙印。"神"和"精"在中国文论中常合在一起，指作家作品的强旺生机。如："彼世之但知学为'九天阊阖'、'万国衣冠'等语，果盛唐之真面目真精神乎？"（何世琪《然镫记闻》）司空图《二十四诗品》单列"精神"一品，生命力强旺的作家，其作品充满生机，充满活力，充满希望，如"奇花初胎"，如"青春鹦鹉"。

对生的向往，对死的恐惧，是人类与生俱来的本性。在中国文论中，对生机、生命的向往也是如此执著。"诗犹一太极也，阴阳万物于此而生生，变化无穷焉。"（黄子云《野鸿诗的》）在中国文论看来，文学与生生不息的天地同在，与生机勃勃的大自然同在，与日新日日新的人文世界同在。《文心雕龙·原道篇》说"文之为德"与天地并生，如果说"天地之大德曰生"，那么我们可以说："文学之大德曰生。"

---

① ［英］爱德华·泰勒著，连树声译：《原始文化》，广西师范大学出版社2005年版，第343、347页。

结　语

地方性知识:他者
视野中的中国文论

　　"地方性知识"(local knowledge)是美国著名的阐释人类学家克利福德·吉尔兹(Clifford Geertz)提出的一个知识理念。[①]在全球化时代,用"地方性"这一新的知识理念去审视像中国文论这样具有民族文化特质的知识,无疑会有许多新的启示。"地方性"的知识理念要求多元视角、他者眼光和本土根性。我们用源于西方的"原始思维"的知识理念来分析我国的中国文论,本身就是一种多元视角中的他者眼光。我们探讨中国文论的诗性智慧,也是基于本土经验的结果。因为有着几千年连续文化的独特背景,所以对中国文论来说,在一定程度上其诗性即其地方性。我们高扬其诗性智慧,也是持地方性的知识立场。在世界经济一体化的趋势中,要坚持文化包括文论的多元并存;在他者眼光中,要坚守本土文论的鲜明个性;在欣赏他者的同时,要有文化持有者的恒久自信。在现代人类日益陷入物质主义困境的今天,逝去久远的诗性生存越来越成为人们向往的精神家园。

---

　　① 〔美〕克利福德·吉尔兹著,王海龙等译:《地方性知识》,中央编译出版社2004年版。

一　全球化时代诗性的意义

20 世纪后期，人类进入"后现代"社会。其社会文化的主要特点有三个：史无前例的世界人口的全球大循环（via mass transit），信息量的爆炸性大融会（via computers & telecommunications）以及各种主张和思想通过现代科技的跨时空传播（Via mass media）。各民族文化在日益增长的互动中向着"全球村"（global village）的思想看齐。于是，知识的全球性和地方性冲突日益明显。后现代是对"现代"意义上理性思维的一种反叛，它怀疑和反思自 19 世纪乃至工业革命以来的现代性和理性世界。后现代的观念认为，世上不存在"总体理论"、"全人类性"、"放之四海而皆准"（universally recognized）之类普遍性知识。在这种新观念下去重新审视世界各民族的文化，人们必然从笼统宏观（global）回到"地方性"（local）的立场。正是在这样的文化背景下，吉尔兹提出了"地方性知识"这一理念。

中国文论的地方性特点是显而易见的。我们可以从文化渊源、文论本身等方面来认识中国文论的地方性。从文化渊源来说，华夏民族几千年来就一直作于斯息于斯，中华文明成为世界上硕果仅存的古老文明，远古神话般的诗性文化代代相续且至今生生不息。仅从这一点，中华文化本源地成为极富民族特点、个性的文化。进入文明社会以后，远古诗性文化又融入儒、道、佛及禅宗文化，使中华文化成为既有诗性灵气又有理性智慧的文化。而承载这种文化的主要工具——汉字，更是中华先民们的诗性创造。文化背景的独特性，先天地赋予中国文论地方性的特点。

因为有着几千年连续文化的独特背景，在某种程度上中国文论最大的"地方性"即其"诗性"。我们可以从文学理论层面来认识。从概念范畴来说，在中国文论中，有许多概念范畴，在古人言说的具体语境中，是"文化体系的常识"。① 无需多言，处于同一文化语境的读者自然能心领神会。"一个懂行的读者一眼就能识别出来，绝不会跟另一个形容词混淆。"② 如今人所谓"文"，中国文论中就有"言"、"辞"、"文"、"学"、"论"、"说"、"书"等十几种别称，同一称呼会因时因人因文而含义有别，但这并不影响中国文论在具体语境中的言说和接受。时过境迁，今天的人们读中国文论已有隔世之感。从文体来说，中国文论有散体，也有骈体、诗体，不同文体有各自不同的语体要求。对处其语境的当时人来说，也许是常说的通识，不需言传亦能会意。但译成现代汉语则不伦不类，滋味顿消。要译成外语，则韵味全无。从文论作者来说，中国文论大多是作家论文学，是赋家论赋，诗人谈诗，词家言词，曲家品曲，小说家点评小说，不像西方多哲人论文，故中国文论多诗性文体。作家论文学，因为亲力亲为，深得其中三昧，言虽不多，却多中肯之言。从思维来说，中国文论重整体把握，偏于感悟直觉，其思维的诗性特征明显，有别于西方重逻辑分析的一路。

我们认为，从文学理论上来认识中国文论的诗性，对学科而言固然重要。但我们可以从更高层次更广泛的意义上来理解其重要性。在全球化时代，中国文论的"诗性智慧"对我们启示意义最大的是其精神境界和生存理念。这是我们思考中国文论地方性的现实人文关怀和当下立足点。李建中先生指出："随着社会

---

① 〔美〕克利福德·吉尔兹著，王海龙等译：《地方性知识》，中央编译出版社2004年版，第93页。

② 〔美〕宇文所安著，王柏华、陶庆梅译：《中国文论：英译与评论》，上海社会科学院出版社2003年版，第222页。

的进化和科技的发展，工业及后工业文明在销蚀自然生态的同时也有销蚀人类的原始感觉，在使人'现代化'的同时也在使人物质化和平面化。文明社会原始感觉的丢失，说到底是艺术感觉或神话思维的丢失。"① 放眼中国文论家们的生存，其心地何其宽广，进可以安邦定国，退可以独养身心，宠辱不惊，去留无意，无论穷达都能在自己的学术天地里精心营构，退避尘氛，潜心索道。相比之下，忙忙碌碌的现代人，俗务缠身，机心满腹，文人应有的诗性和优雅所剩无几。从这个意义上来说，中国文论的诗性智慧不仅仅是文学的智慧，更是生活的智慧和人生的智慧。

单就文学层面来说，我们也可以从中国文论中吸取无尽智慧。知识理性时代，文论写作如机器大生产，模式化，平面化。千言万语却灵气顿消，个性全无。我们这代人或许要成为后世的笑柄。后人会惊叹："这些人写文章怎么都是几个版面呢？一个字不多，一个字也不少。"刘勰早就说："去留随心，修短在手。"（《文心雕龙·附会篇》）东坡先生也说："行于所当行"、"止于所不可不止。"（《答谢民师书》）文情文思，千变万化，怎么可能都是相同的篇幅、相同的版面呢？面对古人的诗性文字，再看看我们自己的格式制作，岂能不汗颜？岂能不悲叹？

二　他者眼光中的诗性

持"地方性"的立场看世界文化，我们看到的是文化世界的丰富性、复杂性、多样性，能避免由世界一体化进程所带来的

① 李建中：《反（返）者道之动——中国文论研究的文化人类学视野》，《文学评论》2004 年第 4 期。

"同"的单调性和枯燥性。吉尔兹以法律为例,强调"世界是一多样化的地方":

> 世界是一个多样化的地方,在律师与人类学者之间的多样化,在穆斯林与印度教之间的多样化,在小传统与大传统之间的多样化,在殖民主义的当时与民族主义的现在之间的多样化,面对这个严肃的现实而不是无力的一般化与不真实的安慰这种糊涂认识中一厢情愿地现实消解,用科学的方式和其他的方式,我们要获得很多很多的认识。①

这是一种文化多元观。不仅法律世界是一个多样化的地方,世间万象也都是丰富多彩的。David Harmon 在其近著《In Light of Our Difference——How Diversity in Nature and Culture Makes Us Human》一书首页引 Jake Bernoulli, Ars Conjectandi 的话说:

> It is easy to perceive that the prodigious variety which appears both in the works of nature and in the actions of men , and which constitutes the greatest part of the beauty of the universe. ②
> (大意是:显而易见的是,自然造化和人类的活动是丰富多彩的。正因为这样,世界才如此美丽。)

正是自然和人类及其活动的丰富性,宇宙才变得如此美丽,这段话说得多好。世界因多样而美丽,文化因多样而生动,文化

---

① [美]克利福德·吉尔兹著,王海龙等译:《地方性知识》,中央编译出版社2004 年版,第 295 页。

② David Harmon, In light of Our Different—How Diversity in Nature and Culture Makes Us Human , 2002, by the Smithsonian Insfifution, p. 1.

多元是人类的必然选择。David Harmon 进一步说：

> Diversity has been with us since life began some 3.9 billion years ago. It has been the backdrop to our own species since the origin of the human mind some million to 100, 000 years ago. If we indeed suffer a devastating loss of variety in nature and culture over the next hundred years or so, the face of the planet will have been changed beyond all our present knowing. And so too—though less obviously, maybe even imperceptibly—will have been the essential humanity of our own species. For the face of humankind is many faces; our voice, many voice. Diversity is the human identity.① （大意是：自从3.9万亿年前有生命开始，就一直存在多样性。自从10万年前人类思想诞生时起，多样性就一直是人类的基础。如果在以后的若干百年中，自然和文化的多样性消失，人类的灾难性后果将超出我们的想象。当然——尽管不明显，甚至无法感觉——多样性仍是人性的根本。因为人类的脸是多样的脸，声音是多样的声音，多样是人类的宿命。）

多元与人类相伴始终，失去多元，人类将遭灭顶之灾。文化的多元是人类的宿命，文论的多元已是题中之意。这里有传统的东西方的多样化。西方中有欧洲与美国的多样化，欧洲也有新欧洲与老欧洲的多样化。东方也有中东、印度、中国、日本、韩国的多样化。中国有古代中国和现代中国的多样化。单就中国文论

---

① David Harmon, In Light of Our Different—How Diversity in Nature and Culture Makes Us Human, 2002, by the Smithsonian Insfifution, p. 72.

来说，多元也是主流。李建中先生指出："借用文化人类学的目光回望中国文论，我们不难发现，即便是在中国本土，文学理论和文学批评的价值取向历代都是多元而非一统。且不说百家争鸣的先秦、通脱任放的魏晋、三教合流的李唐、狂飙突进的晚明，即便是独尊儒术的汉代和理学一统的宋代也并非铁板一块。""几千年的中国文化以儒家为正统为主流，但在文学理论领域究竟是一元还是多元，是儒主沉浮还是各领风骚，其实是需要重新审视，重新评说的。"① 多样化是大千世界的本来面目，多样化也是文论世界的本色，多样化使文论世界变得如此美丽。

吉尔兹在《地方性知识》绪言中写道：

> 用别人的眼光看我们自己可启悟出很多瞠目的事实。承认他人也是有和我们一样的本性则是一种最起码的态度。但是，在别的文化中间发现我们自己，作为一种人类生活中生活形式地方化的地方性的例子，作为众多个案中的一个个案，作为众多世界中的一个世界来看待，这将会是一个十分难能可贵的成就。只有这样，宏阔的胸怀，不带自吹自擂的假冒的宽容的那种客观化的胸襟才会出现。如果阐释人类学家们在这个世界上真有其位置的话，他就应该不断申述这稍纵即逝的真理。②

吉尔兹在这里倡导的是人类学的一个十分重要的原则叫做"文化相对主义"。以这种"文化相对主义"来看待中国文论，

---

① 李建中：《反（返）者道之动——中国文论研究的文化人类学视野》，《文学评论》2004 年第 4 期。

② ［美］克利福德·吉尔兹著，王海龙等译：《地方性知识》，中央编译出版社 2004 年版，第 19 页。

我们也可以启悟出很多"瞠目的事实"。以他者眼光看文论，可以挣脱"我们富有逻辑，你们是糊涂的乡巴佬"一类西方中心主义价值观及其反应定式，也可以挣脱唯我独尊的我族中心主义。我们要忍容差异，采取文化宽容态度。吉尔兹说："我们其实都是持不同文化的土著，每一个不与我们直接一样的人都是异己、外来的。""我们的声音只是许多声音中的一个。"[①] 在西方重逻辑的文论看来，中国的诗性文论是"土著"、"乡巴佬"、"异己"、"外来的"；同样，在中国的诗性文论看来，西方重逻辑的文论也是"土著"、"乡巴佬"、"异己"、"外来的"。中西文论各自都是许多文论之声的一种，只有特质差异，并无精粗高下优劣雅俗之分。正如原始思维可以和逻辑思维并行不悖一样，中西文论也可以并行不悖，也只有并行不悖，融会各种"土著"的声音，才会有动听的文论交响。

以他者眼光看文论，还要尊重他者、理解他者、欣赏他者。西方文论重分析、推理，其概念、逻辑之严密非中国的诗性文论所能比，应是中国文论欣赏学习之处。而中国文论重整体把握，重主观妙悟，其对文学体验之贴切，领悟之细微非西方文论所能比，应是西方文论欣赏学习之处。最近著名学者季羡林断言："21 世纪是东方文化的世纪，东方文化将取代西方文化在世界上占统治地位。"[②] 此论大有增强民族自信心的意思，但有学者颇以为不然。[③] 中西文化为什么非此即彼，而不能并行不悖呢？相对而言，文化相对主义的观点要宽容、稳妥得多。在文论界，多

---

① ［美］克利福德·吉尔兹著，王海龙等译：《地方性知识》，中央编译出版社2004 年版，第 204、295 页。

② 季羡林：《东学西渐与东化》，《青岛大学学报》2005 年第 1 期。

③ 方舟子：《东方文化"统治"世界?》，《南方周末》2005 年 8 月 18 日，第27 版。

年来也有把中国文论推向世界的高调，不说"推向世界"的重重困难，就算有一天中国文论已全面推向世界，甚至"统治世界文论"，掌握了世界文论的话语权，这样的文论世界就一定美丽吗？我们不能肯定。《国语·郑语》引史伯言："声一无听，物一无文。"单一的世界是并不美丽的世界，中华民族的先民们早就有这样预言式的审美宣言。

三　文化持有者的内部眼界与本土自信

他者如何获得对地方性知识的理解呢？吉尔兹在《地方性知识》中提到长久以来困扰人类学家们的一个方法论悖论："内部描写"和"外部描写"、"贴近感知经验"和"遥距感知经验"。吉尔兹说："囿于贴近感知经验的概念会使文化人类学研究者淹没在眼前的琐细现象中，且同样易于使他们搅缠于俗务而忽略实质。但，局限于遥知经验的这类学者也易流于其术语的抽象和艰涩而使人不得其要领。"① 具体的做法有点类似王国维所说的"入乎其内"又"出乎其外"，即把文化持有者的感知经验转换成理论家们所熟悉的概括和表现方式。当然，这是一种非常精微细致的工作。吉尔兹谈的是文化的人类学研究方法问题，移之以论中国文论也有启示意义。我们怎样才能获得对中国文论诗性的理解和把握呢？作为中国文化的持有者，我们不仅要出"中国文论"之外，又要入"中国文论"之内；既要立于今天的文化视野和理论高度，又要回到文论的具体语境。相对而言，我们认为前者较容易做到，而后者则要难得多，也更为重要。我们

---

① ［美］克利福德·吉尔兹著，王海龙等译：《地方性知识》，中央编译出版社2004年版，第73页。

要真正理解中国文论之精髓，首先要返回其语境（哪怕是接近语境）。一部《文心雕龙》"论古今文体"，这跟刘勰依沙门十多年"博通经论"（《梁书·刘勰传》）是分不开的。刘勰到底读过哪些经典，在寒窗孤灯之下与哪些圣贤有过"心灵之约"呢？不弄清楚这些问题，我们能对《文心雕龙》进行"深度描写"吗？历代诗话，其诞生的环境是什么样呢？有的是"平居无事，得以文章为娱，时阅古今诗集，以自遣适"（黄彻《䂬溪诗话》自序）；有的是"日夜钓游时"，"谑浪笑傲"之间（冯去非《对床夜语》序）；有的是"以自娱逸于清湖秀岭烟云出没杳霭之间"（瞿佑《归田诗话》序）；有的是"读经史百家，忽然有悟，朗诵一过，如对宾客谈论，而无迎送之劳"（俞弁《逸老堂诗话》序）……自遣之乐、触感之情、解颐之趣、赏玩之心溢于言表。不了解诗话的这一语境，对历代诗话的思维方式和言说方式能有真实了解吗？

"贴近感知经验"和"遥距感知经验"相结合，对中国文论既有切身体悟又有理论的高远视野。这样才算对中国文论有一些理解和把握，然后把这种理解和把握"用他们本身的方法的逻辑展示，将其用我们的方式来表达出来"。[①] 这样我们不仅能"从本族人的角度向本族人展示本族人的心理"，[②] 又能通过译释这一地方性知识，使其非地方化，从而获得"某种更超过地方性知识的东西。"[③] 对中国文论而言，这是本土化的策略，也是一种世界性的眼光。

持地方性知识的立场，本着文化相对主义，我们看到的是中

[①] ［美］克利福德·吉尔兹著，王海龙等译：《地方性知识》，中央编译出版社2004年版，第11页。

[②] 同上书，第13页。

[③] 同上书，第294页。

国文论的独特诗性，但我们并不主张极端相对主义。我们并不能否认中国文论也有普遍性的特点，它也在探讨文学的一般性规律。我们并不能一味强调其不可通约性，不能说中国文论什么都是"地方的"，什么都是"不可言传的"。^① 持地方性立场是换一角度看看问题，有利于对中国文论特质和规律的理解和探讨，并不意味着本土自信心的丧失，相反，却为本土文论的自信找到了存在的理由。把中国文论视作地方性知识，即肯定其"自有地方特性并与当地人对事物之想象能力相联系"。^② 中国文论源于中国文学的特点和规律，是诠释中国文学最佳的理论样式，自有其文化先天所具有的嬗递性、背景性以及无法言传的民族性和不可替代性。叶燮在《原诗·内篇》中说："夫家者，吾固有之家也；人各自有家，在己力而成之耳，岂有依傍想象他人之家以为我之家乎？"中国文论的"固有之家"在哪里呢？以"地方性知识"这一理念去看待中国文论，我们是真正找到了中国文论安身立命的"固有之家"——诗性智慧。中国文论自古就有一种理论的自信，《文心雕龙·序志篇》中说："有同乎旧谈者，非雷同也，势自不可异也。有异乎前论者，非苟异也，理自不可同也。"面对全球化时代思想趋同的浪潮，中国的诗性文论应自树立，保持自己的理论特质，有一份笑对未来的理论自信。

---

① 余虹先生指出："中国文论之'文'与西方文学理论之'文学'（literature）在概念上的巨大差异，然而这并不妨碍'文'与'文学'都指述一种'语言事实'，也就是说，不管文论与文学理论的差异多么大，从根本上看它们表述的都是有关语言事实的经验和看法，因此，使文论和文学理论得以可能的乃是深藏其中的语言观。"（余虹：《中国文论与西方诗学》，三联书店1999年版，第70页。）

② ［美］克利福德·吉尔兹著，王海龙等译：《地方性知识》，中央编译出版社2004年版，第273页。

参考文献

一　文论及典籍类

四库全书存目丛书本《尚书》，齐鲁书社 1997 年版。

袁珂校注：《山海经校注》，上海古籍出版社 1980 年版。

高明撰：《帛书老子校注》（新编诸子集成本），中华书局 1996 年版。

黄寿祺、张善文撰：《周易译注》，上海古籍出版社 1989 年版。

朱熹注：《四书章句集注》，辽宁教育出版社 1998 年版。

郭庆藩撰：《庄子集释》（新编诸子集成本），王孝鱼点校 中华书局 1961 年版。

郭绍虞、王文生编：《中国历代文论选》（四卷本），上海古籍出版社 1979 年版。

郭绍虞编：《中国古典文学理论批评专著选辑》（包括《文心雕龙注》、《诗品注》、《沧浪诗话校释》等共 20 余种），人民文学出版社。

何文焕编：《历代诗话》（全二册），中华书局 1981 年版。

丁福保编：《历代诗话续编》，中华书局 1983 年版。

郭绍虞编：《清诗话》，上海古籍出版社 1999 年版。

郭绍虞编：《清诗话续编》，上海古籍出版社1983年版。

（清）浦起龙：《读杜心解》（上、下），中华书局1961年版。

郭绍虞：《宋诗话考》，中华书局1979年版。

郭绍虞辑：《宋诗话辑佚》（上、下），中华书局1980年版。

蒋寅撰：《清诗话考》，中华书局2005年版。

张寅彭辑：《新订清人诗学书目》，上海古籍出版社2003年版。

人民文学出版社编辑部中国近代文论选编选小组编选（1981年署为：舒芜、陈迩冬、周绍良、王利器编选）：《中国近代文论选》（上、下），人民文学出版社1959年版。

郭绍虞、钱钟联、王遽常编：《万首论诗绝句》，人民文学出版社1991年版。

伍蠡甫、胡经之主编：《西方文艺理论名著选编》（上、中、下），北京大学出版社1985年版。

［古希腊］亚里士多德著，陈中梅译：《诗学》，商务印书馆1996年版。

［德］黑格尔著，朱光潜译：《美学》，商务印书馆1979年版。

［美］韦勒克、沃伦著，刘象愚等译：《文学理论》，三联书店1984年版。

二　理论类

［英］爱德华·泰勒著，连树声译：《原始文化》（重译本）广西师范大学出版社2005年版。

［意］维柯著，朱光潜译：《新科学》，商务印书馆1989

年版。

［法］列维—布留尔著，丁由译：《原始思维》，商务印书馆
1981 年版。

［法］列维—斯特劳斯著，李幼蒸译：《野性的思维》，商务
印书馆 1987 年版。

［德］恩斯特·卡西尔著，甘阳译：《人论》，上海译文出版
社 1985 年版。

［法］克劳德·列维—斯特劳斯著，陆晓禾、黄锡光等译：
《结构人类学》，文化艺术出版社 1989 年版。

刘士林：《中国诗性文化》，江苏人民出版社 1999 年版。

朱狄：《原始文化研究——对审美发生问题的思考》，三联
书店 1988 年版。

林惠祥：《文化人类学》，商务印书馆 1991 年版。

黄淑娉、龚佩华：《文化人类学理论方法研究》，广东高等
教育出版社 1998 年版。

叶舒宪：《神话——原型批评》，陕西师范大学出版社 1987
年版。

叶舒宪：《文学与人类学——知识全球化时代的文学研究》，
社会科学文献出版社 2003 年版。

张岱年，成中英编：《中国思维偏向》，中国社会科学出版
社 2003 年版。

蒙培元：《中国哲学主体思维》，东方出版社 1993 年版。

［美］克利福德·吉尔兹著，王海龙等译：《地方性知识》，
中央编译出版社 2004 年版。

［美］弗朗兹·博厄斯著，金辉译：《原始艺术》，上海文艺
出版社 1989 年版。

［德］罗卜特·卡西尔著，于晓译：《语言与神话》，三联书

店 1988 年版。

[德] 罗卜特·卡西尔著，黄龙保、周振保译：《神话思维》，中国社会科学出版社 1992 年版。

[美] 鲁道夫·阿恩海姆著，滕守尧译：《视觉思维——审美直觉心理学》，四川人民出版社 1998 年版。

[美] 卡罗琳·考斯梅尔著，吴琼、叶勤、张雷译：《味觉》，中国友谊出版公司 2001 年版。

[瑞士] 皮亚杰著，王宪钿等译：《发生认识论原理》，商务印书馆 1981 年版。

[德] 海德格尔著，郜元宝译：《人，诗意地安居》，广西师范大学出版社 2000 年版。

[美] 怀特海著，刘放桐译：《思维方式》，商务印书馆 2004 年版。

[美] 萨丕尔著，陆卓元译：《语言论》，商务印书馆 1997 年版。

[法] 拉·梅特里著，顾寿观译：《人是机器》，商务印书馆 1959 年新版。

[德] 汉斯—格奥尔格·加达默尔著，洪汉鼎译：《真理与方法》，上海译文出版社 2004 年版。

高名凯：《语言论》，商务印书馆 1995 年版。

夏甄陶：《思维世界导论》，中国人民大学出版社 1992 年版。

陈中立：《思维方式与社会发展》，社会科学文献出版社 2001 年版。

刘奎林：《灵感——创新的非逻辑思维艺术》，黑龙江人民出版社 2003 年版。

钱学森主编：《关于思维科学》，上海人民出版社 1986

年版。

三　相关研究类

李建中：《中国文论的诗性空间》，湖北人民出版社 2005年版。

王先霈：《圆形批评论》，华中师范大学出版社 1994 年版。

王先霈：《国学举要》（文卷），湖北教育出版社 2002 年版。

罗立乾：《白沙集》（香港），天马出版公司 2004 年版。

童庆炳：《中国古代心理诗学与美学》，中华书局 1992年版。

陆耀东主编：《中国诗学丛书》（九卷本），湖南人民出版社2000 年版。

邱紫华：《东方美学史》（上、下卷），商务印书馆 2003年版。

蒋寅：《古典诗学的现代诠释》，中华书局 2003 年版。

张晓凌：《中国原始艺术精神》，重庆出版社 1992 年版。

王运熙、黄霖主编：《中国古代文学理论体系》（黄霖、吴建民、吴兆路：《原人论》、汪涌豪：《范畴论》、刘明今：《方法论》），复旦大学出版社 1999 年版。

复旦大学中国语言文学所主编：《中国文论研究的回顾与前瞻》，复旦大学出版社 2002 年版。

葛兆光：《中国思想史》，复旦大学出版社 2001 年版。

冯天瑜：《中华元典精神》，上海人民出版社 1994 年版。

陈来：《古代思想文化的世界》，三联书店 2002 年版。

罗宗强：《古代文学理论研究》，湖北教育出版社 2002年版。

臧克和：《说文解字的文化说解》，湖北人民出版社 1995 年版。

马大康：《诗性语言研究》，中国社会科学出版社 2005 年版。

胡晓明：《中国诗学之精神》，江西人民出版社 1990 年版。

王作新：《汉字结构系统与传统思维方式》，武汉出版社 1999 年版。

邓乔彬：《古代文艺的文化观照》，上海教育出版社 2003 年版。

张杰：《心灵之约》，武汉大学出版社 2001 年版。

朱志荣：《商代审美意识研究》，人民出版社 2002 年版。

余虹：《中国文论与西方诗学》，三联书店 1999 年版。

魏家川：《审美之维与诗性智慧——中国古代审美诗学阐释》，首都师范大学出版社 2000 年版。

王运熙、顾易生主编：《中国文学批评通史》（七卷本），上海古籍出版社 1996 年版。

户晓辉：《中国人审美心理的发生学研究》，中国社会科学出版社 2003 年版。

［美］宇文所安著，王柏华、陶庆梅译：《中国文论：英译与评论》，上海社会科学院出版社 2003 年版。

周振甫等编：《〈谈艺录〉读本》，上海教育出版社 1992 年版。

钱钟书：《管锥编》（五卷本），中华书局 1986 年版。

周裕锴：《中国古代阐释学研究》，上海人民出版社 2003 年版。

郭绍虞：《中国文学批评史》，上海古籍出版社 1979 年版。

罗宗强：《隋唐五代文学思想史》，上海古籍出版社 1986

年版。

赵沛霖：《兴的源起——历史积淀与诗歌艺术》，中国社会科学出版社 1987 年版。

蔡镇楚：《中国诗话史》，湖南文艺出版社 1988 年版。

赖力行：《中国古代文学批评学》，华中师范大学出版社 1991 年版。

吴调公：《神韵论》，人民文学出版社 1991 年版。

叶维廉：《中国诗学》，三联书店 1992 年版。

［美］刘若愚著，杜国清译：《中国文学理论》，台北联经出版事业公司 1981 年版。

张少康、刘三富：《中国文学理论批评发展史》（上、下卷），北京大学出版社 1995 年版。

张毅：《宋代文学思想史》，中华书局 1995 年版。

罗宗强：《魏晋南北朝文学思想史》，中华书局 1996 年版。

钱中文等主编：《中国文论的现代转换》，陕西师范大学出版社 1997 年版。

陈良运：《中国诗学批评史》，江西人民出版社 1995 年版。

黄侃：《文心雕龙札记》，华东师范大学出版社 1996 年版。

范寿康：《中国哲学史通论》，三联书店 1983 年版。

蔡镇楚：《诗话学》，湖南教育出版社 1990 年版。

袁济喜：《中国文论的人文追寻》，中华书局 2002 年版。

陈桐生：《〈孔子诗论〉研究》，中华书局 2004 年版。

赵永纪：《诗论》，广西师范大学出版社 2000 年版。

白寅：《心灵化批评——中国古代文学批评的思维特征》，中国社会科学出版社 2005 年版。

朱光潜：《诗论》，三联书店 1984 年版。

钱穆：《中国文学界讲演录》，巴蜀书社 1987 年版。

[俄] 普列汉诺夫著，曹葆华译：《普列汉诺夫美学论文集》，人民出版社 1983 年版。

孙淼：《夏商史稿》，文物出版社 1987 年版。

王力：《老子研究》，天津古籍书店影印本 1989 年版。

李泽厚：《中国古代思想史论》，人民出版社 1986 年版。

饶宗颐：《符号·初文与字母——汉字树》，商务印书馆 1998 年版。

何九盈：《汉字文化学》，辽宁人民出版社 2000 年版。

何星亮：《中国图腾文化》，中国社会科学出版社 1992 年版。

韩林德：《境生象外》，三联书店 1995 年版。

何九盈、胡双宝、张猛主编：《中国汉字文化大观》，北京大学出版社 1995 年版。

杜维明、东方朔：《杜维明学术专题访谈录——宗周哲学之精神与儒家文化之未来》，复旦大学出版社 2001 年版。

汤一介主编：《国故新知：中国传统文化的再诠释》，北京大学出版社 1993 年版。

[德] 爱克曼辑录，朱光潜译：《歌德谈话录》，人民文学出版社 1978 年版。

戴鸿森：《姜斋诗话笺注》，人民文学出版社 1981 年版。

肖驰：《中国诗歌美学》，北京大学出版社 1986 年版。

陈应鸾：《诗味论》，巴蜀书社 1996 年版。

[德] 席勒著，冯至、范大灿译：《审美教育书简》，北京大学出版社 1985 年版。

[日] 笠原仲二著，魏常海译：《古代中国人的美意识》，北京大学出版社 1987 年版。

郑元者：《图腾美学与现代人类》，学林出版社 1992 年版。

罗念生编：《古希腊罗马文学作品选》，北京出版社 1988 年版。

朱自清：《诗言志辨》，华东师范大学出版社 1996 年版。

北京大学哲学系美学教研室编：《中国美学史资料选编》，中华书局 1980 年版。

叶舒宪：《庄子的文化解析——前古典与后现代的视界融合》，湖北人民出版社 1997 年版。

［美］西奥·兰著，刘真福、盛季译：《人类两性比较》，中国广播电视出版社 1991 年版。

李泽厚：《美的历程》，中国社会科学出版社 1989 年版。

后　记

　　坐在复旦大学高大雄阔的光华楼前，我的思绪却回到武汉大学的读博岁月。

　　2003 年，硕士毕业工作 8 年之后，我又选择了读博士。记得面试的时候，有先生问："为什么选择武汉大学呢？"我不假思索地应道："武汉大学人文与自然并美，是个读书的好地方。"三年读下来，我感觉我当时的话一点没错，同时也为自己的正确选择颇感欣慰。

　　也许是自己专业的缘故，我常常羡慕古人的诗性和优雅。先贤们在诗文的天地里营构自己的学术真空，退避尘氛、潜心索道，那份轻松赏玩的心情，忙忙碌碌的现代人大概是很难得到的了。而在武汉大学我就能找到这种诗意和感觉。拿上一本《历代诗话》之类的书，东湖之滨，珞珈山上，找个宜人的地方坐下来，一看就是一整天。诗文乎？山水乎？亦诗亦文，亦山亦水，养眼也养心呐。毕业继续投入工作后，又回到了俗务缠身的日子，以后怕是很难有这份安静和愉悦来读书了。真留恋武汉大学的一山一水，一草一木。真希望以后还有机会到武汉大学读书。

　　我甚至羡慕中国文论的写作，"去留随心，修短在手"。（《文心雕龙·附会篇》）会景生心，体物得神，虽为片言只语却往往精义纷呈，佳境迭起。这是中国文论诗性特征的精髓所在。现代人的论文写作则如机器大生产，标准化、模式化，虽然千言万语却灵气顿消、生机全无。这些年参与导师李建中先生主持的国家社科基金课题《中国古代文论诗性特征研究》，耳濡目染，受益匪浅。我的博士论文选题就是在这些所学所思的基础上逐步形成的。

多赖导师李先生的指教，我才一步步走到毕业。我每写完一个章节，即报给先生。先生批改甚严，一个字一句话都不放过。我的初稿上留下了先生给的许多"×"、"?"、"○"，当然偶尔也有"!"。末了先生还要来一段总评，开头一句往往是"优点不说了，只说不足"。时时翻阅论文初稿，心里就生发许多感慨。我将好好保留这些文稿，铭记先生的谆谆教诲。珞珈山青，东湖水长，武汉大学的学术精神不正是在师生授学的点滴中呈现出来的吗？论文从开题到写作，从评审到答辩，王先霈、罗立乾、程亚琳、胡晓明、卢永璘、袁济喜、汪涌豪、高华平、王兆鹏、邱紫华、樊星、张荣翼、冯黎明、唐铁惠、张洁、朱志荣等先生给我提了不少建设性意见。中国社会科学出版社汪民安、李炳青两位编辑的古道热肠，赣南师范学院各位领导的亲切关怀，都令我感动。

外出读书，在家的亲人给我许多精神支助。爱人本身的教学工作也很忙，还要操持好一家上有老、下有小的家务，免了我许多后顾之忧。女儿每周末都要给我来电话，用稚嫩的声音给我唱在幼儿园刚学来的歌："秋风起来啦，秋风起来啦，小树叶离开了妈妈……"给我近乎单调的读书生活带来不少喜悦和温情。童年的世界不正是诗性的吗？如今女儿已经读小学二年级了。本书也算是给她的一份礼物，祝愿女儿童心永存，诗性恒在。

罗素在《人类的知识》一书中有一个结语："人类的全部知

识都是不确定的、不准确的和片面的。"本书仅仅是本人几年来学习的一些个人的心得体会，相对于博大精深的中国传统文化，肯定是不确定的、不准确的和片面的，甚至是错误的，希望各位学术前辈、大方之家批评指正。

是以为记。

吴中胜
2007 年 10 月 12 日于复旦大学